STS

絕對合格　分類

日檢單字

測驗問題集

考試分數大躍進
累積實力
百萬考生見證
應考秘訣

1

根據日本國際交流基金考試相關概要

吉松由美・田中陽子・西村惠子・
千田晴夫・山田社日檢題庫小組 ◎合著

N**1**

山田社

前言
はじめに

宅在家，不出門，一樣自學考上 N1，
本書用，
情境分類，
打鐵趁熱，回想練習，
讓您記得快又牢！

﹏快又牢 1：「情境分類，單字速記 No.1」★

配合 N1 內容要求，情境包羅萬象，學習零疏漏，速記 No.1！

﹏快又牢 2：「想像使用場合，史上最聰明學習法」★

針對新制重視「活用在交流上」，從「單字→情境串連」，學習什麼話題，用什麼字，什麼時候使用，效果最驚人！

★快又牢 3：「打鐵趁熱，回想練習記憶法」★

背完後，打鐵趁熱緊跟著「回想練習」，以「背誦→測驗」的學習步驟，讓單字快速植入腦中！

★快又牢 4：「一次弄懂相近詞，類義詞記憶法」★

由一個主題，衍伸出好幾個相關的單字，比較彼此的關聯性及差異性，同時記住一整系列。

﹏快又牢 5：「查閱利器，50 音順金鑰索引」★

貼心設計 50 音順金鑰索引，隨查隨複習，發揮強大學習功能！

﹏快又牢 6：「利用光碟大量接觸單字，聽覺記憶法」★

新日檢強調能看更要能聽。利用光碟反覆聆聽，單字自然烙印腦海，再忙也不怕學不會！

本書五大特色：

◆清楚單字分類，完全掌握相近詞彙！

本書依使用情境分類單字，並配合 N1 考試內容，提供豐富的情境主題從時間、人物到政治、經濟等等。讀者不僅能一目了然的快速掌握重點，相關單字串連在一起也能幫助加深記憶。並藉由比較相近詞彙的關聯及差異，保證一次弄懂，不再混淆。同時，不論是考題還是生活應用中都能啟動連鎖記憶，遇到分類主題立刻喚醒整串相關詞彙，給您強大的單字後援，累積豐厚實戰力。

◆讀完即測驗，自學必備的自我考驗！

本書的每個章節皆精心設計當回單字填空題，讓讀者可以趁著記憶猶新時做回憶練習，邊背邊練，記憶自然深植腦海！此外，每個句子都標上日文假名，做題目的同時，能延伸學習更多單字。且從前後句意推敲單字的題型，也有助於訓練閱讀能力。更能避免每日勤奮學習，卻不知是否真的學會了，藉由做題目檢視自己的學習成果，給您最踏實的學習成就感。

◆針對日檢題型，知己知彼絕對合格！

日檢 N1 單字共有 4 大題，而本書的題型主要針對第 2 大題，實際則可活用於單字第 2 到第 4 大題。為了將數個相近詞彙填入適當的例句中，必須要清楚理解單字的意義，並認識相似詞彙，同時還要有讀懂句意的閱讀能力。本書將會幫助您大量且反覆的訓練這三項技能，日檢單字自然就能迎刃而解。

◆貼心 50 音排序索引，隨時化身萬用字典！

本書單字皆以 50 音順排序，並於書末附上單字索引表。每當遇到不會的單字或是突然想要查找，本書就像字典一樣查詢精準，且由於單字皆以情境編排，查一個單字還能一併複習相似辭彙。當單字變得輕鬆好找，學習也就更加省時、省力！

◆聽日文標準發音，養成日文語感、加深記憶！

所有單字皆由日籍教師親自配音，反覆聆聽單字便自然烙印在腦海，聽久了還能自然提升日文語感以及聽力。不只日檢合格，還能聽得懂、說得出口！且每篇只需半分鐘，讓您利用早晨、通勤、睡前等黃金時間，再忙也不怕學不會！

自學以及考前衝刺都適用，本書將會是您迅速又精準的考試軍師。充分閱讀、練習、反覆加深記憶，並確實擊破學習盲點，從此將單字變成您的得高分利器！迎戰日檢，絕對合格！

目錄
もくじ

日檢分類單字

N 1

測驗問題集

1 時間 (1)
じ かん

時間 (1)

◆ 時、時間、時刻 時候、時間、時刻
とき じ かん じ こく

合間 あいま	(名) (事物中間的) 空隙，空閒時間；餘暇	持ち切り も き	(名) (某一段時期) 始終談論一件事
折 おり	(名) 折，折疊；折縫，折疊物；紙盒小匣；時候；機會，時機	余暇 よ か	(名) 閒暇，業餘時間
ゴールデンタイム 【(和) golden + time】	(名) 黃金時段 (晚上 7 到 10 點)	一刻 いっこく	(名·形動) 一刻；片刻；頑固；愛生氣
効率 こうりつ	(名) 效率	早急・早急 さっきゅう そうきゅう	(名·形動) 盡量快些，趕快，趕緊
時刻表 じ こくひょう	(名) 時間表	迅速 じんそく	(名·形動) 迅速
時差 じ さ	(名) (各地標準時間的) 時差；錯開時間	スムーズ【smooth】	(名·形動) 圓滑，順利；流暢
しまい	(名) 完了，終止，結束；完蛋，絕望	タイト【tight】	(名·形動) 緊，緊貼 (身)；緊身裙「タイトスカート」之略
四六時中 し ろくじ ちゅう	(名) 一天到晚，一整天；經常，始終	ルーズ【loose】	(名·形動) 鬆懈，鬆弛，散漫，吊兒郎當
ずれ	(名) (位置，時間意見等) 不一致，分歧；偏離；背離，不吻合	経過 けい か	(名·自サ) (時間的) 經過，流逝，度過；過程，經過
先 せん	(名) 先前，以前；先走的一方	短縮 たんしゅく	(名·他サ) 縮短，縮減
タイマー【timer】	(名) 碼錶，計時器；定時器	アワー【hour】	(名·造) 時間；小時
タイミング【timing】	(名) 計時，測時；調時，使同步；時機，事實	素早い す ばや	(形) 身體的動作與頭腦的思考很快；迅速，飛快
タイム【time】	(名) 時，時間；時代，時機；(體) 比賽所需時間；(體) 比賽暫停	速やか すみ	(形動) 做事敏捷的樣子，迅速
束の間 つか ま	(名) 一瞬間，轉眼間，轉瞬	タイムリー【timely】	(形動) 及時，適合的時機
日々 ひ び	(名) 天天，每天	即する そく	(自サ) 就，適應，符合，結合
待ち合わせ ま あ	(名) (指定的時間地點) 等候會見	早まる はや	(自五) 倉促，輕率，貿然；過早，提前
末期 まっき	(名) 末期，最後的時期，最後階段；臨終	速める・早める はや はや	(他下一) 加速，加快；提前，提早
目途・目処 め ど め ど	(名) 目標；眉目，頭緒	遅らす おく	(他五) 延遲，拖延；(時間) 調慢，放慢
		急かす せ	(他五) 催促

6

費やす つい	(他五) 用掉，耗費，花費；白費，浪費	終始 しゅうし	(副・自サ) 末了和起首；從頭到尾，一貫
さっと	(副)（形容風雨突然到來）倏然，忽然；（形容非常迅速）忽然，一下子	ずるずる	(副・自サ) 拖拉貌；滑溜；拖拖拉拉
じっくり	(副) 慢慢地，仔細地，不慌不忙	過ぎ す	(接尾) 超過；過度
きっかり	(副) 正，洽	末 まつ	(接尾・漢造) 末，底；末尾；末期；末節
しょっちゅう	(副) 經常，總是		

練 習

Ⅰ [a～e]の中から適当な言葉を選んで、（　　　）に入れなさい。

a. さっと　b. きっかり　c. じっくり　d. しょっちゅう　e. ずるずる

❶ 山本君は毎朝8時半（　　　　　　　）に出社する。

❷ その男の子はいつもお気に入りの毛布を（　　　　　　　）引きずっている。

❸ ほうれん草は短い時間で（　　　　　　　）茹でて、冷水で冷まします。

❹ 急いで答えを出さなくていいから、（　　　　　　　）考えてみて。

Ⅱ [a～e]の中から適当な言葉を選んで、（　　　）に入れなさい。

a. 一刻 いっこく　　b. スムーズ　　c. 経過 けいか　　d. 先 さき　　e. アワー

❶ （　　　　　　　）の亭主とは何の関係もなくなった。

❷ 病状は深刻です。（　　　　　　　）も早い手術をお勧めします。

❸ 手術の（　　　　　　　）は順調で、ひとまずほっとしている。

❹ 日本のラッシュ（　　　　　　　）の悲惨さは、海外でも有名だそうだ。

2 時間 (2)

じ かん

時間 (2)

◆ 季節、年、月、週、日　季節、年、月、週、日

かくしゅう 隔週	名 每隔一週，隔週
がんねん 元年	名 元年
こよみ 暦	名 暦，暦書
サイクル【cycle】	名 周期，循環，一轉；自行車
しゅうじつ 終日	名 整天，終日
スプリング 【spring】	名 春天；彈簧；跳躍，彈跳
せん 先だって	名 前幾天，前些日子，那一天； 事先
ねんごう 年号	名 年號
ばんねん 晩年	名 晩年，暮年
ゆう ぐ 夕暮れ	名 黃昏；傍晩
ゆう や 夕焼け	名 晩霞
よ ふ 夜更け	名 深夜，深更半夜
よ ふ 夜更かし	名・自サ 熬夜
れんきゅう 連休	名 連假
れんじつ 連日	名 連日，接連幾天
つき な 月並み	名・形動 每月，按月；平凡，平 庸；每月的例會
ひ ごろ 日頃	名・副 平素，平日，平常
せつ 節	名・漢造 季節，節令；時候，時 期；節操；（物體的）節；（詩文 歌等的）短句，段落
め ざ 目覚める	自下一 醒，睡醒；覺悟，覺醒， 發現

◆ 過去、現在、未来　過去、現在、未來

いきさつ 経緯	名 原委，經過
いにしえ 古	名 古代
き げん 起源	名 起源
けい い 経緯	名 （事情的）經過，原委，細節； 經度和緯度
こ だい 古代	名 古代
ぜんれい 前例	名 前例，先例；前面舉的例子
ひところ 一頃	名 前些日子；曾有一時
ぼうとう 冒頭	名 起首，開頭
よ 世	名 世上，人世；一生，一世； 時代，年代；世界
み てい 未定	名・形動 未定，未決定
せんこう 先行	名・自サ 先走，走在前頭；領先， 佔先；優先施行，領先施行
でんらい 伝来	名・自サ （從外國）傳來，傳入； 祖傳，世傳
へんせん 変遷	名・自サ 變遷
じゅうらい 従来	名・副 以來，從來，直到現在
ニュー【new】	名・造語 新，新式
ひさ 久しい	形 過了很久的時間，長久，好久
いま 未だ	副 （文）未，還（沒），尚未（後 多接否定語）
かつて	副 曾經，以前；（後接否定語） 至今（未曾），從來（沒有）
かねて	副 事先，早先，原先
がんらい 元来	副 本來，原本，生來

先<ruby>に<rt>さき</rt></ruby>	(副) 以前，以往	日<ruby>取<rt>ひ</rt></ruby>り	(名) 規定的日期；日程
じきに	(副) 很接近，就快了	<ruby>過密<rt>かみつ</rt></ruby>	(名・形動) 過密，過於集中
もはや	(副)（事到如今）已經	<ruby>無効<rt>むこう</rt></ruby>	(名・形動) 無效，失效，作廢
<ruby>依然<rt>いぜん</rt></ruby>	(副・形動) 依然，仍然，依舊	<ruby>限<rt>かぎ</rt></ruby>りない	(形) 無限，無止盡；無窮無盡；無比，非常

◆ <ruby>期間<rt>きかん</rt></ruby>、<ruby>期限<rt>きげん</rt></ruby>　期間、期限

<ruby>期日<rt>きじつ</rt></ruby>	(名) 日期；期限	<ruby>受<rt>う</rt></ruby>け<ruby>付<rt>つ</rt></ruby>ける	(他下一) 受理，接受；容納（特指吃藥、東西不嘔吐）
<ruby>切<rt>き</rt></ruby>り	(名) 切，切開；限度；段落；（能劇等的）煞尾	<ruby>遅<rt>おそ</rt></ruby>くとも	(副) 最晚，至遲
<ruby>周期<rt>しゅうき</rt></ruby>	(名) 周期	きり	(副助) 只，僅；一…（就…）；（結尾詞用法）只，全然

2 時間(2)

<ruby>練習<rt>れんしゅう</rt></ruby>

Ⅰ [a～e]の中から適当な言葉を選んで、（　　　）に入れなさい。

a. もはや	b. かつて	c. <ruby>未<rt>いま</rt></ruby>だ	d. <ruby>先<rt>さき</rt></ruby>に	e. じきに

❶ <ruby>本日<rt>ほんじつ</rt></ruby>、（　　　　　　　）<ruby>述<rt>の</rt></ruby>べた<ruby>通<rt>とお</rt></ruby>り、<ruby>告知<rt>こくち</rt></ruby>を<ruby>検討<rt>けんとう</rt></ruby>することは<ruby>医師<rt>いし</rt></ruby>の<ruby>義務<rt>ぎむ</rt></ruby>です。

❷ <ruby>川田<rt>かわた</rt></ruby><ruby>選手<rt>せんしゅ</rt></ruby>の<ruby>日本<rt>にほん</rt></ruby><ruby>記録<rt>きろく</rt></ruby>は、20<ruby>年<rt>ねん</rt></ruby><ruby>経<rt>た</rt></ruby>った<ruby>今<rt>いま</rt></ruby>も（　　　　　　　）<ruby>破<rt>やぶ</rt></ruby>られていない。

❸ <ruby>彼女<rt>かのじょ</rt></ruby>とはライバルを<ruby>通<rt>とお</rt></ruby>り<ruby>越<rt>こ</rt></ruby>して、（　　　　　　　）<ruby>戦友<rt>せんゆう</rt></ruby>のような<ruby>関係<rt>かんけい</rt></ruby>だ。

❹ <ruby>火星<rt>かせい</rt></ruby>には（　　　　　　　）<ruby>海<rt>うみ</rt></ruby>があったのではないかといわれている。

Ⅱ [a～e]の中から適当な言葉を選んで、（　　　）に入れなさい。

a. <ruby>変遷<rt>へんせん</rt></ruby>	b. <ruby>夕焼<rt>ゆうや</rt></ruby>け	c. <ruby>暦<rt>こよみ</rt></ruby>	d. <ruby>世<rt>よ</rt></ruby>	e. <ruby>日頃<rt>ひごろ</rt></ruby>

❶ <ruby>美<rt>うつく</rt></ruby>しい（　　　　　　　）に、<ruby>買<rt>か</rt></ruby>い<ruby>物<rt>もの</rt></ruby><ruby>帰<rt>がえ</rt></ruby>りの<ruby>人々<rt>ひとびと</rt></ruby>は<ruby>足<rt>あし</rt></ruby>を<ruby>止<rt>と</rt></ruby>めて<ruby>見入<rt>みい</rt></ruby>っていた。

❷ この<ruby>展覧会<rt>てんらんかい</rt></ruby>ではピカソの<ruby>画風<rt>がふう</rt></ruby>とその（　　　　　　　）を<ruby>辿<rt>たど</rt></ruby>ることができる。

❸ <ruby>試験<rt>しけん</rt></ruby>に<ruby>落<rt>お</rt></ruby>ちたときは、この（　　　　　　　）の<ruby>終<rt>お</rt></ruby>わりのような<ruby>気<rt>き</rt></ruby>がした。

❹ （　　　　　　　）<ruby>感<rt>かん</rt></ruby>じていることをそのまま<ruby>書<rt>か</rt></ruby>いたら、<ruby>審査員特別賞<rt>しんさいんとくべつしょう</rt></ruby>をもらった。

3 住居 _{じゅうきょ}
住房

◆ 家 _{いえ}　住家

構え _{かま}	名（房屋等的）架構，格局；（身體的）姿勢，架勢；（精神上的）準備
蔵 _{くら}	名 倉庫，庫房；穀倉，糧倉；財源
皇居 _{こうきょ}	名 皇居
実家 _{じっか}	名 娘家；親生父母家
社宅 _{しゃたく}	名 公司的員工住宅，職工宿舍
作り・造り _{つく} _{つく}	名（建築物的）構造，樣式；製造（的樣式）；身材，體格；打扮，化妝
邸宅 _{ていたく}	名 宅邸，公館
戸締まり _{と じ}	名 關門窗，鎖門
洋風 _{ようふう}	名 西式，洋式；西洋風格
家出 _{いえで}	名・自サ 逃出家門，逃家；出家為僧
同居 _{どうきょ}	名・自サ 同居；同住，住在一起
別居 _{べっきょ}	名・自サ 分居
装飾 _{そうしょく}	名・他サ 裝飾
軒並み _{のき な}	名・副 屋簷節比，成排的屋簷；家家戶戶，每家；一律
軋む _{きし}	自五（兩物相摩擦）吱吱嘎嘎響
籠もる _こ	自五 閉門不出；包含，含蓄；（煙氣等）停滯，充滿，（房間等）不通風
構える _{かま}	他下一 修建，修築；（轉）自立門戶，住在（獨立的房屋）；採取某種姿勢，擺出姿態；準備好；假造，裝作，假托

◆ 家の外側 _{いえ} _{そとがわ}　住家的外側

インターホン【interphone】	名（船、飛機、建築物等的）內部對講機
縁側 _{えんがわ}	名 迴廊，走廊
外観 _{がいかん}	名 外觀，外表，外型
花壇 _{か だん}	名 花壇，花圃
ガレージ【garage】	名 車庫
柵 _{さく}	名 柵欄；城寨
タイル【tile】	名 磁磚
扉 _{とびら}	名 門，門扇；（印刷）扉頁
ブザー【buzzer】	名 鈴；信號器
屋敷 _{やしき}	名（房屋的）建築用地，宅地；宅邸，公館
放置 _{ほう ち}	名・他サ 放置不理，置之不顧
壇 _{だん}	名・漢造 台，壇
管 _{かん}	名・漢造・接尾 管子；（接數助詞）支；圓管；筆管；管樂器
頑丈 _{がんじょう}	形動（構造）堅固；（身體）健壯

◆ 部屋、設備 _{へ や} _{せつ び}　房間、設備

茶の間 _{ちゃ ま}	名 茶室；（家裡的）餐廳
流し _{なが}	名 流，沖；流理台
バス【bath】	名 浴室
防火 _{ぼう か}	名 防火
ユニットバス【(和) unit＋bath】	名（包含浴缸、洗手台與馬桶的）一體成形的衛浴設備

洋式（ようしき）	名 西式，洋式，西洋式	据え付ける（すえつける）	他下一 安裝，安放，安設；裝配，配備；固定，連接
浴室（よくしつ）	名 浴室		
和式（わしき）	名 日本式	◆ 住む（すむ）　居住	
入浴（にゅうよく）	名・自サ 沐浴，入浴，洗澡	不在（ふざい）	名 不在，不在家
排水（はいすい）	名・自サ 排水	住（じゅう）	名・漢造 居住，住處；停住；住宿；住持
水洗（すいせん）	名・他サ 水洗，水沖；用水沖洗	移住（いじゅう）	名・自サ 移居；（候鳥）定期遷徙
配置（はいち）	名・他サ 配置，安置，部署，配備；分派點	居住（きょじゅう）	名・自サ 居住；住址，住處
粉々（こなごな）	形動 粉碎，粉末	転居（てんきょ）	名・自サ 搬家，遷居
据える（すえる）	他下一 安放，設置；擺列，擺放；使坐在…；使就…職位；沉著（不動）；針灸治療；蓋章	アットホーム【at home】	形動 舒適自在，無拘無束

練　習

Ⅰ [a～e]の中から適当な言葉を選んで、（　　）に入れなさい。（必要なら形を変えなさい）

a. 構える（かまえる）	b. こもる	c. 移住する（いじゅうする）	d. 別居する（べっきょする）	e. 軋む（きしむ）

❶ 飛行機（ひこうき）の狭い（せまい）座席（ざせき）に 12 時間（じかん）座（すわ）っていたので、体中（からだじゅう）の骨（ほね）が（　　　　　　　　　）痛（いた）い。

❷ 退職後（たいしょくご）に、海外（かいがい）へ（　　　　　　　　　）高齢者（こうれいしゃ）が増（ふ）えているそうだ。

❸ 部屋（へや）にこもって何年（なんねん）も出（で）てこないいわゆる引（ひ）き（　　　　　　　　　）は、若者（わかもの）に限（かぎ）ったことではない。

❹ 念願（ねんがん）が叶（かな）って、青山（あおやま）の一等地（いっとうち）に店（みせ）を（　　　　　　　　　）ことができた。

Ⅱ [a～e]の中から適当な言葉を選んで、（　　）に入れなさい。

a. 転居（てんきょ）	b. 軒並み（のきなみ）	c. 社宅（しゃたく）	d. 構え（かまえ）	e. 家出（いえで）

❶ 当社（とうしゃ）は（　　　　　　　　　）はないが、家賃補助（やちんほじょ）や家族手当（かぞくてあて）が充実（じゅうじつ）している。

❷ 緊急事態宣言（きんきゅうじたいせんげん）の直後（ちょくご）は商業施設（しょうぎょうしせつ）が（　　　　　　　　　）店（みせ）を閉（し）め、人影（ひとかげ）が消（き）えた。

❸ （　　　　　　　　　）少女（しょうじょ）が都会（とかい）で犯罪（はんざい）に巻（ま）き込（こ）まれる事件（じけん）が後（あと）を絶（た）たない。

❹ 隣町（となりまち）に引（ひ）っ越（こ）したので、役所（やくしょ）に（　　　　　　　　　）届（とどけ）を出（だ）した。

11

4 食事(1) 用餐(1)

◆ 食事、食べる、味 用餐、吃、味道

味わい	㊒ 味，味道；趣味，妙處
甘口	㊒ 帶甜味的；好吃甜食的人；（騙人的）花言巧語，甜言蜜語
合わせ	㊒（當造語成分用）合在一起；對照；比賽；（猛拉鉤絲）鉤住魚
塩分	㊒ 鹽分，鹽濃度
主食	㊒ 主食（品）
定食	㊒ 客飯，套餐
昼飯	㊒ 午飯
味覚	㊒ 味覺
区々	㊒·㊑ 形形色色，各式各樣
加味	㊒·㊭ 調味，添加調味料；添加，放進，採納
生臭い	㊑ 發出生魚或生肉的氣味；腥
不味い	㊑ 難吃；笨拙，拙劣；難看；不妙
瑞瑞しい	㊑ 水嫩，嬌嫩；新鮮
膨れる・脹れる	㊜下一 脹，腫，鼓起來
噛み切る	㊟五 咬斷，咬破
飲み込む	㊟五 咽下，吞下；領會，熟悉
召す	㊟五（敬語）召見，召喚；吃；喝；穿；乘；入浴；感冒；買
なめる	㊟下一 舔；嚐；經歷；小看，輕視；（比喻火）燒，吞沒
ぐっと	㊐ 使勁；一口氣地；更加；啞口無言；（俗）深受感動

あっさり	㊐·㊜サ（口味）清淡；（樣式）樸素，不花俏；（個性）坦率，淡泊；簡單，輕鬆
供	㊂ 供給，供應，提供
味	㊂（舌的感覺）味道；事物的內容；鑑賞，玩味；（助數詞用法）（食品、藥品、調味料的）種類
掛け	㊔·㊂（前接動詞連用形）表示動作已開始而還沒結束，或是中途停了下來；（表示掛東西用的）掛

練習

Ⅰ [a～e]の中から適当な言葉を選んで、（　　　）に入れなさい。

| a. 主食{しゅしょく} | b. 味覚{みかく} | c. 味{あじ}わい | d. 甘口{あまくち} | e. 昼飯{ひるめし} |

❶ 朝食{ちょうしょく}は和食{わしょく}、（　　　　　　　　　）は米{こめ}という日本人{にほんじん}は今{いま}も少{すく}なくない。

❷ （　　　　　　　　　）は加齢{かれい}によって徐々{じょじょ}に衰{おとろ}えることが分{わ}かっている。

❸ 幼児{ようじ}でも食{た}べられる（　　　　　　　　）カレーが簡単{かんたん}に作{つく}れる！

❹ このお菓子{かし}は素材{そざい}の味{あじ}を生{い}かした素朴{そぼく}な（　　　　　　　）が人気{にんき}だ。

Ⅱ [a～e]の中から適当な言葉を選んで、（　　　）に入れなさい。（必要なら形を変えなさい）

| a. なめる | b. 加味{かみ}する | c. 噛{か}み切{き}る | d. 飲{の}み込{こ}む | e. 膨{ふく}れる |

❶ 観光{かんこう}コースは、ツアー参加者{さんかしゃ}の希望{きぼう}を（　　　　　　　）決定{けってい}します。

❷ お隣{となり}の犬{いぬ}が、繋{つな}いであった綱{つな}を（　　　　　　）逃{に}げたらしい。

❸ 女{おんな}の子{こ}は溶{と}け始{はじ}めたソフトクリームを慌{あわ}てて（　　　　　　）。

❹ この商品{しょうひん}は水{みず}に浸{ひた}すと約{やく}10倍{ばい}に（　　　　　　）。

Ⅲ [a～e]の中から適当な言葉を選んで、（　　　）に入れなさい。

| a. 不味{まず}い | b. まちまち | c. 生臭{なまぐさ}い | d. 瑞々{みずみず}しい | e. 粉々{こなごな} |

❶ どれも手作{てづく}りなので、色{いろ}も大{おお}きさも（　　　　　　　）です。

❷ この作品{さくひん}は若{わか}い監督{かんとく}ならではの（　　　　　　　）感性{かんせい}が評価{ひょうか}された。

❸ お母{かあ}さんのあの（　　　　　　　）焼{や}きそばが、なぜか時々{ときどき}食{た}べたくなる。

❹ この魚{さかな}は少{すこ}し（　　　　　　）ので、お酒{さけ}を振{ふ}って臭{にお}いを消{け}します。

5 食事 (2) 用餐 (2)

しょく じ

◆ 食べ物 食物

た もの

梅干し うめ ぼ	(名) 鹹梅，醃的梅子	**添える**	(他下一) 添，加，附加，配上；伴隨，陪同
お節料理 せちりょう り	(名) 年菜	**干し** ほ	(造語) 乾，晒乾
カクテル 【cocktail】	(名) 雞尾酒	**油** ゆ	(漢造) …油
頭 かしら	(名) 頭，腦袋；頭髮；首領，首腦人物；頭一名，頂端，最初		

◆ 調理、料理、クッキング 調理、菜餚、烹調

ちょう り りょう り

香辛料 こうしんりょう	(名) 香辣調味料（薑，胡椒等）	**腕前** うでまえ	(名) 能力，本事，才幹，手藝
ゼリー【jelly】	(名) 果凍；膠狀物	**切れ目** き め	(名) 間斷處，裂縫；間斷，中斷；段落；結束
雑煮 ぞう に	(名) 日式年糕湯	**下味** したあじ	(名) 預先調味，底味
熱量 ねつりょう	(名) 熱量	**製法** せいほう	(名) 製法，作法
歯応え は ごた	(名) 咬勁，嚼勁；有幹勁	**デコレーション** 【decoration】	(名) 裝潢，裝飾
蜂蜜 はちみつ	(名) 蜂蜜	**熱湯** ねっとう	(名) 熱水，開水
物資 ぶっ し	(名) 物資	**水気** みず け	(名) 水分
粉末 ふんまつ	(名) 粉末	**手軽** て がる	(名·形動) 簡便；輕易；簡單
ライス【rice】	(名) 米飯	**調和** ちょう わ	(名·自サ) 調和，（顏色，聲音等）和諧，（關係）協調
和風 わ ふう	(名) 日式風格，日本風俗；和風，微風	**保温** ほ おん	(名·自サ) 保溫
解凍 かいとう	(名·他サ) 解凍	**仕上げ** し あ	(名·他サ) 做完，完成；做出的結果；最後加工，潤飾
配給 はいきゅう	(名·他サ) 配給，配售，定量供應	**代用** だいよう	(名·他サ) 代用，代替
冷蔵 れいぞう	(名·他サ) 冷藏，冷凍	**調理** ちょう り	(名·他サ) 烹調，作菜；調理，整理，管理
膳 ぜん	(名·接尾·漢造)（吃飯時放飯菜的）方盤，食案，小飯桌；擺在食案上的飯菜；（助數詞用法）（飯等的）碗數；一雙（筷子）；飯菜等	**煙る** けむ	(自五) 冒煙；模糊不清，朦朧
とろける	(自下一) 溶化，溶解；心蕩神馳	**滲みる** し	(自上一) 滲透，浸透
持ち込む も こ	(他五) 攜入，帶入；提出（意見，建議，問題）		

搔き回す（か・まわ）	⑩五 攪和，攪拌，混合；亂翻，翻弄，翻攪；攪亂，擾亂，胡作非為
こす	⑩五 過濾，濾
掬う（すく）	⑩五 抄取，撈取，掬取，舀，捧；突然絆住對方的腳使跌倒
剝ぐ（は）	⑩五 剝下；強行扒下，揭掉；剝奪

浸す（ひた）	⑩五 浸，泡
炒める（いた）	⑩下一 炒（菜、飯等）

練習

Ⅰ [a〜e]の中から適当な言葉を選んで、（　　　）に入れなさい。

a. カクテル	b. 冷蔵（れいぞう）	c. 和風（わふう）	d. 梅干し（うめぼ）	e. 水気（みずけ）

❶（　　　　　　　　　）ハンバーグ定食（ていしょく）をひとつください。

❷ よく火（ひ）を通（とお）してあるから、（　　　　　　　　　）で1週間（しゅうかん）はもちますよ。

❸ 洗（あら）ったレタスは（　　　　　　　　　）をよく切（き）って皿（さら）に盛（も）り付（つ）けます。

❹ どうしよう、（　　　　　　　　　）を種（たね）ごと飲（の）み込（こ）んじゃった。

Ⅱ [a〜e]の中から適当な言葉を選んで、（　　　）に入れなさい。（必要なら形を変えなさい）

a. 浸す（ひた）	b. 煙る（けむ）	c. 剝ぐ（は）	d. 添える（そ）	e. 炒める（いた）

❶ 朝（あさ）から降（ふ）り続（つづ）く小雨（こさめ）に、田舎町（いなかまち）は暗（くら）く（　　　　　　　　　）いた。

❷ 野菜（やさい）は食（た）べやすい大（おお）きさに切（き）り、強火（つよび）でさっと（　　　　　　　　　）ください。

❸ 男（おとこ）はナイフを取（と）り出（だ）すと、あっという間（ま）に兎（うさぎ）の皮（かわ）を（　　　　　　　　　）しまった。

❹ 豆（まめ）はたっぷりの水（みず）にひと晩（ばん）（　　　　　　　　　）から煮（に）ます。

6 衣服 衣服

◆ 衣服、洋服、和服　衣服、西服、和服

衣装	(名) 衣服，（外出或典禮用的）盛裝；（戲）戲服，劇裝
衣料	(名) 衣服；衣料
衣類	(名) 衣服，衣裳
織物	(名) 紡織品，織品
サイズ【size】	(名)（服裝，鞋，帽等）尺寸，大小；尺碼，號碼；（婦女的）身材
ジャンパー【jumper】	(名) 工作服，運動服；夾克，短上衣
スラックス【slacks】	(名) 西裝褲，寬鬆長褲；女褲
丈	(名) 身高，高度；尺寸，長度；罄其所有，毫無保留
たるみ	(名) 鬆弛，鬆懈，遲緩
ハイネック【highnecked】	(名) 高領
パジャマ【pajamas】	(名)（分上下身的）西式睡衣
ハンガー【hanger】	(名) 衣架
干し物	(名) 曬乾物；（洗後）晾曬的衣服
ユニフォーム【uniform】	(名) 制服；（統一的）運動服，工作服
流行	(名) 流行
レース【lace】	(名) 花邊，蕾絲
揃い	(名・接尾) 成套，成組，一樣；（多數人）聚在一起，齊全；（助數詞用法）套，副，組
湿気る	(自五) 潮濕，帶潮氣，受潮

ほころびる	(自上一)（接縫處線斷開）開線，開綻；微笑，露出笑容
裂ける	(自下一) 裂，裂開，破裂
洒落る	(自下一) 漂亮打扮，打扮得漂亮；說俏皮話，詼諧；別緻，風趣；狂妄，自傲
引っ掛ける	(他下一) 掛起來；披上；欺騙；鈎到
だぶだぶ	(副・自サ)（衣服等）寬大，肥大；（人）肥胖，肌肉鬆弛；（液體）滿，盈

◆ 着る、装身具　穿戴、服飾用品

キャップ【cap】	(名) 運動帽，棒球帽；筆蓋
首飾り	(名) 項鍊
ジーパン【(和) jeans+pants 之略】	(名) 牛仔褲
ブーツ【boots】	(名) 長筒鞋，長筒靴，馬靴
盛装	(名・自サ) 盛裝，華麗的裝束
ねじれる	(自下一) 彎曲，歪扭；（個性）乖僻，彆扭
映える	(自下一) 照，映照；（顯得）好看；顯眼，奪目
剥げる	(自下一) 剝落；褪色
解ける	(自下一) 解開，鬆開
着飾る	(他五) 盛裝，打扮
緩める	(他下一) 放鬆，使鬆懈；鬆弛；放慢速度
ぶかぶか	(副・自サ)（帽、褲）太大不合身；漂浮貌；（人）肥胖貌；（笛子、喇叭等）大吹特吹貌

練 習

Ⅰ [a～e]の中から適当な言葉を選んで、（　）に入れなさい。

a. パジャマ　　b. キャップ　　c. ユニフォーム　　d. レース　　e. ブーツ

❶ テーブルには縁に（　　　　　　）の付いたテーブルクロスが掛かっていた。

❷ もう寝るから（　　　　　　）に着替えよう。

❸ 甲子園に出場するときは、グレー地の（　　　　　　）に白地の背番号を縫い付けることになっている。

❹ 姉の（　　　　　　）を適当に履いて外に出たら、ヒールが高いやつだった。

Ⅱ [a～e]の中から適当な言葉を選んで、（　）に入れなさい。（必要なら形を変えなさい）

a. 剥げる　　b. 映える　　c. 着飾る　　d. 解ける　　e. ねじれる

❶ この海岸で撮った写真は、SNS で（　　　　　　）と評判だ。

❷ 古い看板はペンキが（　　　　　　）、何の店かも分からなかった。

❸ ピアノの発表会だそうで、隣の子は（　　　　　　）出掛けて行った。

❹ このドライヤーはコードがすぐに（　　　　　　）、使いにくい。

Ⅲ [a～e]の中から適当な言葉を選んで、（　）に入れなさい。（必要なら形を変えなさい）

a. 洒落る　　b. 湿気る　　c. 引っ掛ける　　d. 裂ける　　e. 緩める

❶ 雨の日が続くと、空気がジメジメして、部屋中が（　　　　　　）しまいます。

❷ カーブに差し掛かって、車はスピードを（　　　　　　）。

❸ 地震で（　　　　　　）地面から地下水が噴き出した。

❹ 机から出ていた釘に（　　　　　　）、ズボンを破いてしまった。

7 人体(1) 人體(1)
じんたい

◆ 身体、体 胴體、身體
しんたい　からだ

仰向け あおむ	(名) 向上仰
垢 あか	(名)（皮膚分泌的）污垢；水鏽，水漬，污點
俯せ うつぶ	(名) 臉朝下趴著，俯臥
体付き からだつ	(名) 體格，體型，姿態
血管 けっかん	(名) 血管
人体 じんたい	(名) 人體，人的身體
スリーサイズ 【(和) three ＋ size】	(名)（女性的）三圍
体格 たいかく	(名) 體格；（詩的）風格
デブ	(名)（俗）胖子，肥子
胴 どう	(名)（去除頭部和四肢的）軀體；腹部；（物體的）中間部分
生身 なまみ	(名) 肉身，活人，活生生；生魚，生肉
肉体 にくたい	(名) 肉體
股 また	(名) 開襠，褲襠
身振り みぶ	(名)（表示意志、感情的）姿態；（身體的）動作
やせっぽち	(名・形動)（俗）瘦小（的人），瘦皮猴
大柄 おおがら	(名・形動) 身材大，骨架大；大花樣
小柄 こがら	(名・形動) 身體短小；（布料、裝飾等的）小花樣，小碎花
身軽 みがる	(名・形動) 身體輕鬆，輕便；身體靈活，靈巧
脱出 だっしゅつ	(名・自サ) 逃出，逃脫，逃亡

日焼け ひや	(名・自サ)（皮膚）曬黑；（因為天旱田裡的水被）曬乾
丸々 まるまる	(名・副) 雙圈；（指隱密的事物）某某；全部，完整，整個；胖嘟嘟
華奢 きゃしゃ	(形動) 身體或容姿纖細，高雅，柔弱；東西做得不堅固，容易壞；纖細，苗條；嬌嫩，不結實
潤う うるお	(自五) 潤濕；手頭寬裕；受惠，沾光
浸かる つ	(自五) 淹，泡；泡在（浴盆裡）洗澡；沈浸於某環境
出っ張る でば	(自五)（向外面）突出
触れ合う ふあ	(自五) 相互接觸，相互靠著
もがく	(自五)（痛苦時）掙扎，折騰；焦急，著急，掙扎
寄り掛かる よかか	(自五) 倚，靠；依賴，依靠
かする	(他五) 掠過，擦過；揩油，剝削；（書法中）寫出飛白；（容器中東西過少）見底
くぐる	(他五) 通過，走過；潛水；猜測
震わす ふる	(他五) 使哆嗦，發抖，震動
鍛える きた	(他下一) 鍛，錘鍊；鍛鍊
震わせる ふる	(他下一) 使震驚（哆嗦、發抖）
がっしり	(副・自サ) 健壯，粗壯，堅實；嚴密，緊密
つやつや	(副・自サ) 光潤，光亮，晶瑩剔透

練 習

Ⅰ [a～e]の中から適当な言葉を選んで、（　　　）に入れなさい。（必要なら形を変えなさい）

a. 出っ張る　　b. 鍛える　　c. 漬かる　　d. くぐる　　e. もがく

❶ 入学式の朝、私は誇らしい気持ちで大学の正門を（　　　　　　　　　）。

❷ その箱、その（　　　　　　　　　）ところを上に引くと開くよ。

❸ この漬物はよく（　　　　　　　　　）いておいしい。

❹ 部員たちは毎日の厳しい練習で足腰を（　　　　　　　　　）いる。

Ⅱ [a～e]の中から適当な言葉を選んで、（　　　）に入れなさい。（必要なら形を変えなさい）

a. 震わせる　　b. 脱出する　　c. かする　　d. 潤う　　e. 触れ合う

❶ 早く仕事を見つけて、親のすねをかじる生活から（　　　　　　　　　）たい。

❷ 今朝からの雨で、庭の木々が美しく（　　　　　　　　　）いる。

❸ 家族を語る少年は、悔しさと心細さと寒さで、涙を拭きながら声を（　　　　　　　　　）いた。

❹ 自然と（　　　　　　　　　）体験は、子どもの心を豊かにする。

Ⅲ [a～e]の中から適当な言葉を選んで、（　　　）に入れなさい。

a. 人体　　b. 日焼け　　c. 体格　　d. 仰向け　　e. 身振り

❶ 高校生になる息子は（　　　　　　　　　）こそ立派だが、まだまだ子どもだ。

❷ スペイン語はてんでできないが、（　　　　　　　　　）手振りでなんとかなる。

❸ この農園では、（　　　　　　　　　）に無害な除草剤を使用しています。

❹ （　　　　　　　　　）をして、腕に時計の跡がついてしまった。

8 人体 (2) 人體 (2)

じんたい

◆ 顔 臉
かお

顔付き かおつ	(名) 相貌，臉龐；表情，神色	**余所見** よそみ	(名·自サ) 往旁處看；給他人看見的樣子
眼球 がんきゅう	(名) 眼球	**一瞥** いちべつ	(名·サ変) 一瞥，看一眼
コンタクト 【contact lens 之略】	(名) 隱形眼鏡	**ぼつぼつ**	(名·副) 小斑點，佈滿小點貌；漸漸，一點一點地
視覚 しかく	(名) 視覺	**一見** いっけん	(名·副·他サ) 看一次，一看；一瞥，看一眼；乍看，初看
下地 したじ	(名) 準備，基礎，底子；素質，資質，真心；布等的底色	**張り** は	(名·接尾) 張力，拉力；緊張而有力；勁頭，信心
弾力 だんりょく	(名) 彈力，彈性	**つぶら**	(形動) 圓而可愛的；圓圓的
聴覚 ちょうかく	(名) 聽覺	**なめらか**	(形動) 物體的表面滑溜溜的；光滑，光潤；流暢的像流水一樣；順利，流暢
唾 つば	(名) 唾液，口水		
呟き つぶや	(名) 牢騷，嘟囔；自言自語的聲音	**俯く** うつむ	(自五) 低頭，臉朝下；垂下來，向下彎
でき物 もの	(名) 疙瘩，腫塊；出色的人	**ぼやける**	(自下一) （物體的形狀或顏色）模糊，不清楚
にきび	(名) 青春痘，粉刺	**仰ぐ** あお	(他五) 仰，抬頭；尊敬；仰賴，依靠；請，求；服用
初耳 はつみみ	(名) 初聞，初次聽到，前所未聞	**傾ける** かたむ	(他下一) 使…傾斜，使…歪偏；飲（酒）等；傾注；傾，敗（家），使（國家）滅亡
一息 ひといき	(名) 一口氣；喘口氣；一把勁		
頬っぺた ほ	(名) 面頰，臉蛋	**口ずさむ** くち	(他五) （隨興之所致）吟，詠，誦
眉 まゆ	(名) 眉毛，眼眉	**反らす** そ	(他五) 向後仰，（把東西）弄彎
見晴らし みは	(名) 眺望，遠望；景致	**逸らす** そ	(他五) （把視線、方向）移開，離開，轉向別方；佚失，錯過；岔開（話題、注意力）
目付き めつ	(名) 眼神		
盲点 もうてん	(名) （眼球中的）盲點，暗點；空白點，漏洞	**つぶる**	(他五) （把眼睛）閉上
一目 いちもく	(名·自サ) 一隻眼睛；一看，一目；（項目）一項，一款	**見逃す** みのが	(他五) 看漏；饒過，放過；錯過；沒看成
瞬き・瞬き まばた また	(名·自サ) 瞬，眨眼	**見渡す** みわた	(他五) 瞭望，遠望；看一遍，環視

見届ける み とど	(他下一) 看到，看清；看到最後；預見	ちらっと	(副) 一閃，一晃；隱約，斷斷續續
澄ます・清ます す　　　す	(自五・他五・接尾) 澄清（液體）；使晶瑩，使清澈；洗淨；平心靜氣；集中注意力；裝模作樣，假正經，擺架子；裝作若無其事；（接在其他動詞連用形下面）表示完全成為…	くっきり	(副・自サ) 特別鮮明，清楚

人體
(2)

練習

Ⅰ [a～e]の中から適当な言葉を選んで、（　　　）に入れなさい。（必要なら形を変えなさい）

a. 仰ぐ あお	b. 口ずさむ くち	c. 俯く うつむ	d. ぼやける	e. 逸らす そ

❶ あの子は頑固で、謝れと言っても（　　　　　　　　　）まま口を利かない。
あ　こ　がんこ　　　あやま　　　い　　　　　　　　　　　　　　　　くち　き

❷ あいつは都合の悪いことになると話を（　　　　　　　）答えない。
つ ごう　わる　　　　　　　はなし　　　　　　　　　　こた

❸ 最後のシーンは涙で（　　　　　　　）よく見えなかった。
さい ご　　　　　　なみだ　　　　　　　　　　　　み

❹ シュートが決まった瞬間、彼は「オーマイガー！」と天を（　　　　　　　）。
き　　　しゅんかん　かれ　　　　　　　　　　　　　　てん

Ⅱ [a～e]の中から適当な言葉を選んで、（　　　）に入れなさい。（必要なら形を変えなさい）

a. 反らす そ	b. つぶる	c. 傾ける かたむ	d. 見逃す み のが	e. 呟く つぶや

❶ ほーら、目を（　　　　　　　）、お口を開けてごらん。
め　　　　　　　　　　くち　あ

❷ さっきから一人で何をぶつぶつ（　　　　　　　）るの？
ひとり　なに

❸ 両手を大きく広げて胸を（　　　　　　）ましょう。
りょうて　おお　　ひろ　　むね

❹ 犬は首を少し（　　　　　　　）、飼い主のことばをじっと聞いていた。
いぬ　くび　すこ　　　　　　　　　　か　ぬし　　　　　　　　　き

9 人体(3) 人體(3)

じんたい

◆ 手足　手腳
てあし

歩み あゆ	(名) 步行，走；腳步，步調；進度，發展
お手上げ て あ	(名) 束手無策，毫無辦法，沒轍
指紋 し もん	(名) 指紋
手数 て すう	(名) 費事；費心；麻煩
手筈 て はず	(名) 程序，步驟；(事前的)準備
裸足 は だし	(名) 赤腳，赤足，光著腳；敵不過
駆け足 か あし	(名・自サ) 快跑，快步；跑步似的，急急忙忙；策馬飛奔
ジャンプ【jump】	(名・自サ) (體)跳躍；(商)物價暴漲
着手 ちゃくしゅ	(名・自サ) 著手，動手，下手；(法)(罪行的)開始
徒歩 と ほ	(名・自サ) 步行，徒步
所持 しょ じ	(名・他サ) 所持，所有；攜帶
歩む あゆ	(自五) 行走；向前進，邁進
忍び寄る しの よ	(自五) 偷偷接近，悄悄地靠近
立ち去る た さ	(自五) 走開，離去
踏み込む ふ こ	(自五) 陷入，走進，跨進；闖入，擅自進入
押し込む お こ	(自五) 闖入，硬擠；闖進去行搶 (他五) 塞進，硬往裡塞
指す さ	(他五) (用手)指，指示；點名指名；指向；下棋；告密
指差す ゆびさ	(他五) (用手指)指
摘む つ	(他五) 夾取，摘，採，掐；(用剪刀等)剪，剪齊

摘む つま	(他五) (用手指尖)捏，撮；(用手指尖或筷子)夾，捏
取り戻す と もど	(他五) 拿回，取回；恢復，挽回
はたく	(他五) 撣；拍打；傾囊，花掉所有的金錢
引っ掻く ひ か	(他五) 搔
放り込む ほう こ	(他五) 扔進，拋入
毟る むし	(他五) 揪，拔；撕，剔(骨頭)；也寫作「挘る」
束ねる たば	(他下一) 包，捆，扎，束；管理，整飭，整頓

◆ 内臓、器官　內臟、器官
ないぞう　き かん

器官 き かん	(名) 器官
腎臓 じんぞう	(名) 腎臟
内臓 ないぞう	(名) 內臟
肝心・肝腎 かんじん　かんじん	(名・形動) 肝臟與心臟；首要，重要，要緊；感激
破裂 は れつ	(名・自サ) 破裂
骨 こつ	(名・漢造) 骨；遺骨，骨灰；要領，祕訣；品質；身體
腸 ちょう	(名・漢造) 腸，腸子
脳 のう	(名・漢造) 腦；頭腦，腦筋；腦力，記憶力；主要的東西
肺 はい	(名・漢造) 肺；肺腑

練 習

Ⅰ [a～e]の中から適当な言葉を選んで、（　　　）に入れなさい。（必要なら形を変えなさい）

a. 束ねる	b. 摘む	c. 取り戻す	d. 歩む	e. 指差す

❶ 彼女は長い髪を後ろで（　　　　　　　　）と、キッチンに向かった。

❷ 治療薬開発のため、40年間研究一筋で（　　　　　　　　）まいりました。

❸ 毎日花を（　　　　　　　）小さな花瓶に挿すのが楽しみです。

❹ 彼女が（　　　　　　　）方向を見ると、遠くに煙が上がっていた。

Ⅱ [a～e]の中から適当な言葉を選んで、（　　　）に入れなさい。（必要なら形を変えなさい）

a. 押し込む	b. 引っ掻かれる	c. 踏み込む	d. むしる	e. はたく

❶ 人のプライバシーに勝手に（　　　　　　　）ようなまねは、やめていただきたい。

❷ 子猫を抱き上げようとして腕を（　　　　　　）。

❸ 殴ったつもりはない。冗談で頭を軽く（　　　　　　）だけです。

❹ 彼は口の中にパンを（　　　　　　）と、コーヒーでそれを流し込んだ。

Ⅲ [a～e]の中から適当な言葉を選んで、（　　　）に入れなさい。（必要なら形を変えなさい）

a. 所持する	b. 指す	c. ジャンプする	d. 忍び寄る	e. 破裂する

❶ 男は違法薬物を（　　　　　　　）いたとして逮捕された。

❷ もうこれ以上食べられないよ。お腹が（　　　　　　）そうだ。

❸ 大急ぎで階段を走り下りて、最後の3段は（　　　　　　）。

❹ 「先般」とは、あまり遠くない過去を（　　　　　　）言葉です。

10 生理(1)
せい　り
生理(現象)(1)

◆ 誕生、生命　誕生、生命
たんじょう　せいめい

生き甲斐 い　が　い	(名) 生存的意義，生活的價值，活得起勁
運命 うんめい	(名) 命，命運；將來
お産 さん	(名) 生孩子，分娩
同い年 おな　どし	(名) 同年齡，同歲
宿命 しゅくめい	(名) 宿命，注定的命運
セックス【sex】	(名) 性，性別；性慾；性交
神秘 しん　ぴ	(名・形動) 神秘，奧秘
出生・出生 しゅっしょう　しゅっせい	(名・自サ) 出生，誕生；出生地
妊娠 にんしん	(名・自サ) 懷孕
繁殖 はんしょく	(名・自サ) 繁殖；滋生
出産 しゅっさん	(名・自他サ) 生育，生產，分娩
生まれつき う	(名・副) 天性；天生，生來
縮まる ちぢ	(自五) 縮短，縮小；慌恐，捲曲
生かす い	(他五) 留活口；弄活，救活；活用，利用；恢復；讓食物變美味；使變生動

◆ 老い、死　老年、死亡
お　　　し

安否 あん　ぴ	(名) 平安與否；起居
意識不明 い　しき　ふ　めい	(名) 失去意識，意識不清
死 し	(名) 死亡；死罪；無生氣，無活力；殊死，拼命
死因 し　いん	(名) 死因
生涯 しょうがい	(名) 一生，終生，畢生；(一生中的)某一階段，生活

生死 せい　し	(名) 生死；死活
老衰 ろうすい	(名・自サ) 衰老
介護 かい　ご	(名・他サ) 照顧病人或老人
年頃 としごろ	(名・副) 大約的年齡；妙齡，成人年齡；幾年來，多年來
健全 けんぜん	(形動) (身心)健康，健全；(運動、制度等)健全，穩固
老いる お	(自上一) 老，上年紀；衰老；(雅)(季節)將盡
朽ちる く	(自上一) 腐朽，腐爛，腐壞；默默無聞而終，埋沒一生；(轉)衰敗，衰亡
衰える おとろ	(自下一) 衰落，衰退
絶える た	(自下一) 斷絕，終了，停止，滅絕，消失
途絶える と　だ	(自下一) 斷絕，杜絕，中斷
果てる は	(自下一) 完畢，終了，終；死 (接尾) (接在特定動詞連用形後)達到極點
惚ける ぼ	(自下一) (上了年紀)遲鈍；(形象或顏色等)褪色，模糊
故 こ	(漢造) 陳舊，故；本來；死去；有來由的事；特意

Ⅰ [a～e]の中から適当な言葉を選んで、（　　　）に入れなさい。

a. 神秘 しん ぴ	b. 年頃 としごろ	c. 生死 せい し	d. 宿命 しゅくめい	e. 老衰 ろうすい

❶ 宮本選手にとって、佐々木選手は（　　　　　　　　　　　）のライバルといえる。

❷ 脱水は（　　　　　　　　　）にかかわることだ。気を付けて水分を摂るように。

❸ 我が家の老犬は、（　　　　　　　　　）のためにほとんど目が見えない。

❹ お嬢さんもお（　　　　　　　　　）で、さぞお奇麗になられたことでしょう。

Ⅱ [a～e]の中から適当な言葉を選んで、（　　　）に入れなさい。（必要なら形を変えなさい）

a. 絶える た	b. 妊娠する にんしん	c. 朽ちる く	d. 生かす い	e. 老いる お

❶ この道は夜中でも人通りが（　　　　　　　　）ことがない。

❷ 厳しかった父は、（　　　　　　　　）すっかり穏やかになった。

❸ 谷川にかかった吊り橋は、ほとんど（　　　　　　　　）かけていた。

❹ 君のその、人の心を掴む才能を（　　　　　　　　）道がきっとあるはずだ。

Ⅲ [a～e]の中から適当な言葉を選んで、（　　　）に入れなさい。（必要なら形を変えなさい）

a. 惚ける ぼ	b. 途絶える とだ	c. 縮まる ちぢ	d. 介護する かい ご	e. 繁殖する はんしょく

❶ さすがの父も 90 を過ぎて少々（　　　　　　　　）きたようだ。

❷ あいつとは大喧嘩を機に一気に距離が（　　　　　　　　）、今じゃ親友だ。

❸ インドからの電話を最後に兄の消息が（　　　　　　　　）、もう 10 年になる。

❹ 夏にシベリアで（　　　　　　　　）白鳥は、温暖な日本に渡って冬を越す。

11 生理 (2)
せい り

生理 (現象) (2)

◆ 発育、健康　發育、健康
はついく　けんこう

危害 き がい	(名) 危害，禍害；災害，災禍	慢性 まんせい	(名) 慢性
思春期 し しゅん き	(名) 青春期	高所恐怖症 こうしょきょう ふ しょう	(名) 懼高症
青春 せいしゅん	(名) 春季；青春，歲月	貧弱 ひんじゃく	(名·形動) 軟弱，瘦弱；貧乏，欠缺；遜色
生理 せい り	(名) 生理；月經	不振 ふ しん	(名·形動) (成績) 不好，不興旺，蕭條，(情勢) 不利
育ち そだ	(名) 發育，生長；長進，成長	不調 ふ ちょう	(名·形動) (談判等) 破裂，失敗；不順利，萎靡
乳 ちち	(名) 奶水，乳汁；乳房	うたた寝 ね	(名·自サ) 打瞌睡，假寐
乱れ みだ	(名) 亂；錯亂；混亂	全快 ぜんかい	(名·自サ) 痊癒，病全好
源 みなもと	(名) 水源，發源地；(事物的) 起源，根源	窒息 ちっそく	(名·自サ) 窒息
達者 たっしゃ	(名·形動) 精通，熟練；健康；精明，圓滑	一眠り ひとねむ	(名·自サ) 睡一會兒，打個盹
成熟 せいじゅく	(名·自サ) (果實的) 成熟；(植) 發育成樹；(人的) 發育成熟	疲労 ひ ろう	(名·自サ) 疲勞，疲乏
生育・成育 せいいく　せいいく	(名·自他サ) 生育，成長，發育，繁殖 (寫「生育」主要用於植物，寫「成育」則用於動物)	便秘 べん ぴ	(名·自サ) 便秘，大便不通
補給 ほ きゅう	(名·他サ) 補給，補充，供應	ふらふら	(名·自サ·形動) 蹣跚，搖晃；(心情) 遊蕩不定，悠悠蕩蕩；恍惚，神不守己；蹓躂
逞しい たくま	(形) 身體結實、健壯的樣子，強壯；充滿力量的樣子，茁壯，旺盛，迅猛	増進 ぞうしん	(名·自他サ) (體力，能力) 增進，增加
寝苦しい ね ぐる	(形) 難以入睡	蓄積 ちくせき	(名·他サ) 積蓄，積累，儲蓄，儲備
健やか すこ	(形動) 身心健康；健全，健壯	だるい	(形) 因生病或疲勞而身子沉重不想動；懶；酸
保つ たも	(自五·他五) 保持不變，保存住；保持，維持；保，保住，支持	デリケート 【delicate】	(形動) 美味，鮮美；精緻，精密；微妙；纖弱；纖細，敏感

◆ 体調、体質　身體狀況、體質
たいちょう　たいしつ

過労 か ろう	(名) 勞累過度	むくむ	(自五) 浮腫，虛腫
空腹 くうふく	(名) 空腹，空肚子，餓	かぶれる	(自下一) (由於漆、膏藥等的過敏與中毒而) 發炎，起疹子；(受某種影響而) 熱中，著迷

むせる	自下一 噎，嗆
休める やす	他下一（活動等）使休息，使停歇；（身心等）使休息，使安靜
ぐったり	副・自サ 虛軟無力，虛脫
むかむか	副・自サ 噁心，作嘔；怒上心頭，火冒三丈

11 生理（現象）(2)

練 習

Ⅰ [a～e]の中から適当な言葉を選んで、（　）に入れなさい。

a. 慢性 まんせい	b. 生理 せいり	c. 育ち そだ	d. 乱れ みだ	e. 源 みなもと

❶ 生活リズムの（　　　　　）は、心身に様々な悪影響を及ぼす。

❷ 週末のドライブが私の元気の（　　　　　）です。

❸ 見合い相手はいかにも（　　　　　）のよさそうなお嬢さんだった。

❹ 最近体調がよくないと思ったら、（　　　　　）疲労だそうだ。

Ⅱ [a～e]の中から適当な言葉を選んで、（　）に入れなさい。（必要なら形を変えなさい）

a. 保つ たも	b. かぶれる	c. むせる	d. 休める やす	e. 疲労する ひろう

❶ 高い化粧水で（　　　　　）、顔中真っ赤になってしまった。

❷ 開花にはこの温度と湿度を（　　　　　）ことが必要です。

❸ 時には絶食をして、胃腸を（　　　　　）のもいい。

❹ 慌ててお茶を飲んだら、気管に入って（　　　　　）しまった。

12 生理 (3)
せい り

生理（現象）(3)

◆ 痛み　痛疼
いた

痣 あざ	⑧ 痣；（被打出來的）青斑，紫斑
不快 ふ かい	⑧・形動 不愉快；不舒服
打撲 だ ぼく	⑧・他サ 打，碰撞
染みる し	自上一 染上，沾染，感染；刺，殺，痛；銘刻（在心），痛（感）
擦れる す	自下一 摩擦；久經世故，（失去純真）變得油滑；磨損，磨破
さする	他五 摩，擦，搓，撫摸，摩挲
つねる	他五 掐，掐住
取り除く と のぞ	他五 除掉，清除；拆除
和らげる やわ	他下一 緩和；使明白
がんがん	副・自サ 噹噹，震耳的鐘聲；強烈的頭痛或耳鳴聲；喋喋不休的責備貌

◆ 病気、治療 (1)　疾病、治療(1)
びょう き　ち りょう

アトピー性皮膚炎 【atopy せいひふえん】	⑧ 過敏性皮膚炎
アフターケア 【aftercare】	⑧ 病後調養
アルツハイマー病・アルツハイマー型認知症 びょう　がたにんち しょう 【alzheimer びょう・alzheimer がたにんちしょう】	⑧ 阿茲海默症
鬱病 うつびょう	⑧ 憂鬱症
癌 がん	⑧（醫）癌；癥結

気管支炎 き かん し えん	⑧（醫）支氣管炎
効き目 き め	⑧ 效力，效果，靈驗
近眼 きんがん	⑧（俗）近視眼；目光短淺
近視 きん し	⑧ 近視，近視眼
結核 けっかく	⑧ 結核，結核病
幻覚 げんかく	⑧ 幻覺，錯覺
抗生物質 こうせいぶっしつ	⑧ 抗生素
細菌 さいきん	⑧ 細菌
細胞 さいぼう	⑧（生）細胞；（黨的）基層組織，成員
寒気 さむ け	⑧ 寒冷，風寒，發冷；憎惡，厭惡感，極不愉快的感覺
湿疹 しっしん	⑧ 濕疹
失調 しっちょう	⑧ 失衡，不調和；不平衡，失常
安静 あんせい	⑧・形動 安靜；靜養
緊急 きんきゅう	⑧・形動 緊急，急迫，迫不及待
悪化 あっ か	⑧・自サ 惡化，變壞
感染 かんせん	⑧・自サ 感染；受影響
欠乏 けつぼう	⑧・自サ 缺乏，不足
下痢 げ り	⑧・自サ（醫）瀉肚子，腹瀉
再発 さいはつ	⑧・他サ（疾病）復發，（事故等）又發生；（毛髮）再生
自覚 じ かく	⑧・他サ 自覺，自知，認識；覺悟；自我意識
謝絶 しゃぜつ	⑧・他サ 謝絕，拒絕

圧迫 (あっぱく)	(名・他サ) 壓力；壓迫	げっそり	(副・自サ) 突然減少；突然消瘦很多；(突然)灰心，無精打采
介抱 (かいほう)	(名・他サ) 護理，服侍，照顧（病人、老人等）	症 (しょう)	(漢造) 病症
菌 (きん)	(名・漢造) 細菌，病菌，霉菌；蘑菇		
害する (がい)	(他サ) 損害，危害，傷害；殺害		
拗らせる (こじ)	(他下一) 搞壞，使複雜，使麻煩；使加重，使惡化，弄糟		

練習

Ⅰ [a〜e]の中から適当な言葉を選んで、（　）に入れなさい。

a. 自覚 (じかく)	b. 不快 (ふかい)	c. 下痢 (げり)	d. 欠乏 (けつぼう)	e. 菌 (きん)

❶ ワサビには（　　　　　　　）の繁殖(はんしょく)を防(ふせ)ぐ効果(こうか)があるそうだ。

❷ 昨夜(さくや)のシチューが傷(いた)んでいたようで、今朝(けさ)から（　　　　　　　）が酷(ひど)い。

❸ ビタミンの（　　　　　　　）は目(め)や骨(ほね)、神経(しんけい)等(など)の深刻(しんこく)な病(やまい)を招(まね)く。

❹ もう後輩(こうはい)が３人(にん)もいるのだから、先輩(せんぱい)としての（　　　　　　　）を持(も)ちなさい。

Ⅱ [a〜e]の中から適当な言葉を選んで、（　）に入れなさい。（必要なら形を変えなさい）

a. 和らげる (やわ)	b. さする	c. がんがんする	d. 害する (がい)	e. つねる

❶ 発作(ほっさ)に苦(くる)しむ私(わたし)の背中(せなか)を母(はは)は一晩中(ひとばんじゅう)（　　　　　　　）くれた。

❷ 寝不足(ねぶそく)のせいで、頭(あたま)が（　　　　　　　）今(いま)にも割(わ)れそうだ。

❸ 彼女(かのじょ)の元気(げんき)な挨拶(あいさつ)が、職場(しょくば)の雰囲気(ふんいき)を（　　　　　　　）くれる。

❹ 慢性的(まんせいてき)な睡眠不足(すいみんぶそく)は健康(けんこう)を大(おお)きく（　　　　　　　）そうだ。

13 生理 (4)

せいり

生理（現象）(4)

◆ 病気、治療 (2)　疾病、治療 (2)
びょうき ちりょう

心臓麻痺 しんぞうまひ	（名）心臓麻痺
蕁麻疹 じんましん	（名）蕁麻疹
喘息 ぜんそく	（名）（醫）喘息，哮喘
手遅れ ておくれ	（名）為時已晚，耽誤
認知症 にんちしょう	（名）老人癡呆症
熱中症 ねっちゅうしょう	（名）中暑
ノイローゼ【（德）Neurose】	（名）精神官能症，神經病；神經衰竭；神經崩潰
肺炎 はいえん	（名）肺炎
皮膚炎 ひふえん	（名）皮膚炎
麻酔 ますい	（名）麻醉，昏迷，不省人事
免疫 めんえき	（名）免疫；習以為常
病 やまい	（名）病；毛病；怪癖
リハビリ【rehabilitation 之略】	（名）（為使身障人士與長期休養者能回到正常生活與工作能力的）醫療照護，心理指導，職業訓練
レントゲン【roentgen】	（名）X 光線
良好 りょうこう	（名・形動）良好，優秀
脱水 だっすい	（名・自サ）脫水；（醫）脫水
中毒 ちゅうどく	（名・自サ）中毒
度忘れ どわすれ	（名・自サ）一時記不起來，一時忘記
発病 はつびょう	（名・自サ）病發，得病
負傷 ふしょう	（名・自サ）負傷，受傷

発作 ほっさ	（名・自サ）（醫）發作
保養 ほよう	（名・自サ）保養，（病後）修養，療養；（身心的）修養；消遣
麻痺 まひ	（名・自サ）麻痺，麻木；癱瘓
進行 しんこう	（名・自他サ）前進，行進；進展；（病情等）發展，惡化
処置 しょち	（名・他サ）處理，處置，措施；（傷、病的）治療
切開 せっかい	（名・他サ）（醫）切開，開刀
捻挫 ねんざ	（名・他サ）扭傷、挫傷
先天的 せんてんてき	（形動）先天（的），與生俱來（的）
付き添う つきそう	（自五）跟隨左右，照料，管照，服侍，護理
弱る よわる	（自五）衰弱，軟弱；困窘，為難
尽きる つきる	（自上一）盡，光，沒了；到頭，窮盡
ばてる	（自下一）（俗）精疲力倦，累到不行
腫れる はれる	（自下一）腫，脹
接ぐ つぐ	（他五）縫補；接在一起

◆ 体の器官の働き　身體器官功能
からだ きかん はたら

いびき	（名）鼾聲
感触 かんしょく	（名）觸感，觸覺；（外界給予的）感觸，感受
屎尿 しにょう	（名）屎尿，大小便
大便 だいべん	（名）大便，糞便
尿 にょう	（名）尿，小便

左利き ひだり き	名 左撇子；愛好喝酒的人	**息苦しい** いきぐる	形 呼吸困難；苦悶，令人窒息
出血 しゅっけつ	名·自サ 出血；（戰時士兵的）傷亡，死亡；虧本，犧牲血本	**煙たい** けむ	形 煙氣嗆人，煙霧瀰漫；（因為自己理虧覺得對方）難以親近，使人不舒服
貧血 ひんけつ	名·自サ （醫）貧血		
脈 みゃく	名·漢造 脈，血管；脈搏；（山脈、礦脈、葉脈等）脈；（表面上看不出的）關連		

練 習

Ⅰ [a～e]の中から適当な言葉を選んで、（　　　）に入れなさい。

a. 脈 みゃく	b. 負傷 ふしょう	c. いびき	d. 免疫 めんえき	e. 貧血 ひんけつ

❶ ヨーグルトなどの発酵食品には（　　　　　　　）力を高める効果がある。

❷ 夫の（　　　　　　　）があんまり酷いので、最近は別室で寝ています。

❸ （　　　　　　　）の予防に鉄分を多く含む食品をとりましょう。

❹ 医者は患者の手首に手を当てて、（　　　　　　　）を測った。

Ⅱ [a～e]の中から適当な言葉を選んで、（　　　）に入れなさい。

a. 認知症 にんちしょう	b. 喘息 ぜんそく	c. 麻痺 まひ	d. 中毒 ちゅうどく	e. レントゲン

❶ 医者は（　　　　　　　）写真を撮って、丁寧に説明してくれた。

❷ この子は緊張すると（　　　　　　　）の発作を起こすんです。

❸ 火災事故では一酸化炭素（　　　　　　　）による死亡が多い。

❹ 右半身に残った（　　　　　　　）はリハビリを続けることで軽減します。

14 人物 (1) 人物(1)

◆ 人物　人物

動き　うご	(名) 活動，動作；變化，動向；調動，更動
英雄　えいゆう	(名) 英雄
貫録　かんろく	(名) 尊嚴，威嚴；威信；身分
経歴　けいれき	(名) 經歷，履歷；經過，體驗；周遊
正体　しょうたい	(名) 原形，真面目；意識，神志
他者　たしゃ	(名) 別人，其他人
適性　てきせい	(名) 適合某人的性質，資質，才能；適應性
天才　てんさい	(名) 天才
人影　ひとかげ	(名) 人影；人
人気　ひとけ	(名) 人的氣息
身の上　みのうえ	(名) 境遇，身世，經歷；命運，運氣
身元　みもと	(名)（個人的）出身，來歷，經歷；身分，身世
履歴　りれき	(名) 履歷，經歷
悪者　わるもの	(名) 壞人，壞傢伙，惡棍
未熟　みじゅく	(名·形動) 未熟，生；不成熟，不熟練
無能　むのう	(名·形動) 無能，無才，無用
混血　こんけつ	(名·自サ) 混血
上がり　あ	(名·接尾)…出身；剛
丸める　まる	(他下一) 弄圓，揉成團；攏絡，拉攏；剃成光頭；出家
赤の他人　あか　たにん	(連語) 毫無關係的人；陌生人

ただの人　ひと	(連語) 平凡人，平常人，普通人

◆ 老若男女　男女老少

異性　いせい	(名) 異性；不同性質
紳士　しんし	(名) 紳士；（泛指）男人
成年　せいねん	(名) 成年（日本現行法律為二十歲）
ミセス【Mrs.】	(名) 女士，太太，夫人；已婚婦女，主婦
レディー【lady】	(名) 貴婦人；淑女；婦女
ヤング【young】	(名·造語) 年輕人，年輕一代；年輕的
児　じ	(漢造) 幼兒；兒子；人；可愛的年輕人

◆ 容姿　姿容

気品　きひん	(名)（人的容貌、藝術作品的）品格，氣派
ポーズ【pose】	(名)（人在繪畫、舞蹈等）姿勢；擺樣子，擺姿勢
身なり　み	(名) 服飾，裝束，打扮
華美　かび	(名·形動) 華美，華麗
不細工　ぶさいく	(名·形動)（技巧，動作）笨拙，不靈巧；難看，醜
優美　ゆうび	(名·形動) 優美
覆面　ふくめん	(名·自サ) 蒙上臉；不出面，不露面
チェンジ【change】	(名·自他サ) 交換，兌換，變化；（網球，排球等）交換場地
志向　しこう	(名·他サ) 志向；意向

平（ひら）たい	㊙ 沒有多少深度或廣度，少凹凸而橫向擴展；平，扁，平坦；容易，淺顯易懂	きらびやか	㊙動 鮮豔美麗到耀眼的程度；絢麗，華麗
みすぼらしい	㊙ 外表看起來很貧窮的樣子；寒酸；難看	高尚（こうしょう）	㊙動 高尚；（程度）高深
凛凛（りり）しい	㊙ 凜凜，威嚴可敬	シック【（法）chic】	㊙動 時髦，漂亮；精緻
エレガント【elegant】	㊙動 雅致（的），優美（的），漂亮（的）	見違（みちが）える	㊙下一 看錯

練習

I [a〜e]の中から適当な言葉を選んで、（　　）に入れなさい。

a. 身元（みもと）	b. 生身（なまみ）	c. 悪者（わるもの）	d. 赤（あか）の他人（たにん）	e. 紳士（しんし）

❶ 現場（げんば）に残（のこ）された DNA から、被害者（ひがいしゃ）の（　　　　　　　）が判明（はんめい）した。

❷ マナー違反（いはん）を注意（ちゅうい）したら、なぜか私（わたし）が（　　　　　　　）にされた。

❸ 電車（でんしゃ）で席（せき）を譲（ゆず）ってくれたのは、6歳（さい）くらいの小（ちい）さな（　　　　　　　）だった。

❹ 家族（かぞく）より、むしろ（　　　　　　　）のほうが頼（たよ）りになることもある。

II [a〜e]の中から適当な言葉を選んで、（　　）に入れなさい。

a. 混血（こんけつ）	b. 身（み）の上（うえ）	c. 生年（しょうねん）	d. ヤング	e. 成年（せいねん）

❶ 民法（みんぽう）の（　　　　　　　）年齢（ねんれい）は二十歳（はたち）から十八歳（じゅうはっさい）に引（ひ）き下（さ）げられる。

❷ （　　　　　　　）語（ご）やギャル語（ご）といわれる若者（わかもの）ことばを集（あつ）めてみた。

❸ 本題（ほんだい）の前（まえ）に私（わたし）の（　　　　　　　）話（ばなし）に、少々（しょうしょう）お付（つ）き合（あ）いください。

❹ この物語（ものがたり）の主人公（しゅじんこう）は人間（にんげん）と魔法使（まほうつか）いの（　　　　　　　）だそうだ。

15 人物 (2) 人物 (2)

◆ 人の集まりを表すことば　各種人物相關團體的稱呼

いちどう 一同	名 大家，全體	
かんしゅう 観衆	名 觀眾	
ぐんしゅう 群衆	名 群眾，人群	
ぐん 群	名 群，類；成群的；數量多的	
げきだん 劇団	名 劇團	
げんじゅうみん 原住民	名 原住民	
しょみん 庶民	名 庶民，百姓，群眾	
じんみん 人民	名 人民	
たいしゅう 大衆	名 大眾，群眾；眾生	
ペア【pair】	名 一雙，一對，兩個一組，一隊	
ぼうりょくだん 暴力団	名 暴力組織	
みんぞく 民俗	名 民俗，民間風俗	
みんぞく 民族	名 民族	
れんちゅう 連中	名 伙伴，一群人，同夥；（演藝團體的）成員們	
しょくん 諸君	名・代（一般為男性用語，對長輩不用）各位，諸君	
ぐんしゅう 群集	名・自サ 群集，聚集；人群，群	
けっせい 結成	名・他サ 結成，組成	
しゅう 衆	名・漢造 眾多，眾人；一夥人	
じん 陣	名・漢造 陣勢；陣地；行列；戰鬥，戰役	
たい 隊	名・漢造 隊，隊伍，集體組織；（有共同目標的）幫派或集團	

どうし 同士	名・接尾（意見、目的、理想、愛好相同者）同好；（彼此關係、性質相同的人）彼此，伙伴，同夥們

◆ いろいろな人を表すことば (1)　各種人物的稱呼 (1)

いちいん 一員	名 一員；一份子
エリート 【(法) elite】	名 菁英，傑出人物
がくし 学士	名 學者；（大學）學士畢業生
きぞく 貴族	名 貴族
ぎょうしゃ 業者	名 工商業者
くろうと 玄人	名 內行，專家
ゲスト【guest】	名 客人，旅客；客串演員
こじん 故人	名 故人，舊友；死者，亡人
さむらい 侍	名（古代公卿貴族的）近衛；古代的武士；有骨氣，行動果決的人
サンタクロース 【Santa Claus】	名 聖誕老人
じつぎょうか 実業家	名 實業鉅子，企業經營者
じぬし 地主	名 地主，領主
じゅうぎょういん 従業員	名 工作人員，員工，職工
しゅうし 修士	名 碩士；修道士
しようにん 使用人	名 佣人，雇工
しょうにん 証人	名（法）證人；保人，保證人
しょくいん 職員	名 職員，員工

女子高生 じょしこうせい	(名) 女高中生	**官** かん	(名・漢造)(國家、政府的)官，官吏；國家機關，政府；官職，職位
信者 しんじゃ	(名) 信徒；…迷，崇拜者，追隨者，愛好者	**主** しゅ	(名・漢造) 主人；君主；首領；主體，中心；居首者；東道主
新入り しんいり	(名) 新參加(的人)，新手；新入獄(者)	**嬢** じょう	(名・漢造) 姑娘，少女；(敬)小姐，女士
新人 しんじん	(名) 新手，新人；新思想的人，新一代的人	**女史** じょし	(名・代・接尾)(敬語)女士，女史
セレブ【celeb】	(名) 名人，名媛，著名人士	**師** し	(名) 軍隊；(軍事編制單位)師；老師；從事專業技術的人
先方 せんぽう	(名) 對方；那方面，那裡，前方，對面，目的地	**士** し	(漢造) 人(多指男性)，人士；武士；士宦；軍人；(日本自衛隊中最低的一級)士；有某種資格的人；對男子的美稱
移民 いみん	(名・自サ) 移民；(移往外國的)僑民		

練 習

Ⅰ [a ～ e]の中から適当な言葉を選んで、(　　)に入れなさい。

a. 庶民 しょみん	b. 女史 じょし	c. 移民 いみん	d. セレブ	e. 職員 しょくいん

❶ ベルサイユ宮殿で結婚式とは、さすが(　　　　　　)だね。

❷ 少子高齢化対策のため、政府は(　　　　　　　)の大量受け入れの検討に入った。

❸ ここは(　　　　　　)的な町だよね。昔ながらのいい商店が多い。

❹ 学校(　　　　　　)とは、教員を含め「学校で働く(　　　　　　)すべて」を指します。

Ⅱ [a ～ e]の中から適当な言葉を選んで、(　　)に入れなさい。

a. 地主 じぬし	b. 群衆 ぐんしゅう	c. 信者 しんじゃ	d. 新入り しんいり	e. 証人 しょうにん

❶ 2万の(　　　　　　)が見守る中、パレードは進んでいった。

❷ 母はこの俳優のファンというより、もう(　　　　　　)だ。

❸ あの子はまだ(　　　　　　)だが、なかなか筋がいいよ。

❹ 君は間違ってないよ。ここにいる全員が(　　　　　　)だ。

16 人物（3）
じんぶつ

人物（3）

◆ いろいろな人を表すことば（2）　各種人物的稱呼（2）
ひと　あらわ

大家 たいか	(名) 大房子；專家，權威者；名門，富豪，大戶人家
タイピスト 【typist】	(名) 打字員
単身 たんしん	(名) 單身，隻身
同志 どうし	(名) 同一政黨的人；同志，同夥，伙伴
当人 とうにん	(名) 當事人，本人
読者 どくしゃ	(名) 讀者
殿様 とのさま	(名) (對貴族、君主的敬稱)老爺，大人
ドライバー 【driver】	(名) (電車、汽車的)司機
仲人 なこうど	(名) 媒人，婚姻介紹人
万人 ばんにん	(名) 萬人，眾人
ファン【fan】	(名) 電扇，風扇；(運動，戲劇，電影等)影歌迷，愛好者
富豪 ふごう	(名) 富豪，百萬富翁
ペーパードライ バー【(和) paper ＋ driver】	(名) 有駕照卻沒開過車的駕駛
兵士 へいし	(名) 士兵，戰士
牧師 ぼくし	(名) 牧師
捕虜 ほりょ	(名) 俘虜
よその人 ひと	(名) 旁人，閒雜人等
旅客・旅客 りょきゃく　りょかく	(名) 旅客，乘客

奴 やつ	(名・代) (蔑)人，傢伙；(粗魯的)指某物，某事情或某狀況；(蔑)他，那小子
主 ぬし	(名・代・接尾) (一家人的)主人，物主；丈夫；(敬稱)您；者，人
著名 ちょめい	(名・形動) 著名，有名
マニア【mania】	(名・造語) 狂熱，癖好；瘋子，愛好者，…迷，…癖
被 ひ	(漢造) 被…，蒙受；被動

◆ 神仏、化け物　神佛、怪物
しんぶつ　ば　もの

お宮 みや	(名) 神社
怪獣 かいじゅう	(名) 怪獸
極楽 ごくらく	(名) 極樂世界；安定的境界，天堂
地獄 じごく	(名) 地獄；苦難；受苦的地方；(火山的)噴火口
宗 しゅう	(名) (宗)宗派；宗旨
神殿 しんでん	(名) 神殿，神社的正殿
聖書 せいしょ	(名) (基督教的)聖經；古聖人的著述，聖典
魂 たましい	(名) 靈魂；魂魄；精神，精力，心魂
釣鐘 つりがね	(名) (寺院等的)吊鐘
天国 てんごく	(名) 天國，天堂；理想境界，樂園
伝説 でんせつ	(名) 傳說，口傳
鳥居 とりい	(名) (神社入口處的)牌坊
仏像 ぶつぞう	(名) 佛像

仏壇 _{ぶつだん}	名 佛龕
幽霊 _{ゆうれい}	名 幽靈，鬼魂，亡魂；有名無實的事物
神聖 _{しんせい}	名·形動 神聖
宣教 _{せんきょう}	名·自サ 傳教，佈道
崇拝 _{すうはい}	名·他サ 崇拜；信仰
化ける _ば	自下一 變成，化成；喬裝，扮裝；突然變成

捧げる _{ささ}	他下一 雙手抱拳，捧拳；供，供奉，敬獻；獻出，貢獻
奉る _{たてまつ}	他五·補動·五型 奉，獻上；恭維，捧；（文）（接動詞連用型）表示謙遜或恭敬
禅 _{ぜん}	漢造 （佛）禪，靜坐默唸；禪宗的簡稱

練習

I [a ～ e]の中から適当な言葉を選んで、（　　）に入れなさい。

a. 主 _{ぬし}	b. 奴 _{やつ}	c. マニア	d. 読者 _{どくしゃ}	e. 同士 _{どうし}

❶ ちょっと厚_{あつ}かましいが、かわいいところもあって憎_{にく}めない（　　　　　　　）なんだ。

❷ 受付_{うけつけ}に持ち（　　　　　　）のわからない携帯電話_{けいたいでんわ}が届_{とど}いています。

❸ 結婚_{けっこん}はあくまでも本人_{ほんにん}（　　　　　　）の意思_{いし}を尊重_{そんちょう}すべきだ。

❹ 鉄道_{てつどう}（　　　　　　）を集_{あつ}めたクイズ大会_{たいかい}で優勝_{ゆうしょう}した。

II [a ～ e]の中から適当な言葉を選んで、（　　）に入れなさい。

a. 聖書 _{せいしょ}	b. 神殿 _{しんでん}	c. 幽霊 _{ゆうれい}	d. 旅客 _{りょかく}	e. 地獄 _{じごく}

❶ この宿_{やど}の二階_{にかい}の部屋_{へや}には（　　　　　　）が出_でるそうだよ。

❷ 宗教画_{しゅうきょうが}は元来_{がんらい}、字_じの読_よめない人々_{ひとびと}に（　　　　　　　）の教_{おし}えを伝_{つた}えるものであった。

❸ ギリシャのパルテノン（　　　　　　）は、白_{しろ}い大理石_{だいりせき}で造_{つく}られている。

❹ 航空会社_{こうくうがいしゃ}に勤_{つと}めているが、（　　　　　　）機_きに乗_のる仕事_{しごと}ではない。

17 人物 (4) 人物(4)

◆ 態度、性格(1)　態度、性格(1)

愛想・愛想	(名)（接待客人的態度、表情等）親切；接待，款待；（在飲食店）算帳，客人付的錢
インテリ【(俄) intelligentsiya 之略】	(名) 知識份子，知識階層
落ち着き	(名) 鎮靜，沉著，安詳；（器物等）穩當，放得穩；穩妥，協調
お使い	(名) 被打發出去辦事，跑腿
粋	(名・形動) 漂亮，瀟灑，俏皮，風流
陰気	(名・形動) 鬱悶，不開心；陰暗，陰森；陰鬱之氣
臆病	(名・形動) 戰戰兢兢的；膽怯，怯懦
おせっかい	(名・形動) 愛管閒事，多事
おっちょこちょい	(名・形動) 輕浮，冒失，不穩重；輕浮的人，輕佻的人
温和	(名・形動)（氣候等）溫和，溫暖；（性情、意見等）柔和，溫和
勝手	(名・形動) 廚房；情況；任意
頑固	(名・形動) 頑固，固執；久治不癒的病，痼疾
浅ましい	(形)（情形等悲慘而可憐的樣子）慘，悲慘；（作法或想法卑劣而下流）卑鄙，卑劣
荒っぽい	(形) 性情、語言行為等粗暴、粗野；對工作等粗糙，草率
潔い	(形) 勇敢，果斷，乾脆，毫不留戀，痛痛快快
嫌らしい	(形) 使人產生不愉快的心情，令人討厭；令人不愉快，不正經，不規矩

大まか	(形動) 不拘小節的樣子，大方；粗略的樣子，概略，大略
大らか	(形動) 落落大方，胸襟開闊，豁達
厳か	(形動) 威嚴而莊重的樣子；莊嚴，嚴肅
活発	(形動) 動作或言談充滿活力；活潑，活躍
気さく	(形動) 坦率，直爽，隨和
一変	(名・自他サ) 一變，完全改變；突然改變
圧倒	(名・他サ) 壓倒；勝過；超過
寛容	(名・形動・他サ) 容許，寬容，容忍
赤らむ	(自五) 變紅，變紅了起來；臉紅
赤らめる	(他下一) 使…變紅
いっそ	(副) 索性，倒不如，乾脆就
おどおど	(副・自サ) 提心吊膽，忐忑不安
癪に障る	(慣) 觸怒，令人生氣
気が利く	(慣) 機伶，敏慧
いい加減	(連語・形動・副) 適當；不認真；敷衍，馬虎；牽強，靠不住；相當，十分

練　習

Ⅰ [a～e]の中から適当な言葉を選んで、（　　）に入れなさい。（必要なら形を変えなさい）

a. 厳か	b. 潔い	c. おっちょこちょい	d. おせっかい	e. いやらしい

❶ 嫌がる相手に（　　　　　　　　）ことばを投げかけるのも、セクハラに当たります。

❷ 結婚式は、親戚友人に見守られる中、（　　　　　　　　）に進行した。

❸ 左右の靴下が違うよ。君はほんとに（　　　　　　　）だなあ。

❹ 君も諦めが悪いな。（　　　　　　　）負けを認めたらどうだ。

Ⅱ [a～e]の中から適当な言葉を選んで、（　　）に入れなさい。（必要なら形を変えなさい）

a. 寛容	b. 陰気	c. 大まか	d. 憶病	e. 粋

❶ 頭でも痛いの？いつも元気な君が、今日は（　　　　　　　）顔だね。

❷ 赤や金の華やかなのもいいが、この紺の着物も（　　　　　　）でいい。

❸ では、本日の予定を（　　　　　）にご説明します。

❹ 山田さんは誠実かつ（　　　　　　）人柄で、社内外からの信頼は厚い。

Ⅲ [a～e]の中から適当な言葉を選んで、（　　）に入れなさい。（必要なら形を変えなさい）

a. 頑固	b. いい加減	c. 浅ましい	d. 気さく	e. 勝手

❶ ニコッと笑えばお菓子がもらえることを知っている（　　　　　　　）子どもでした。

❷ （　　　　　　　）に入らないで、ちゃんと断ってから入ってね。

❸ 一度言い出したらきかない（　　　　　　）性格は父譲りです。

❹ 人気俳優なのに（　　　　　　）人で、快くサインしてくれました。

18 人物 (5) 人物 (5)

◆ 態度、性格 (2) 態度、性格 (2)

気質 (きしつ)	(名) 氣質，脾氣；風格	**形成** (けいせい)	(名・他サ) 形成
気立て (きだて)	(名) 性情，性格，脾氣	**強** (きょう)	(名・漢造) 強者；(接尾詞用法) 強，有餘；強，有力；加強；硬是，勉強
気風 (きふう)	(名) 風氣，習氣；特性，氣質；風度，氣派	**弱** (じゃく)	(名・接尾・漢造) (文) 弱，弱者；不足；年輕
行為 (こうい)	(名) 行為，行動，舉止	**しぶとい**	(形) 對痛苦或逆境不屈服，倔強，頑強
個性 (こせい)	(名) 個性，特性	**気障** (きざ)	(形動) 裝模作樣，做作；令人生厭，刺眼
自我 (じが)	(名) 我，自己，自我；(哲) 意識主體	**細やか** (こまやか)	(形動) 深深關懷對方的樣子；深切，深厚
社交 (しゃこう)	(名) 社交，交際	**残酷** (ざんこく)	(形動) 殘酷，殘忍
情熱 (じょうねつ)	(名) 熱情，激情	**しとやか**	(形動) 說話與動作安靜文雅；文靜
人格 (じんかく)	(名) 人格，人品；(獨立自主的) 個人	**拘る** (こだわる)	(自五) 拘泥；妨礙，阻礙，抵觸
几帳面 (きちょうめん)	(名・形動) 規規矩矩，一絲不苟；(自律) 嚴格，(注意) 周到	**こつこつ**	(副) 孜孜不倦，堅持不懈，勤奮；(硬物相敲擊) 咚咚聲
気長 (きなが)	(名・形動) 緩慢，慢性；耐心，耐性	**しっとり**	(副・サ変) 寧靜，沈靜；濕潤，潤澤
気紛れ (きまぐれ)	(名・形動) 反覆不定，忽三忽四；變化不定，變化無常		
生真面目 (きまじめ)	(名・形動) 一本正經，非常認真；過於耿直		
勤勉 (きんべん)	(名・形動) 勤勞，勤奮		
軽率 (けいそつ)	(名・形動) 輕率，草率，馬虎		
賢明 (けんめい)	(名・形動) 賢明，英明，高明		
雑 (ざつ)	(名・形動) 雜類；(不單純的) 混雜；摻雜；(非主要的) 雜項；粗雜；粗糙；粗枝大葉		
屈折 (くっせつ)	(名・自サ) 彎曲，曲折；歪曲，不正常，不自然		
許容 (きょよう)	(名・他サ) 容許，允許，寬容		

練習

Ⅰ [a〜e]の中から適当な言葉を選んで、（　　）に入れなさい。（必要なら形を変えなさい）

a. 勤勉	b. 気長	c. 雑	d. 気障	e. しとやか

❶ 必ずよくなります。（　　　　　　　　　　）に治療していきましょう。

❷ 君の字は下手というより（　　　　　　　　　）なんだ。もう少し丁寧に書きなさい。

❸ 彼は頭がいい上に（　　　　　　　）だから、鬼に金棒だよ。

❹ 君は今どき珍しいお（　　　　　　　　　）お嬢さんだな。

Ⅱ [a〜e]の中から適当な言葉を選んで、（　　）に入れなさい。（必要なら形を変えなさい）

a. 残酷	b. しぶとい	c. 几帳面	d. 気紛れ	e. 賢明

❶ この活字のような字を見ただけで、彼の（　　　　　　　）性格がわかる。

❷ 車は買うより借りる。それは（　　　　　　　）判断だと思う。

❸ え？やっぱり帰りたいの？いいよ、君の（　　　　　　　）には慣れてるから。

❹ あいつは（　　　　　　　）。一度や二度の失敗では諦めないぞ。

Ⅲ [a〜e]の中から適当な言葉を選んで、（　　）に入れなさい。

a. 屈折	b. 人格	c. 行為	d. 社交	e. 許容

❶ 彼女は（　　　　　　　　　）的で、新しい職場にもすぐに溶け込んだ。

❷ あの男は頭脳明晰で有能だが、（　　　　　　　）に多少問題がある。

❸ 不倫は文化ではなく、軽蔑すべき（　　　　　　　）だ。

❹ 気にするな、この程度のミスは（　　　　　　　）範囲だよ。

19 人物 (6) 人物 (6)

◆ 態度、性格 (3)　態度、性格 (3)

そうたい 相対	名	對面，相對
ちっぽけ	名	(俗)極小
どきょう 度胸	名	膽子，氣魄
ファザコン【(和) father + complex 之略】	名	戀父情結
まえむき 前向き	名	面向前方，面向正面；向前看，積極
マザコン【(和) mother + complex 之略】	名	戀母情結
みえっぱり 見栄っ張り	名	虛飾外表(的人)
もはん 模範	名	模範，榜樣，典型
よくぼう 欲望	名	慾望；欲求
せいじつ 誠実	名・形動	誠實，真誠
せいじゅん 清純	名・形動	清純，純真，清秀
ぜんりょう 善良	名・形動	善良，正直
だいたん 大胆	名・形動	大膽，有勇氣，無畏；厚顏，膽大妄為
たんき 短気	名・形動	性情急躁，沒耐性，性急
ドライ【dry】	名・形動	乾燥，乾旱；乾巴巴，枯燥無味；(處事)理智，冷冰冰；禁酒，(宴會上)不提供酒
ネガティブ・ネガ【negative】	名・形動	(照相)軟片，底片；否定的，消極的
ひとがら 人柄	名・形動	人品，人格，品質；人品好
ぶれい 無礼	名・形動	沒禮貌，不恭敬，失禮
まけずぎらい 負けず嫌い	名・形動	不服輸，好強
むくち 無口	名・形動	沈默寡言，不愛說話
むじゃき 無邪気	名・形動	天真爛漫，思想單純，幼稚
むちゃ 無茶	名・形動	毫無道理，豈有此理；胡亂，亂來；格外，過分
むちゃくちゃ 無茶苦茶	名・形動	毫無道理，豈有此理；混亂，亂七八糟；亂哄哄
れいこく 冷酷	名・形動	冷酷無情
れいたん 冷淡	名・形動	冷淡，冷漠，不熱心；不熱情，不親熱
ろこつ 露骨	名・形動	露骨，坦率，明顯；毫不客氣，毫無顧忌；赤裸裸
ワンパターン【(和) one + pattern】	名・形動	一成不變，同樣的
びしょう 微笑	名・自サ	微笑
はいりょ 配慮	名・他サ	關懷，照料，照顧，關照
ほしゅ 保守	名・他サ	保守；保養
らっかん 楽観	名・他サ	樂觀
そっけない 素っ気ない	形	不表示興趣與關心；冷淡的
ちかよりがたい 近寄りがたい	形	難以接近
つよい 強い	形	強，強勁；強壯，健壯；強烈，有害；堅強，堅決；對…強，有抵抗力；(在某方面)擅長
でかい	形	(俗)大的
なまぬるい 生ぬるい	形	還沒熱到熟的程度，該冰的東西尚未冷卻；溫和；不嚴格，馬馬虎虎；姑息

なれなれしい	形 非常親近，完全不客氣的態度；親近，親密無間
ぞんざい	形動 粗率，潦草，馬虎；不禮貌，粗魯
チャーミング【charming】	形動 有魅力，迷人，可愛
明朗(めいろう)	形動 明朗；清明，公正，光明正大，不隱諱
堂々(どうどう)	形動・副（儀表等）堂堂；威風凜凜；冠冕堂皇，光明正大；無所顧忌，勇往直前
強がる(つよ)	自五 逞強，裝硬漢

和む(なご)	自五 平靜下來，溫和起來
拗ねる(す)	自下一 乖戾，鬧彆扭，任性撒野
慎む・謹む(つつし)	他五 謹慎，慎重；控制，節制；恭謹，恭敬
放り出す(ほう・だ)	他五（胡亂）扔出去，拋出去；擱置，丟開，扔下
見下す(み・くだ)	他五 輕視，藐視，看不起；往下看，俯視
見習う(み・なら)	他五 學習，見習，熟習；模仿
だらだら	副・自サ 滴滴答答地，冗長，磨磨蹭蹭的；斜度小而長

練 習

Ⅰ [a～e]の中から適当な言葉を選んで、（　　　）に入れなさい。（必要なら形を変えなさい）

a. ぞんざい　　b. 誠実(せいじつ)　　c. ちっぽけ　　d. ドライ　　e. 無邪気(むじゃき)

❶ （　　　　　　　　　　）商売を続けてきた店が潰れるのは胸の痛むことだ。

❷ 5歳(さい)の娘(むすめ)の（　　　　　　　　　）笑顔(えがお)に、昼間(ひるま)の疲(つか)れも吹(ふ)き飛(と)んでしまう。

❸ こんな（　　　　　　　　　）花(はな)を見(み)に、わざわざ東京(とうきょう)から飛行機(ひこうき)で？あなたも物好(ものず)きだね。

❹ 金持(かねも)ちにはぺこぺこするくせに、貧乏人(びんぼうにん)には随分(ずいぶん)（　　　　　　　）態度(たいど)だな。

Ⅱ [a～e]の中から適当な言葉を選んで、（　　　）に入れなさい。（必要なら形を変えなさい）

a. 和(なご)む　　b. 慎(つつし)む　　c. 強(つよ)がる　　d. 拗(す)ねる　　e. 見下(みくだ)す

❶ 競技場(きょうぎじょう)に猫(ねこ)が迷(まよ)い込(こ)んできて、緊迫(きんぱく)した空気(くうき)が一気(いっき)に（　　　　　　）。

❷ 箱(はこ)の中身(なかみ)がサンタに頼(たの)んだものと違(ちが)ったようで、娘(むすめ)は（　　　　　　）口(くち)を利(き)かない。

❸ 彼(かれ)は優秀(ゆうしゅう)だが、人(ひと)を（　　　　　　　）ところがあって仲間(なかま)からは嫌(きら)われている。

❹ 自分(じぶん)の置(お)かれた立場(たちば)を考(かんが)えて、軽率(けいそつ)な行動(こうどう)は（　　　　　　）なさい。

43

20 人物（7）　人物(7)

◆ 人間関係　人際關係

間柄（あいだがら）	㊁（親屬、親戚等的）關係；來往關係，交情	**お供**（とも）	㊁・自サ 陪伴，陪同，跟隨；陪同的人，隨員
縁（えん）	㊁ 廊子，緣廊；關係，因緣；血緣，姻緣，邊緣；緣分，機緣	**干渉**（かんしょう）	㊁・自サ 干預，參與，干涉；（理）（音波，光波的）干擾
片時（かたとき）	㊁ 片刻	**協調**（きょうちょう）	㊁・自サ 協調；合作
旧知（きゅうち）	㊁ 故知，老友	**再会**（さいかい）	㊁・自サ 重逢，再次見面
旧友（きゅうゆう）	㊁ 老朋友	**対面**（たいめん）	㊁・自サ 會面，見面
交互（こうご）	㊁ 互相，交替	**崩壊**（ほうかい）	㊁・自サ 崩潰，垮台；（理）衰變，蛻變
コネ【connection 之略】	㊁ 關係，門路	**面会**（めんかい）	㊁・自サ 會見，會面
初対面（しょたいめん）	㊁ 初次見面，第一次見面	**密接**（みっせつ）	㊁・自サ・形動 密接，緊連；密切
救い（すく）	㊁ 救，救援；挽救，彌補；（宗）靈魂的拯救	**同調**（どうちょう）	㊁・自他サ 調整音調；同調，同一步調，同意
擦れ違い（すちが）	㊁ 交錯，錯過去，錯開	**中傷**（ちゅうしょう）	㊁・他サ 重傷，毀謗，污衊
助け（たす）	㊁ 幫助，援助；救濟，救助；救命	**融通**（ゆうずう）	㊁・他サ 暢通（錢款），通融；腦筋靈活，臨機應變
供（とも）	㊁（長輩、貴人等的）隨從，從者；伴侶；夥伴，同伴	**ふさわしい**	㊋ 顯得均衡，使人感到相稱；適合，合適；相稱，相配
似合い（にあ）	㊁ 相配，合適	**対等**（たいとう）	形動 對等，同等，平等
橋渡し（はしわた）	㊁ 架橋；當中間人，當介紹人	**親しむ**（した）	自五 親近，親密，接近；愛好，喜愛
ペアルック【(和) pair + look】	㊁ 情侶裝，夫妻裝	**親しまれる**（した）	自五（「親しむ」的受身形）被喜歡
見せ物（みもの）	㊁ 雜耍（指雜技團、馬戲團、魔術等）；被眾人耍弄的對象	**拗れる**（こじ）	自下一 彆扭，執拗；（事物）複雜化，惡化，（病）纏綿不癒
ムード【mood】	㊁ 心情，情緒；氣氛；（語）語氣；情趣；樣式，方式	**仕える**（つか）	自下一 服侍，侍候，侍奉；（在官署等）當官
結び付き（むすつ）	㊁ 聯繫，聯合，關係	**築く**（きず）	他五 築，建築，修建，構成，（逐步）形成，累積
ライバル【rival】	㊁ 競爭對手；情敵		

持て成す <small>もて な</small>	他五 接待，招待，款待；（請吃飯）宴請，招待	予め <small>あらかじ</small>	副 預先，先
引き立てる <small>ひ た</small>	他下一 提拔，關照；穀粒；使…顯眼；（強行）拉走，帶走；關門（拉門）	代わる代わる <small>か が</small>	副 輪流，輪換，輪班
交える <small>まじ</small>	他下一 夾雜，摻雜；（使細長的東西）交叉；互相接觸，交換	がっちり	副・自サ 嚴密吻合
結び付ける <small>むす つ</small>	他下一 繫上，拴上；結合，聯繫		

練 習

I [a～e]の中から適当な言葉を選んで、(　　)に入れなさい。

a. 融通 <small>ゆうずう</small>	b. 見せ物 <small>み もの</small>	c. ムード	d. お供 <small>とも</small>	e. 救い <small>すく</small>

❶ 部長<small>ぶちょう</small>はいつも若手社員<small>わかて しゃいん</small>を2、3人<small>にん</small>(　　　　　　　)に連<small>つ</small>れて飲<small>の</small>みに行<small>い</small>く。

❷ 彼<small>かれ</small>は全<small>まった</small>く(　　　　　　　)の利<small>き</small>かない性格<small>せいかく</small>だが、だからこそ信頼<small>しんらい</small>できる。

❸ この店<small>みせ</small>は店員<small>てんいん</small>の愛想<small>あいそ</small>が悪<small>わる</small>く、せっかくのシックな(　　　　　　　)が台無<small>だいな</small>しだ。

❹ 登場人物全員<small>とうじょうじんぶつぜんいん</small>が死<small>し</small>んでしまうとは、あまりに(　　　　　　　)のない話<small>はなし</small>だ。

II [a～e]の中から適当な言葉を選んで、(　　)に入れなさい。（必要なら形を変えなさい）

a. もてなす	b. 親しむ<small>した</small>	c. 中傷する<small>ちゅうしょう</small>	d. 築く<small>きず</small>	e. 拗れる<small>こじ</small>

❶ お互<small>たが</small>い譲<small>ゆず</small>らないから、小<small>ちい</small>さな問題<small>もんだい</small>がすっかり(　　　　　　　)しまった。

❷ 都会<small>とかい</small>で育<small>そだ</small>つ子<small>こ</small>どもたちにも自然<small>しぜん</small>に(　　　　　　　)機会<small>きかい</small>が必要<small>ひつよう</small>だ。

❸ コメントの多<small>おお</small>くは被害者<small>ひがいしゃ</small>である彼女<small>かのじょ</small>を(　　　　　　　)ものだった。

❹ 芸妓<small>げいぎ</small>さんは、宴<small>うたげ</small>の席<small>せき</small>を盛<small>も</small>り上<small>あ</small>げて、客<small>きゃく</small>を(　　　　　　　)のが仕事<small>しごと</small>だ。

21 親族 親屬
しんぞく

◆ 家族 家族
かぞく

境遇 きょうぐう	(名) 境遇，處境，遭遇，環境
義理 ぎり	(名)（交往上應盡的）情意，禮節，人情；緣由，道理
世帯 せたい	(名) 家庭，戶
身内 みうち	(名) 身體內部，全身；親屬；（俠客、賭徒等的）自家人，師兄弟
婿 むこ	(名) 女婿；新郎
扶養 ふよう	(名・他サ) 扶養，撫育
揺らぐ ゆらぐ	(自五) 搖動，搖晃；意志動搖；搖搖欲墜，岌岌可危
寄り添う よりそう	(自五) 挨近，貼近，靠近
養う やしなう	(他五)（子女）養育，撫育；養活，扶養；餵養；培養；保養，休養

◆ 夫婦 夫婦
ふうふ

旦那 だんな	(名) 主人；特稱別人丈夫；老公；先生，老爺
馴れ初め なれそめ	(名)（男女）相互親近的開端，產生戀愛的開端
配偶者 はいぐうしゃ	(名) 配偶；夫婦當中的一方
円満 えんまん	(形動) 圓滿，美滿，完美
似通う にかよう	(自五) 類似，相似

◆ 先祖、親 祖先、父母
せんぞ おや

お袋 ふくろ	(名)（俗；男性用語）母親，媽媽
親父 おやじ	(名)（俗；男性用語）父親，我爸爸；老頭子
先代 せんだい	(名) 上一輩，上一代的主人；以前的時代；前代（的藝人）

肉親 にくしん	(名) 親骨肉，親人
パパ【papa】	(名)（兒）爸爸
健在 けんざい	(名・形動) 健在

◆ 子、子孫 孩子、子孫
こ しそん

孤児 こじ	(名) 孤兒；沒有伴兒的人，孤獨的人
子守歌・子守唄 こもりうた こもりうた	(名) 搖籃曲
子息 しそく	(名)（指他人的）兒子，令郎
倅 せがれ	(名)（對人謙稱自己的兒子）小犬；（對他人兒子，晚輩的蔑稱）小傢伙，小子
養子 ようし	(名) 養子；繼子
年長 ねんちょう	(名・形動) 年長，年歲大，年長的人
はいはい	(名・自サ)（幼兒語）爬行
繁栄 はんえい	(名・自サ) 繁榮，昌盛，興旺
抱っこ だ	(名・他サ) 抱
おんぶ	(名・他サ)（幼兒語）背，背負；（俗）讓他人負擔費用，依靠別人
寝かす ねかす	(他五) 使睡覺
寝かせる ねかせる	(他下一) 使睡覺，使躺下；使平倒；存放著，賣不出去；使發酵

◆ 自分を指して言うことば 指自己的稱呼
じぶん さ い

自己 じこ	(名) 自己，自我
我 われ	(名・代) 自我，自己，本身；我，吾，我方

俺（おれ）	代（男性用語）（對平輩，晚輩的自稱）我，俺	マイ【my】	造語 我的（只用在指「自家用、自己專用」時）
独自（どくじ）	形動 獨自，獨特，個人		

練習

I [a～e]の中から適当な言葉を選んで、（　　）に入れなさい。

a. マイ	b. 身内（みうち）	c. 繁栄（はんえい）	d. 義理（ぎり）	e. 年長（ねんちょう）

❶ 環境（かんきょう）のため、ペットボトル飲料（いんりょう）を買（か）わずに、（　　　　　　　）ボトルを持（も）ち歩（ある）く人（ひと）が増（ふ）えている。

❷ 亡（な）くなった社長（しゃちょう）が一代（いちだい）で築（きず）いた会社（かいしゃ）が、（　　　　　　　）の争（あらそ）いで倒産（とうさん）した。

❸ 子（こ）どもたちは（　　　　　　　）の子（こ）がリーダーとなって仲良（なかよ）く遊（あそ）んでいる。

❹ 地中海世界（ちちゅうかいせかい）において、古代（こだい）ローマ帝国（ていこく）は（　　　　　　　）を極（きわ）めた。

II [a～e]の中から適当な言葉を選んで、（　　）に入れなさい。（必要なら形を変えなさい）

a. 寝（ね）かす	b. 揺（ゆ）らぐ	c. 扶養（ふよう）する	d. ハイハイする	e. 寄（よ）り添（そ）う

❶ 甥（おい）っ子（こ）が（　　　　　　　）ようになり、かわいくてたまらない。

❷ ああしろこうしろと助言（じょげん）するより、まずは相手（あいて）の気持（きも）ちに（　　　　　　　）ことです。

❸ 親（おや）には未成年（みせいねん）の子（こ）どもを（　　　　　　　）義務（ぎむ）がある。

❹ 食品（しょくひん）の偽装表示（ぎそうひょうじ）が問題（もんだい）となり、メーカーへの信頼（しんらい）が（　　　　　　　）いる。

III [a～e]の中から適当な言葉を選んで、（　　）に入れなさい。（必要なら形を変えなさい）

a. おんぶされる	b. 似通（にかよ）う	c. 抱（だ）っこする	d. 寝（ね）かせる	e. 養（やしな）われる

❶ 都市開発（としかいはつ）が進（すす）んで、どこの町（まち）も駅前（えきまえ）の風景（ふうけい）は（　　　　　　　）いる。

❷ お父（とう）さん疲（つか）れてるみたいだから、もうちょっと（　　　　　　　）おいてあげよう。

❸ ゲームによって集中力（しゅうちゅうりょく）や判断力（はんだんりょく）が（　　　　　　　）ことが分（わ）かった。

❹ 小（ちい）さな妹（いもうと）は母（はは）の背中（せなか）に（　　　　　　　）まま眠（ねむ）ってしまった。

22 動物 どうぶつ 動物

◆ 動物の仲間 どうぶつ なかま　動物類

獲物 えもの	（名）獵物；掠奪物，戰利品
雄 おす	（名）（動物的）雄性，公
雌 めす	（名）雌，母；（罵）女人
蛙 かえる	（名）青蛙
狩り か	（名）打獵；採集；遊看，觀賞；搜查，拘捕
首輪 くびわ	（名）狗，貓等的項圈
仕掛け しか	（名）開始做，著手；製作中，做到中途；找碴，挑釁；裝置，結構；規模；陷阱
獣 けもの	（名）獸；野獸
獣 けだもの	（名）獸；畜生，野獸
昆虫 こんちゅう	（名）昆蟲
蝶 ちょう	（名）蝴蝶
角 つの	（名）（牛、羊等的）角，犄角；（蝸牛等的）觸角；角狀物
渡り鳥 わた どり	（名）候鳥；到處奔走謀生的人
放し飼い はな が	（名）放養，放牧
冬眠 とうみん	（名・自サ）冬眠；停頓
進化 しんか	（名・自サ）進化，進步
退化 たいか	（名・自サ）（生）退化；退步，倒退
野生 やせい	（名・自サ・代）野生；鄙人
全滅 ぜんめつ	（名・自他サ）全滅，徹底消滅
保護 ほご	（名・他サ）保護
雛 ひな	（名・接頭）雛鳥，雛雞；古裝偶人；（冠於某名詞上）表小巧玲瓏

出くわす で	（自五）碰上，碰見
なつく	（自五）親近；喜歡；馴（服）
馴らす な	（他五）馴養，調馴

◆ 動物の動作、部位 どうぶつ どうさ ぶい　動物的動作、部位

尾 お	（名）（動物的）尾巴；（事物的）尾部；山腳
嘴 くちばし	（名）（動）鳥嘴，嘴，喙
群がる むら	（自五）聚集，群集，密集，林立
さえずる	（自五）（小鳥）婉轉地叫，嘰嘰喳喳地叫，歌唱
ぴんぴん	（副・自サ）用力跳躍的樣子；健壯的樣子

練 習

I [a～e]の中から適当な言葉を選んで、（　　　）に入れなさい。

a. 進化	b. 渡り鳥	c. 野生	d. 首輪	e. 雌

❶ 人類の（　　　　　　　　）の歴史は、道具の（　　　　　　　　）の歴史でもある。

❷ 絶滅が危惧される（　　　　　　　　）の植物を都市の住民が育てる活動が始まった。

❸ 動物や鳥、虫などをみると、雄は美しく、（　　　　　　　　）は概ね地味だ。

❹ 北の空に向かって、（　　　　　　　　）がV字を描いて飛んでいく。

II [a～e]の中から適当な言葉を選んで、（　　　）に入れなさい。（必要なら形を変えなさい）

a. 馴らす	b. さえずる	c. なつく	d. ぴんぴんする	e. 退化する

❶ 僕の犬なのに、ジョンはエサをくれる母に一番（　　　　　　　　）いる。

❷ 病室の私は、小鳥の（　　　　　　　　）声で春の訪れを知った。

❸ あの子はたった三日でこの暴れ馬を（　　　　　　　　）しまった。

❹ 「お宅のおじいちゃん、お元気？」「ええ、（　　　　　　　　）います。」

III [a～e]の中から適当な言葉を選んで、（　　　）に入れなさい。（必要なら形を変えなさい）

a. 全滅する	b. 冬眠する	c. 保護する	d. 出くわす	e. 群がる

❶ 環境の変化により、この地域の蛍は約50年前に（　　　　　　　　）。

❷ 彼女とのデート中に母親と（　　　　　　　　）、気まずい思いをした。

❸ 青いシャツを着た男の子をサービスカウンターにて（　　　　　　　　）います。

❹ 誰かが落としたパンに蟻が真っ黒に（　　　　　　　　）いる。

23 植物 <ruby>植物<rt>しょくぶつ</rt></ruby> 植物

◆ <ruby>植物<rt>しょくぶつ</rt></ruby>の<ruby>仲間<rt>なかま</rt></ruby>　植物類

<ruby>花粉<rt>かふん</rt></ruby>	(名)（植）花粉
<ruby>球根<rt>きゅうこん</rt></ruby>	(名)（植）球根，鱗莖
<ruby>茎<rt>くき</rt></ruby>	(名) 莖；梗；柄；稈
<ruby>蕾<rt>つぼみ</rt></ruby>	(名) 花蕾，花苞；（前途有為而）未成年的人
<ruby>棘<rt>とげ</rt></ruby>・<ruby>刺<rt>とげ</rt></ruby>	(名)（植物的）刺；（扎在身上的）刺；（轉）講話尖酸，話中帶刺
<ruby>蓮<rt>はす</rt></ruby>	(名) 蓮花
<ruby>花<rt>はな</rt></ruby>びら	(名) 花瓣
<ruby>梢<rt>こずえ</rt></ruby>	(名) 樹梢，樹枝
<ruby>芝<rt>しば</rt></ruby>	(名)（植）（鋪草坪用的）矮草，短草
<ruby>樹木<rt>じゅもく</rt></ruby>	(名) 樹木
<ruby>雑木<rt>ぞうき</rt></ruby>	(名) 雜樹，不成材的樹木
<ruby>年輪<rt>ねんりん</rt></ruby>	(名)（樹）年輪；技藝經驗；經年累月的歷史
<ruby>幹<rt>みき</rt></ruby>	(名) 樹幹；事物的主要部分
<ruby>穂<rt>ほ</rt></ruby>	(名)（植）稻穗；（物的）尖端
<ruby>苗<rt>なえ</rt></ruby>	(名) 苗，秧子，稻秧
<ruby>藁<rt>わら</rt></ruby>	(名) 稻草，麥桿
<ruby>種<rt>しゅ</rt></ruby>	(名・漢造) 種類；（生物）種；種植；種子

<ruby>品種<rt>ひんしゅ</rt></ruby>	(名) 種類；（農）品種
<ruby>豊作<rt>ほうさく</rt></ruby>	(名) 豐收
<ruby>発芽<rt>はつが</rt></ruby>	(名・自サ) 發芽
<ruby>萎<rt>しな</rt></ruby>びる	(自上一) 枯萎，乾癟
<ruby>涸<rt>か</rt></ruby>れる・<ruby>枯<rt>か</rt></ruby>れる	(自下一)（水分）乾涸；（能力、才能等）涸竭；（草木）凋零，枯萎，枯死（木材）乾燥；（修養、藝術等）純熟，老練；（身體等）枯瘦，乾癟，（機能等）衰萎

◆ <ruby>植物<rt>しょくぶつ</rt></ruby><ruby>関連<rt>かんれん</rt></ruby>のことば　植物相關用語

<ruby>落<rt>お</rt></ruby>ち<ruby>葉<rt>ば</rt></ruby>	(名) 落葉
<ruby>肥料<rt>ひりょう</rt></ruby>	(名) 肥料

練習

Ⅰ [a～e]の中から適当な言葉を選んで、（　　）に入れなさい。

a. 雑木 (ぞうき)	b. 梢 (こずえ)	c. 藁 (わら)	d. 棘 (とげ)	e. 花びら (はな)

❶ 昔の人は（　　　　　　　）を編んで、ロープや履物、雨具まで作った。

❷ ガーデニングをしている最中に、バラの（　　　　　　　）が指に刺さってしまった。

❸ 小鳥は羽を広げると、木の（　　　　　　）に飛び上がった。

❹ 夏休みは裏の（　　　　　　）林で虫取りをして遊んだ。

Ⅱ [a～e]の中から適当な言葉を選んで、（　　）に入れなさい。

a. 芝 (しば)	b. 樹木 (じゅもく)	c. 茎 (くき)	d. 幹 (みき)	e. 種 (しゅ)

❶ 都会の公園の（　　　　　　）にも四季を感じることができる。

❷ ゴルフ場の（　　　　　　）は、毎日丁寧に刈ることでその美しさを維持しています。

❸ 1年間に4万（　　　　　　）以上の生物が絶滅していると言われている。

❹ キツツキは木の（　　　　　　）に大きな穴を開けて巣を作る。

Ⅲ [a～e]の中から適当な言葉を選んで、（　　）に入れなさい。（必要なら形を変えなさい）

a. 萎びる (しな)	b. 発芽する (はつが)	c. 涸れる (か)	d. 化ける (ば)	e. 戻る (もど)

❶ 私は三日三晩泣き続けて、四日目には涙も（　　　　　　）しまった。

❷ 植物は光がなくとも、水と空気があれば（　　　　　　）。

❸ 冷蔵庫の中には腐りかけの牛乳と（　　　　　　）りんごがあるだけだった。

❹ 送ってもらった本代が酒代に（　　　　　　）しまったなんて、親には言えない。

24 物質（1）

<ruby>物質<rt>ぶっしつ</rt></ruby> 物質（1）

◆ <ruby>物<rt>もの</rt></ruby>、<ruby>物質<rt>ぶっしつ</rt></ruby> 物、物質

アルカリ【alkali】	名 鹼；強鹼
アルミ【aluminium 之略】	名 鋁（「アルミニウム」的縮寫）
<ruby>黄金<rt>おうごん</rt></ruby>	名 黃金；金錢
<ruby>岩石<rt>がんせき</rt></ruby>	名 岩石
<ruby>原子<rt>げんし</rt></ruby>	名（理）原子；原子核
<ruby>元素<rt>げんそ</rt></ruby>	名（化）元素；要素
<ruby>原形<rt>げんけい</rt></ruby>	名 原形，舊觀，原來的形狀
<ruby>酸<rt>さん</rt></ruby>	名 酸味；辛酸，痛苦；（化）酸
<ruby>磁器<rt>じき</rt></ruby>	名 瓷器
<ruby>磁気<rt>じき</rt></ruby>	名（理）磁性，磁力
<ruby>滴<rt>しずく</rt></ruby>	名 水滴，水點
<ruby>砂利<rt>じゃり</rt></ruby>	名 沙礫，碎石子
<ruby>真珠<rt>しんじゅ</rt></ruby>	名 珍珠
<ruby>製鉄<rt>せいてつ</rt></ruby>	名 煉鐵，製鐵
<ruby>炭素<rt>たんそ</rt></ruby>	名（化）碳
<ruby>鉛<rt>なまり</rt></ruby>	名（化）鉛
<ruby>溶液<rt>ようえき</rt></ruby>	名（理、化）溶液
<ruby>微量<rt>びりょう</rt></ruby>	名 微量，少量
<ruby>物体<rt>ぶったい</rt></ruby>	名 物體，物質
<ruby>麻薬<rt>まやく</rt></ruby>	名 麻藥，毒品
<ruby>分子<rt>ぶんし</rt></ruby>	名（理・化・數）分子；…份子
<ruby>化合<rt>かごう</rt></ruby>	名・自サ（化）化合

<ruby>化石<rt>かせき</rt></ruby>	名・自サ（地）化石；變成石頭
<ruby>沸騰<rt>ふっとう</rt></ruby>	名・自サ 沸騰；群情激昂，情緒高漲
<ruby>飽和<rt>ほうわ</rt></ruby>	名・自サ（理）飽和；最大限度，極限
<ruby>酸化<rt>さんか</rt></ruby>	名・自サ（化）氧化
<ruby>結晶<rt>けっしょう</rt></ruby>	名・自サ 結晶；（事物的）成果，結晶
<ruby>中和<rt>ちゅうわ</rt></ruby>	名・自サ 中正溫和；（理，化）中和，平衡
<ruby>沈澱<rt>ちんでん</rt></ruby>	名・自サ 沈澱
<ruby>結合<rt>けつごう</rt></ruby>	名・自他サ 結合；黏接
<ruby>合成<rt>ごうせい</rt></ruby>	名・他サ（由兩種以上的東西）合成（一個東西）；（化）（元素或化合物）合成（化合物）
<ruby>蒸留<rt>じょうりゅう</rt></ruby>	名・他サ 蒸餾
<ruby>液<rt>えき</rt></ruby>	名・漢造 汁液，液體
<ruby>膜<rt>まく</rt></ruby>	名・漢造 膜；（表面）薄膜，薄皮
<ruby>薬<rt>やく</rt></ruby>	名・漢造 藥；化學藥品
<ruby>張<rt>は</rt></ruby>る	自他五 伸展；覆蓋；膨脹，（負擔）過重，（價格）過高；拉；設置；盛滿（液體等）
<ruby>垂<rt>た</rt></ruby>れる	自下一・他下一 懸垂，低垂；滴，流，滴答；垂，使下垂，懸掛；垂飾

練習

Ⅰ [a～e]の中から適当な言葉を選んで、(　　　)に入れなさい。

a. 結晶 <small>けっしょう</small>	b. 鉛 <small>なまり</small>	c. 膜 <small>まく</small>	d. 砂利 <small>じゃり</small>	e. 酸化 <small>さんか</small>

❶ このワインには(　　　　　　　)防止剤が入っています。

❷ 希望を失った私の心は(　　　　　　　)のように重かった。

❸ 病気なのか、その猫の目は(　　　　　　　)が掛かったように白く濁っていた。

❹ 雪の(　　　　　　　)の模様のセーターがお気に入りだ。

Ⅱ [a～e]の中から適当な言葉を選んで、(　　　)に入れなさい。

a. 溶液 <small>ようえき</small>	b. 合成 <small>ごうせい</small>	c. 化石 <small>かせき</small>	d. 飽和 <small>ほうわ</small>	e. 真珠 <small>しんじゅ</small>

❶ A県は既に重症患者の受け入れは(　　　　　　　)状態にあった。

❷ 息子の結婚が決まり、嫁に(　　　　　　　)のネックレスをプレゼントしようと思っている。

❸ 当店のお菓子には(　　　　　　　)着色料は一切使用しておりません。

❹ 絶滅したマンモスの(　　　　　　　)から、いつかマンモスが再生できるかもしれない。

Ⅲ [a～e]の中から適当な言葉を選んで、(　　　)に入れなさい。（必要なら形を変えなさい）

a. 垂れる <small>た</small>	b. 中和される <small>ちゅうわ</small>	c. 張る <small>は</small>	d. 沸騰する <small>ふっとう</small>	e. 沈殿する <small>ちんでん</small>

❶ その子犬は耳の先がちょこんと(　　　　　　　)、なんともかわいい。

❷ (　　　　　　　)お湯を注いで4分待ちます。

❸ 酸とアルカリのように、厳しい父と優しい母で我が家も(　　　　　　　)いる。

❹ この公園でミニテントを(　　　　　　　)、お弁当持参でピクニックしよう。

25 物質 (2) 物質 (2)

◆ エネルギー、燃料　能源、燃料

原爆 げんばく	（名）原子彈
原油 げんゆ	（名）原油
ソーラーシステム【solar system】	（名）太陽系；太陽能發電設備
たき火 び	（名）爐火，灶火；（用火）燒落葉
火花 ひばな	（名）火星；（電）火花
浮力 ふりょく	（名）（理）浮力
放射線 ほうしゃせん	（名）（理）放射線
放射能 ほうしゃのう	（名）（理）放射線
満タン【まん tank】 まん	（名）（俗）油加滿
燃料 ねんりょう	（名）燃料
動力 どうりょく	（名）動力，原動力
良質 りょうしつ	（名・形動）品質良好，上等
作用 さよう	（名・自サ）作用；起作用
点火 てんか	（名・自サ）點火
燃焼 ねんしょう	（名・自サ）燃燒；竭盡全力
反射 はんしゃ	（名・自他サ）（光、電波等）折射，反射；（生理上的）反射（機能）
爆破 ばくは	（名・他サ）爆破，炸毀
放射 ほうしゃ	（名・他サ）放射，輻射
放出 ほうしゅつ	（名・他サ）放出，排出，噴出；（政府）發放，投放
盛る さか	（自五）旺盛；繁榮；（動物）發情
光 こう	（漢造）光亮；光；風光；時光；榮譽

◆ 原料、材料　原料、材料

化繊 かせん	（名）化學纖維
品質 ひんしつ	（名）品質，質量
脂肪 しぼう	（名）脂肪
繊維 せんい	（名）纖維
素材 そざい	（名）素材，原材料；題材
蛋白質 たんぱくしつ	（名）（生化）蛋白質
回収 かいしゅう	（名・他サ）回收，收回
採掘 さいくつ	（名・他サ）採掘，開採，採礦
廃棄 はいき	（名・他サ）廢除
エコ【ecology 之略】	（名・接頭）環保

練 習

Ⅰ [a〜e]の中から適当な言葉を選んで、（　　　）に入れなさい。

a. 放射線	b. たき火	c. 満タン	d. 脂肪	e. 作用

❶ 友達に車を借りたので、ガソリンを（　　　　　　　　）にして返した。

❷ 手術をするか、それとも（　　　　　　　　　）による治療を続けるか悩む。

❸ この植物には防虫や抗菌の（　　　　　　　　）があります。

❹ マラソン選手は体内の（　　　　　　　　）を燃焼させながら走る。

Ⅱ [a〜e]の中から適当な言葉を選んで、（　　　）に入れなさい。（必要なら形を変えなさい）

a. 放出される	b. 爆破する	c. 廃棄する	d. 反射する	e. 燃焼させる

❶ 駆けつけた消防車のホースから大量の水が（　　　　　　　）いる。

❷ ビルの窓ガラスに（　　　　　　　　）光が目にまぶしい。

❸ 高校3年間は、若さを武器に、青春のエネルギーを（　　　　　　　　）。

❹ この箱の中の資料は全て（　　　　　　　）ください。

Ⅲ [a〜e]の中から適当な言葉を選んで、（　　　）に入れなさい。（必要なら形を変えなさい）

a. 採掘される	b. 回収する	c. 盛る	d. 点火する	e. 仕える

❶ 江戸時代、大量の銀が（　　　　　　　　）、世界へ輸出された。

❷ 山火事は消えるどころか、ますます大きく燃え（　　　　　　　）。

❸ アルミ缶やペットボトルは資源ごみとして（　　　　　　　）再生します。

❹ 犯人は屋内に充満したガスに（　　　　　　　）木造二階建の屋敷を燃やした。

26 天体、気象 (1) 天體、氣象(1)

◆ 天体　天體

渦 うず	(名) 漩渦，漩渦狀；混亂狀態，難以脫身的處境
衛星 えいせい	(名)（天）衛星；人造衛星
火星 かせい	(名)（天）火星
星座 せいざ	(名) 星座
天体 てんたい	(名)（天）天象，天體
西日 にしび	(名) 夕陽；西照的陽光，午後的陽光
日向 ひなた	(名) 向陽處，陽光照到的地方；處於順境的人
満月 まんげつ	(名) 滿月，圓月
惑星 わくせい	(名)（天）行星；前途不可限量的人
自転 じてん	(名・自サ)（地球等的）自轉；自行轉動
天 てん	(名・漢造) 天，天空；天國；天理；太空；上天；天然
ともる	(自五)（燈火）亮，點著

◆ 気象、天気、気候　氣象、天氣、氣候

雨具 あまぐ	(名) 防雨的用具（雨衣、雨傘、雨鞋等）
霰 あられ	(名)（較冰雹小的）霰；切成小碎塊的年糕
稲光 いなびかり	(名) 閃電，閃光
雨天 うてん	(名) 雨天
寒気 かんき	(名) 寒冷，寒氣
兆し きざし	(名) 預兆，徵兆，跡象；萌芽，頭緒，端倪

気象 きしょう	(名) 氣象；天性，秉性，脾氣
気流 きりゅう	(名) 氣流
降水 こうすい	(名)（氣）降水（指雪雨等的）
ずぶ濡れ ずぶぬれ	(名) 全身濕透
晴天 せいてん	(名) 晴天
不順 ふじゅん	(名・形動) 不順，不平順，異常
上昇 じょうしょう	(名・自サ) 上升，上漲，提高
解除 かいじょ	(名・他サ) 解除；廢除
露 つゆ	(名・副) 露水；淚；短暫，無常；（下接否定）一點也不…
暑苦しい あつくるしい	(形) 悶熱的
強烈 きょうれつ	(形動) 強烈
漏る もる	(自五)（液體、氣體、光等）漏，漏出
霞む かすむ	(自五) 有霞，有薄霧，雲霧朦朧
照り返す てりかえす	(他五) 反射
よける	(他下一) 躲避；防備
ざあざあ	(副)（大雨）嘩啦嘩啦聲；（電視等）雜音
突如 とつじょ	(副・形動) 突如其來，突然

練習

Ⅰ [a～e]の中から適当な言葉を選んで、（　　）に入れなさい。

a. 晴天	b. 星座	c. 不順	d. 惑星	e. 気流

❶ 私は9月生まれなので乙女座です。あなたの（　　　　　　　　）は何ですか。

❷ 大会は（　　　　　　　　）に恵まれ、試合は予定通り行われた。

❸ 太陽系にある八つの（　　　　　　　　）の名前を言えますか。

❹ 天候の（　　　　　　　　）が続き、農作物の不作が心配される。

Ⅱ [a～e]の中から適当な言葉を選んで、（　　）に入れなさい。（必要なら形を変えなさい）

a. 自転する	b. ともる	c. 上昇する	d. 照り返す	e. ばてる

❶ 世界の平均気温は100年あたり0.73℃の割合で（　　　　　　　　）いる。

❷ 日が暮れて、家々の窓には灯が（　　　　　　　　）始めた

❸ 人工衛星は、（　　　　　　　　）ながら公転する地球の、その周りを回っている。

❹ 湖が月の光を（　　　　　　　　）、湖岸のホテルが浮かび上がって見える。

Ⅲ [a～e]の中から適当な言葉を選んで、（　　）に入れなさい。（必要なら形を変えなさい）

a. 霞む	b. よける	c. 解除される	d. 漏る	e. 赤らむ

❶ 水筒が（　　　　　　　　）と思ったら、蓋がきちんと閉まっていなかった。

❷ 飛んできたボールを咄嗟に（　　　　　　）。

❸ 頭を強く打ってから、右目が（　　　　　　　　）よく見えないんです。

❹ 大雨に伴い通行止めとなっていた線路の清掃作業が終わって、さっき通行規制が

　（　　　　　　　　）。

27 天体、気象 (2)
てんたい きしょう

天體、氣象 (2)

◆ さまざまな自然現象　各種自然現象
しぜんげんしょう

おおみず **大水**	(名) 大水，洪水	もうれつ **猛烈**	(形動) 氣勢或程度非常大的樣子，猛烈；特別；厲害
こうずい **洪水**	(名) 洪水，淹大水；洪流	あいつ あいつ **相次ぐ・相継ぐ**	(自五)(文)接二連三，連續不斷
さいがい **災害**	(名) 災害，災難，天災	おさ **治まる**	(自五) 安定，平息
せいりょく **勢力**	(名) 勢力，權勢，威力，實力；(理)力，能	ただよ **漂う**	(自五) 漂流，飄蕩；洋溢，充滿；露出
たつまき **竜巻**	(名) 龍捲風	お よ **押し寄せる**	(自下一) 湧進來；蜂擁而來 (他下一) 挪到一旁
つなみ **津波**	(名) 海嘯	おそ **襲う**	(他五) 襲擊，侵襲；繼承，沿襲；衝到，闖到
てんさい **天災**	(名) 天災，自然災害	しず **沈める**	(他下一) 把…沉入水中，使沉沒
どしゃ **土砂**	(名) 土和沙，沙土		
なだれ **雪崩**	(名) 雪崩；傾斜，斜坡；雪崩一般，蜂擁		
ぼうふう **暴風**	(名) 暴風		
よしん **余震**	(名) 餘震		
そうなん **遭難**	(名・自サ) 罹難，遇險		
はっせい **発生**	(名・自サ) 發生；(生物等)出現，蔓延		
はんらん **氾濫**	(名・自サ) 氾濫；充斥，過多		
ひなん **避難**	(名・自サ) 避難		
じょうりく **上陸**	(名・自サ) 登陸，上岸		
らっか **落下**	(名・自サ) 下降，落下；從高處落下		
ふんしゅつ **噴出**	(名・自他サ) 噴出，射出		
しんどう **振動**	(名・自他サ) 搖動，振動；擺動		
きょくげん **局限**	(名・他サ) 侷限，限定		
けいかい **警戒**	(名・他サ) 警戒，預防，防範；警惕，小心		

練習

Ⅰ [a～e]の中から適当な言葉を選んで、(　　　)に入れなさい。（必要なら形を変えなさい）

a. 遭難する　b. 噴出する　c. 局限される　d. 発生する　e. 氾濫する

❶ 地元の山岳救助隊が、(　　　　　　　　　)親子の捜索に当たっている。

❷ この前の地震で道路に亀裂が (　　　　　　　)。

❸ 会社側の対応に、パートで働く社員の不満が (　　　　　　　)。

❹ 災害補償金は申請の条件が厳しく、対象は (　　　　　　　)いる。

Ⅱ [a～e]の中から適当な言葉を選んで、(　　)に入れなさい。

a. 振動　　　b. 余震　　　c. 避難　　　d. 竜巻　　　e. 勢力

❶ 台風が去って、村役場から (　　　　　　　　　)指示解除の放送が流れた。

❷ 台風の (　　　　　　　)は未だ衰えずに、各地で猛威をふるっている。

❸ 電車の規則正しい (　　　　　　　)は疲れたサラリーマンの眠気を誘う。

❹ 地震から1週間たった今も、人々は (　　　　　　　)に怯えながら暮らしている。

Ⅲ [a～e]の中から適当な言葉を選んで、(　　)に入れなさい。（必要なら形を変えなさい）

a. 漂う　b. 治まる　c. 警戒する　d. 相次ぐ　e. 襲われる

❶ 我慢できないときは、この薬を飲むと痛みが (　　　　　　　)。

❷ 視覚障害者のホーム上の事故は (　　　　　　)いる。

❸ 留守番電話に残されたメッセージを聞いて、私は不安に (　　　　　　)。

❹ 作品全体に (　　　　　　　)世の中への不信感が読者の共感を呼ぶのだろう。

28 地理、場所（1） 地理、地方（1）

◆ 地理 地理

沿岸（えんがん）	（名）沿岸
大空（おおぞら）	（名）太空，天空
貝殻（かいがら）	（名）貝殼
海峡（かいきょう）	（名）海峽
海賊（かいぞく）	（名）海盜
海流（かいりゅう）	（名）海流
崖（がけ）	（名）斷崖，懸崖
河川（かせん）	（名）河川
高原（こうげん）	（名）（地）高原
国産（こくさん）	（名）國產
山岳（さんがく）	（名）山岳
山脈（さんみゃく）	（名）山脈
潮（しお）	（名）海潮；海水，海流；時機，機會
ジャングル【jungle】	（名）叢林
上空（じょうくう）	（名）高空，天空；（某地點的）上空
水源（すいげん）	（名）水源
地形（ちけい）	（名）地形，地勢，地貌
内陸（ないりく）	（名）內陸，內地
渚（なぎさ）	（名）水濱，岸邊，海濱
沼（ぬま）	（名）池塘，池沼，沼澤
浜（はま）	（名）海濱，河岸

原っぱ（はらっぱ）	（名）雜草叢生的曠野；空地
未開（みかい）	（名）不開化，未開化；未開墾；野蠻
帰京（ききょう）	（名・自サ）回首都，回東京
起伏（きふく）	（名・自サ）起伏，凹凸；榮枯，盛衰，波瀾，起落
共存・共存（きょうそん・きょうぞん）	（名・自サ）共處，共存
傾斜（けいしゃ）	（名・自サ）傾斜，傾斜度；傾向
遠回り（とおまわり）	（名・自サ・形動）使其繞道，繞遠路
展望（てんぼう）	（名・他サ）展望；眺望，瞭望
緩やか（ゆるやか）	（形動）坡度或彎度平緩；緩慢
連なる（つらなる）	（自五）連，連接；列，參加
聳える（そびえる）	（自下一）聳立，峙立
辿る（たどる）	（他五）沿路前進，邊走邊找；走難行的路，走艱難的路；追尋，追溯，探索；（事物向某方向）發展，走向
海（かい）	（漢造）海；廣大
亜（あ）	（接頭）亞，次；（化）亞（表示無機酸中氧原子較少）；用在外語的音譯；亞細亞，亞洲

60

練 習

Ⅰ [a～e]の中から適当な言葉を選んで、(　　)に入れなさい。

a. 傾斜 <small>けいしゃ</small>	b. 未開 <small>みかい</small>	c. 水源 <small>すいげん</small>	d. 大空 <small>おおぞら</small>	e. 共存 <small>きょうぞん</small>

❶ 現代文明の影響を受けない(　　　　　　　　)の地を取材する。

❷ 緩い(　　　　　　　　　)を上りきると、見晴らしのいい公園に出た。

❸ 富士山を(　　　　　　　　)とする八つの池を巡った。

❹ 自然との(　　　　　　　　　)は決して容易なことではない。

Ⅱ [a～e]の中から適当な言葉を選んで、(　　)に入れなさい。(必要なら形を変えなさい)

a. 辿る <small>たど</small>	b. 帰京する <small>ききょう</small>	c. 連なる <small>つら</small>	d. そびえる	e. 汲む <small>く</small>

❶ 父は昔の記憶を(　　　　　　　　)ながら、ゆっくりと話し始めた。

❷ 新しい高層ビルは下町の古い商店街の中に(　　　　　　　　)いた。

❸ 連休最終日の高速道路は(　　　　　　　　)車で大渋滞だ。

❹ 渡り鳥が一列に(　　　　　　　)、北へ向かって飛んでいく。

Ⅲ [a～e]の中から適当な言葉を選んで、(　　)に入れなさい。

a. ジャングル	b. 遠回り <small>とおまわ</small>	c. 起伏 <small>きふく</small>	d. 展望 <small>てんぼう</small>	e. 国産 <small>こくさん</small>

❶ 今年の新製品も絶好調で、我が社の(　　　　　　　　)は明るい。

❷ 感情の(　　　　　　　　)の激しい人はこの仕事には向きません。

❸ 天気がいいので、少し(　　　　　　　)をして川沿いを歩いて帰った。

❹ (　　　　　　　)に棲む様々な珍獣たちを、ライブでご紹介します。

29 地理、場所 (2) 地理、地方 (2)

◆ 地域、範囲　地域、範圍

アラブ【Arab】	名	阿拉伯，阿拉伯人
一部分	名	一冊，一份，一套；一部份
一帯	名	一帶；一片；一條
規模	名	規模；範圍；榜樣，典型
郷土	名	故鄉，鄉土；鄉間，地方
郷里	名	故鄉，鄉里
漁村	名	漁村
近郊	名	郊區，近郊
区	名	地區，區域；區
区画	名	區劃，劃區；（劃分的）區域，地區
区間	名	區間，段
固有	名	固有，特有，天生
地元	名	當地，本地；自己居住的地方，故鄉
城下	名	城下；（以諸侯的居城為中心發展起來的）城市，城邑
園	名	園，花園
内部	名	內部，裡面；內情，內幕
果て	名	邊際，盡頭；最後，結局，下場；結果
浜辺	名	海濱，湖濱
風習	名	風俗，習慣，風尚
風土	名	風土，水土
ベッドタウン【（和）bed＋town】	名	衛星都市，郊區都市
母国	名	祖國
辺	名	邊，畔，旁邊
本国	名	本國，祖國；老家，故鄉
本場	名	原產地，正宗產地；發源地，本地
峰	名	山峰；刀背；東西突起部分
身の回り	名	身邊衣物（指衣履、攜帶品等）；日常生活；（工作或交際上）應由自己處裡的事情
名産	名	名產
野外	名	野外，郊外，原野；戶外，室外
闇	名	（夜間的）黑暗；（心中）辨別不清，不知所措；黑暗；黑市
領域	名	領域，範圍
領海	名	（法）領海
領地	名	領土；（封建主的）領土，領地
領土	名	領土
枠	名	框；（書的）邊線；範圍，界線，框線
其処ら	代	那一帶，那裡；普通，一般；那樣，那種程度，大約
身近	名・形動	切身；身邊，身旁
荒廃	名・自サ	荒廢，荒蕪；（房屋）失修；（精神）頹廢，散漫

62

洋 よう	(名・漢造) 東洋和西洋；西方，西式；海洋；大而寬廣	追い出す お だ	(他五) 趕出，驅逐；解雇
果てしない は	(形) 無止境的，無邊無際的	ずらっと	(副)(俗)一大排，成排地
壮大 そうだい	(形動) 雄壯，宏大	及び およ	(接續) 和，與，以及
特有 とくゆう	(形動) 特有	界 かい	(漢造) 界限；各界；(地層的)界
及ぶ およ	(自五) 到，到達；趕上，及	街 がい	(漢造) 街道，大街
差し掛かる さ か	(自五) 來到，路過(某處)，靠近；(日期等)臨近，逼近，緊迫；垂掛，籠罩在…之上	圏 けん	(漢造) 圓圈；區域，範圍
遠ざかる とお	(自五) 遠離；疏遠；不碰，節制，克制	帯 たい	(漢造) 帶，帶子；佩帶；具有；地區；地層
はみ出す だ	(自五) 溢出；超出範圍	網 もう	(漢造) 網；網狀物；聯絡網

練 習

Ⅰ [a～e]の中から適当な言葉を選んで、（　）に入れなさい。

a. 規模 き ぼ	b. 地元 じ もと	c. 峰 みね	d. 闇 やみ	e. 名産 めいさん

❶ ちょうどその時、山の（　　　　　　）の向こうから朝日が顔を出した。

❷ （　　　　　　）の高校を卒業した後、東京の会社に就職した。

❸ （　　　　　　）品といえば、やはりこのパイナップル・ケーキでしょう。

❹ 先生の言葉は、（　　　　　　）の中でもがく私を救ってくれた。

Ⅱ [a～e]の中から適当な言葉を選んで、（　）に入れなさい。

a. 野外 や がい	b. 一帯 いったい	c. 枠 わく	d. 領海 りょうかい	e. 城下 じょう か

❶ 松本や萩などの（　　　　　　）町は、今なお戦国時代の街並みを残している。

❷ 沿岸国の主権は、その領土・（　　　　　　）に及び、また（　　　　　　）の上空と海底にも及ぶ。

❸ このキャスターは（　　　　　　）にはまったような無難なことしか言わない。

❹ 年に一度、この会場で（　　　　　　）フェスティバルが開催される。

30 地理、場所 (3)

地理、地方 (3)

◆ 場所、空間　地方、空間

いただき **頂**	(名)（物體的）頂部；頂峰，樹尖
いち **市**	(名) 市場，集市；市街
かいどう **街道**	(名) 大道，大街
がいとう **街頭**	(名) 街頭，大街上
くうかん **空間**	(名) 空間，空隙
げんち **現地**	(名) 現場，發生事故的地點；當地
コーナー 【corner】	(名) 小賣店，專櫃；角，拐角；（棒、足球）角球
さんばし **桟橋**	(名) 碼頭；跳板
さんぷく **山腹**	(名) 山腰，山腹
しがい **市街**	(名) 城鎮，市街，繁華街道
しょざい **所在**	(名)（人的）住處，所在；（建築物的）地址；（物品的）下落
スペース 【space】	(名) 空間，空地；（特指）宇宙空間；紙面的空白，行間寬度
た **溜まり**	(名) 積存，積存處；休息室；聚集的地方
ちゅうふく **中腹**	(名) 半山腰
でんえん **田園**	(名) 田園；田地
どて **土手**	(名)（防風、浪的）堤防
どぶ	(名) 水溝，深坑，下水道，陰溝
ぼち **墓地**	(名) 墓地，墳地
よち **余地**	(名) 空地；容地，餘地
きゅうくつ **窮屈**	(名・形動)（房屋等）窄小，狹窄，（衣服等）緊；感覺拘束，不自由；死板
こてい **固定**	(名・自他サ) 固定

きょう **橋**	(名・漢造)（解）腦橋（腦的一部份）；橋
たちよ **立ち寄る**	(自五) 靠近，走近；順便到，中途落腳
たど つ **辿り着く**	(自五) 好不容易走到，摸索找到，掙扎走到；到達（目的地）
あ **荒らす**	(他五) 破壞，毀掉；損傷，糟蹋；擾亂；偷竊，行搶

◆ 方向、位置 (1)　方向、位置 (1)

いちめん **一面**	(名) 一面；另一面；全體，滿；（報紙的）頭版
うらがえ **裏返し**	(名) 表裡相反，翻裡作面，翻面
えんぽう **遠方**	(名) 遠方，遠處
かたわ **傍ら**	(名) 旁邊；在…同時還…，一邊…一邊…
きてん **起点**	(名) 起點，出發點
げんてん **原点**	(名)（丈量土地等的）基準點，原點；出發點
さき **先**	(名) 尖端，末稍；前面，前方；事先，先；優先，首先；將來，未來；後來（的情況）；以前，過去；目的地；對方
さなか **最中**	(名) 最盛期，正當中，最高
ざひょう **座標**	(名)（數）座標；標準，基準
すす **進み**	(名) 進，進展，進度；前進，進步；嚮往，心願
ぜんと **前途**	(名) 前途，將來；（旅途的）前程，去路
そくめん **側面**	(名) 側面，旁邊；（具有複雜內容事物的）一面，另一面
そっぽ **外方**	(名) 一邊，外邊，別處
だんめん **断面**	(名) 斷面，剖面；側面

中枢 ちゅうすう	（名）	中樞，中心；樞組，關鍵
直列 ちょくれつ	（名）	（電）串聯
てっぺん	（名）	頂，頂峰；頭頂上；（事物的）最高峰，頂點
中立 ちゅうりつ	（名・自サ）	中立
転回 てんかい	（名・自他サ）	迴轉，轉變
表向き おもてむき	（名・副）	表面（上），外表（上）
他方 たほう	（名・副）	另一方面；其他方面
核 かく	（名・漢造）	（生）（細胞）核；（植）核，果核；要害；核（武器）
手近 てぢか	（形動）	手邊，身旁，附近；近人皆知，常見
赴く おもむ	（自五）	赴，往，前往；趨向，趨於
沿う そ	（自五）	沿著，順著；按照
反る そ	（自五）	（向後或向外）彎曲，捲曲，翹；身子向後彎，挺起胸腔
出向く でむ	（自五）	前往，前去
折り返す お かえ	（他五・自五）	折回；翻回；反覆；折回去
込み上げる こ あ	（自下一）	往上湧，油然而生
片 かた	（漢造）	（表示一對中的）一個，一方；表示遠離中心而偏向一方；表示不完全；表示極少

練 習

I [a～e]の中から適当な言葉を選んで、（　）に入れなさい。

a. 前途 ぜんと	b. 余地 よち	c. 断面 だんめん	d. 進み すす	e. そっぽ

❶ これだけ証拠が揃ってるんだ。あいつが詐欺師であることに疑いの（　　　　　　）はない。

❷ この薬には病気の（　　　　　　）を遅らせる効果がある。

❸ 強風で野菜の苗に被害が…、（　　　　　　）多難だな！

❹ 私のやり方が古いのか、若手社員から（　　　　　　）を向かれてしまった。

II [a～e]の中から適当な言葉を選んで、（　）に入れなさい。（必要なら形を変えなさい）

a. 沿う そ	b. 込み上げる こ あ	c. 出向く でむ	d. 反る そ	e. 転回する てんかい

❶ 遠くに島影が見えると、船はゆっくりと進路を南に（　　　　　　）。

❷ 大統領来日の際は、首相自ら空港まで（　　　　　　）歓迎の意を表した。

❸ 勧誘方針に（　　　　　　）適正な勧誘を行う。

❹ 古い木箱は蓋が（　　　　　　）いて、隙間から中身がこぼれていた。

◆ 方向、位置 (2)　方向、位置 (2)

てんち 天地	(名) 天和地；天地，世界；宇宙，上下
なかほど 中程	(名) (場所、距離的) 中間；(程度) 中等；(時間、事物進行的) 途中，半途
はいご 背後	(名) 背後；暗地，背地，幕後
ふち 縁	(名) 邊；緣；框
ふりだし 振り出し	(名) 出發點；開始，開端；(經) 開出 (支票、匯票等)
へり 縁	(名) (河岸、懸崖、桌子等) 邊緣；帽簷；鑲邊
まうえ 真上	(名) 正上方，正當頭
ました 真下	(名) 正下方，正下面
まと 的	(名) 標的，靶子；目標；要害，要點
みぎて 右手	(名) 右手，右邊，右面
みちばた 道端	(名) 道旁，路邊
めさき 目先	(名) 目前，眼前；當前，現在；遇見；外觀，外貌，當場的風趣
より 寄り	(名) 偏，靠；聚會，集會
りょうきょく 両極	(名) 兩極，南北極，陰陽極；兩端，兩個極端
とうたつ 到達	(名・自サ) 到達，達到
へいこう 並行	(名・自サ) 並行；並進，同時舉行
ユーターン 【U-turn】	(名・自サ) (汽車的) U 字形轉彎，180 度迴轉
めん 面する	(自サ) (某物) 面向，面對著，對著；面對 (事件等)

まじ 交わる	(自五) (線狀物) 交，交叉；(與人) 交往，交際
てん 転ずる	(自五・他下一) 改變 (方向、狀態)；遷居；調職
てん 転じる	(自他上一) 轉變，轉換，改變；遷居，搬家 (自他サ) 轉變
と ま 取り巻く	(他五) 圍住，圍繞；奉承，奉迎
ふ かえ 振り返る	(他五) 回頭看，向後看；回顧
もろに	(副) 全面，迎面，沒有不…
はる 遥か	(副・形動) (時間、空間、程度上) 遠，遙遠

練 習

Ⅰ [a～e]の中から適当な言葉を選んで、（　　　）に入れなさい。

a. 寄り	b. 的	c. 両極	d. 道端	e. 背後

❶ 今回の裁判では被害者（　　　　　　　　　）の判決が出たと言えよう。

❷ 彼のデザインは派手か地味かの（　　　　　　　　　）しかないように感じました。

❸ うちの猫は、昔、（　　　　　　　　　）に捨てられていたのを拾ったんです。

❹ 男の放った矢は200メートル先の小さな（　　　　　　　　）を射た。

Ⅱ [a～e]の中から適当な言葉を選んで、（　　　）に入れなさい。（必要なら形を変えなさい）

a. 並行する	b. Ｕターンする	c. 交わる	d. 転ぶ	e. 到達する

❶ 二つの直線の（　　　　　　　　）点を方程式を使って求める。

❷ 道を間違えたことに気付いて、慌てて（　　　　　　　）。

❸ トラックが2台ずつ（　　　　　　　）進んだ。

❹ 太陽の光は8分で地球に（　　　　　　　）そうだ。

Ⅲ [a～e]の中から適当な言葉を選んで、（　　　）に入れなさい。（必要なら形を変えなさい）

a. 取り巻く	b. 振り返る	c. 面する	d. 転じる	e. 漏る

❶ これからの3年間を、いつか笑って（　　　　　　　　）日が来るように、がんばろう。

❷ 「災い（　　　　　　　）福と成す」という。どんなことも考えようだ。

❸ 彼はとにかくものすごい人気選手なので、常に記者が（　　　　　　　　）いる。

❹ 妻は大通りに（　　　　　　　　）レストランで働いている。

31
地理、地方(4)

32 施設、機関 (1)
しせつ きかん

設施、機關單位 (1)

◆ 施設、機関　設施、機關單位
しせつ きかん

機構 きこう	(名) 機構，組織；（人體、機械等）結構，構造
複合 ふくごう	(名・自他サ) 複合，合成
運営 うんえい	(名・他サ) 領導（組織或機構使其發揮作用），經營，管理
施設 しせつ	(名・他サ) 設施，設備；（兒童，老人的）福利設施
収容 しゅうよう	(名・他サ) 收容，容納；拘留
設置 せっち	(名・他サ) 設置，安裝；設立
設立 せつりつ	(名・他サ) 設立，成立
創立 そうりつ	(名・他サ) 創立，創建，創辦
土台 どだい	(名・副)（建）地基，底座；基礎；本來，根本，壓根兒
廃れる すた	(自下一) 成為廢物，變成無用，廢除；過時，不再流行；衰微，衰弱，被淘汰
取り扱う と あつか	(他五) 對待，接待；（用手）操縱，使用；處理；管理，經辦

◆ いろいろな施設　各種設施
しせつ

遺跡 いせき	(名) 故址，遺跡，古蹟
宮殿 きゅうでん	(名) 宮殿；祭神殿
式場 しきじょう	(名) 舉行儀式的場所，會場，禮堂
スタジオ【studio】	(名) 藝術家工作室；攝影棚，照相館；播音室，錄音室
タワー【tower】	(名) 塔
風車 ふうしゃ	(名) 風車

本館 ほんかん	(名)（對別館、新館而言）原本的建築物，主要的樓房；此樓，本樓，本館
モーテル【motel】	(名) 汽車旅館，附車庫的簡易旅館
民宿 みんしゅく	(名・自サ)（觀光地的）民宿，家庭旅店；（旅客）在民家投宿
碑 ひ	(漢造) 碑；石碑

◆ 団体、会社　團體、公司行號
だんたい かいしゃ

協会 きょうかい	(名)（為某目的聚集的）協會
自治体 じちたい	(名)（國家承認的）自治團體
不動産屋 ふどうさんや	(名) 房地產公司
弊社 へいしゃ	(名) 敝公司
提携 ていけい	(名・自サ) 提攜，攜手；協力，合作
合併 がっぺい	(名・自他サ) 合併
勧誘 かんゆう	(名・他サ) 勸誘，勸說；邀請
象徴 しょうちょう	(名・他サ) 象徵
奨励 しょうれい	(名・他サ) 獎勵，鼓勵
抜け出す ぬ だ	(自五) 溜走，逃脫，擺脫；（髮、牙）開始脫落、掉落

練習

I [a～e]の中から適当な言葉を選んで、(　　　)に入れなさい。

a. 土台	b. 果て	c. 施設	d. 合併	e. 象徴

❶ (　　　　　　　　　　) が傾いていれば、何も積むことはできない。

❷ ピカソは平和の (　　　　　　　　) として鳩を描いた。

❸ 景気低迷に伴い、大手企業の吸収 (　　　　　　　) が進んだ。

❹ このビルはホールや会議室、図書館などが入った複合 (　　　　　　　) だ。

II [a～e]の中から適当な言葉を選んで、(　　)に入れなさい。（必要なら形を変えなさい）

a. 奨励される	b. 圧倒する	c. 設置される	d. 運営する	e. 提携する

❶ 全ての小学校にエアコンが (　　　　　　　) ことが決まった。

❷ イベント会場の事故で、(　　　　　　　) 側の責任が問われている。

❸ うちの会社では衛生管理者の資格取得が (　　　　　) いる。

❹ 台北市と横浜市は姉妹都市として (　　　　　　) いる。

III [a～e]の中から適当な言葉を選んで、(　　)に入れなさい。（必要なら形を変えなさい）

a. 抜け出す	b. 継ぐ	c. 設立する	d. 廃棄する	e. 廃れる

❶ 会社を辞めて母の旅館を (　　　　　　　) ことを決意した。

❷ 年寄りばかりで、この村もすっかり (　　　　　　　) しまった。

❸ 木下さんはしょっちゅう仕事を (　　　　　　　)、外でタバコを吸っている。

❹ 10年前、大学卒業と同時に、映像の制作会社を (　　　　　　　)。

33 施設、機関 (2)

しせつ、きかん

設施、機關單位 (2)

◆ 病院　醫院

医院	㊂ 醫院，診療所
受け入れ	㊂（新成員或移民等的）接受，收容；（物品或材料等的）收進，收入；答應，承認
応急	㊂ 應急，救急
ガーゼ【(德) Gaze】	㊂ 紗布，藥布
外来	㊂ 外來，舶來；（醫院的）門診
カルテ【(德) Karte】	㊂ 病歷
眼科	㊂（醫）眼科
産婦人科	㊂（醫）婦產科
歯科	㊂（醫）牙科，齒科
耳鼻科	㊂ 耳鼻喉科
小児科	㊂ 小兒科，兒科
処方箋	㊂ 處方籤
ばい菌	㊂ 細菌，微生物
往診	㊂・自サ（醫生的）出診
解剖	㊂・他サ（醫）解剖；（事物、語法等）分析
矯正	㊂・他サ 矯正，糾正
診療	㊂・他サ 診療，診察治療
受け入れる	他下一 收，收下；收容，接納；採納，接受

◆ 店　商店

扱い	㊂ 使用，操作；接待，待遇；（當作…）對待；處理，調停
アフターサービス【(和) after ＋ service】	㊂ 售後服務
在庫	㊂ 庫存，存貨；儲存
セール【sale】	㊂ 拍賣，大減價
知名度	㊂ 知名度，名望
ドライブイン【drivein】	㊂ 免下車餐廳（銀行、郵局、加油站）；快餐車道
取り替え	㊂ 調換，交換；退換，更換
バー【bar】	㊂（鐵、木的）條，桿，棒；小酒吧，酒館
招き	㊂ 招待，邀請，聘請；（招攬顧客的）招牌，裝飾物
陳列	㊂・他サ 陳列
賑わう	自五 熱鬧，擁擠；繁榮，興盛
手掛ける	他下一 親自動手，親手

練習

Ⅰ [a～e]の中から適当な言葉を選んで、（　　）に入れなさい。

a. 解剖	b. カルテ	c. 耳鼻科	d. 応急	e. 処方箋

❶ 花粉症が酷いので（　　　　　）で薬をもらっている。

❷ 医師から薬の（　　　　　）をもらったら、薬局へ持参しましょう。

❸ A組の田中君、カエルの（　　　　　）で貧血を起こして倒れたらしい。

❹ 現場での（　　　　　）処置が適切だったため、大事には至りませんでした。

Ⅱ [a～e]の中から適当な言葉を選んで、（　　）に入れなさい。（必要なら形を変えなさい）

a. 矯正する	b. 往診する	c. 陳列される	d. 手掛ける	e. 賑わう

❶ 会話は上手なんだから、発音を（　　　　　）ばもっとよくなる。

❷ 彼は国内外の美術館や劇場の設計を（　　　　　）有名な建築家だ。

❸ 夏休みで、観光地はどこも親子連れで（　　　　　）いる。

❹ 棚の上には、様々な大きさ、形のトロフィーが（　　　　　）いた。

Ⅲ [a～e]の中から適当な言葉を選んで、（　　）に入れなさい。

a. 招き	b. ガーゼ	c. ばい菌	d. 扱い	e. セール

❶ この薄いグラスは（　　　　　）に細心の注意が必要です。

❷ こちらは（　　　　　）品につき、返品できません。

❸ 本日はお（　　　　　）いただきまして、ありがとうございます。

❹ 消毒済みの清潔な（　　　　　）を傷口に当てる。

34 交通 こうつう

交通

◆ 交通、運輸　交通、運輸

うんゆ **運輸**	（名）運輸，運送，搬運
きか **切り替え**	（名）轉換，切換；兌換；（農）開闢森林成田地（過幾年土壤不肥沃後再種回樹林）
けいろ **経路**	（名）路徑，路線
せっしょく **接触**	（名・自サ）接觸；交往，交際
ゆうせん **優先**	（名・自サ）優先
うんそう **運送**	（名・他サ）運送，運輸，搬運
かいそう **回送**	（名・他サ）（接人、裝貨等）空車調回；轉送，轉遞；運送
せんよう **専用**	（名・他サ）專用，獨佔，壟斷，專門使用
ふうさ **封鎖**	（名・他サ）封鎖；凍結
さえぎ **遮る**	（他五）遮擋，遮住，遮蔽；遮斷，遮攔，阻擋
きか **切り替える**	（他下一）轉換，改換，掉換；兌換

◆ 鉄道、船、飛行機　鐵路、船隻、飛機

えんせん **沿線**	（名）沿線
かいろ **海路**	（名）海路
きせん **汽船**	（名）輪船，蒸汽船
ぎょせん **漁船**	（名）漁船
ぐんかん **軍艦**	（名）軍艦
シート【seat】	（名）座位，議席；防水布
しはつ **始発**	（名）（最先）出發；始發（車，站）；第一班車
じゅんきゅう **準急**	（名）（鐵）平快車，快速列車

せんぱく **船舶**	（名）船舶，船隻
かわ **つり革**	（名）（電車等的）吊環，吊帶
フェリー【ferry】	（名）渡口，渡船（フェリーボート之略）
みうご **身動き**	（名）（下多接否定形）轉動（活動）身體；自由行動
ロープウェー【ropeway】	（名）空中纜車，登山纜車
こうかい **航海**	（名・自サ）航海
ちゃくりく **着陸**	（名・自サ）（空）降落，著陸
ちんぼつ **沈没**	（名・自サ）沈沒；醉得不省人事；（東西）進了當鋪
ついらく **墜落**	（名・自サ）墜落，掉下
ふっきゅう **復旧**	（名・自他サ）恢復原狀；修復
そうじゅう **操縦**	（名・他サ）駕駛；操縱，駕馭，支配
の こ **乗り込む**	（自五）坐進，乘上（車）；開進，進入；（和大家）一起搭乘；（軍隊）開入；（劇團、體育團體等）到達

◆ 自動車、道路　汽車、道路

アクセル【accelerator之略】	（名）（汽車的）加速器
インターチェンジ【interchange】	（名）高速公路的出入口；交流道
かんせん **幹線**	（名）主要線路，幹線
じゅうじろ **十字路**	（名）十字路，岐路
スポーツカー【sports car】	（名）跑車

玉突き たまつ	名 撞球；連環（車禍）	**オートマチック** **【automatic】**	名・形動・造 自動裝置，自動機械； 自動裝置的，自動式的
ダンプ【dump】	名 傾卸卡車、翻斗車的簡稱（ダ ンプカー之略）	**徐行** じょこう	名・自サ（電車、汽車等）慢行， 徐行
道 みち	名 道路；道義，道德；方法， 手段；路程；專門，領域	**走行** そうこう	名・自サ（汽車等）行車，行駛
レンタカー **【rentacar】**	名 出租汽車	**いかれる**	自下一 破舊，（機能）衰退

34

交通

練 習

Ⅰ [a〜e]の中から適当な言葉を選んで、（　　）に入れなさい。

a. 身動き み うご	b. 経路 けい ろ	c. 準急 じゅんきゅう	d. 走行 そうこう	e. 専用 せんよう

❶ 朝8時の電車内など、携帯を触るどころか（　　　　　　　　　）ひとつできない。
あさ じ　　でんしゃない　　　　　けいたい　さわ

❷ この車は（　　　　　　　　　）距離20万キロを超えている。
くるま　　　　　　　　　　きょり　まん　　　こ

❸ こちらは社員（　　　　　　　　　）の通用口です。正面玄関をご利用ください。
しゃいん　　　　　　　　　　つうようぐち　　しょうめんげんかん　　りよう

❹ その駅に急行は停まらないので、（　　　　　　　　）か各駅停車に乗らなければなりま
えき　きゅうこう　と　　　　　　　　　　　　　　かくえきていしゃ　の
せん。

Ⅱ [a〜e]の中から適当な言葉を選んで、（　　）に入れなさい。

a. 運送 うんそう	b. 着陸 ちゃくりく	c. 復旧 ふっきゅう	d. 回送 かいそう	e. 始発 し はつ

❶ まもなく当機は（　　　　　　　　　）態勢に入ります。シートベルトをお締めください。
とう き　　　　　　　　　　たいせい　はい　　　　　　　　　　　　　し

❷ まもなく終点東京駅です。この列車は車庫に入る（　　　　　　　　　）列車となります。
しゅうてんとうきょうえき　　　　れっしゃ　しゃこ　はい　　　　　　　　　　れっしゃ

❸ 停電は広範囲に渡り、（　　　　　　　　）にはかなりの時間を要した。
ていでん　こうはん い　わた　　　　　　　　　　　　じ かん　よう

❹ 車に入らない大きい荷物は、（　　　　　　　　　）屋に頼もう。
くるま　はい　　　おお　　に もつ　　　　　　　　　　　　や　たの

73

35 通信、報道
つうしん　ほうどう
通訊、報導

◆ 通信、電話、郵便　通訊、電話、郵件
つうしん　でんわ　ゆうびん

エアメール 【airmail】	(名) 航空郵件，航空信
オンライン 【online】	(名)（球）落在線上，壓線；（電・計）在線上
周波数 しゅうはすう	(名) 頻率
無線 むせん	(名) 無線，不用電線；無線電
通話 つうわ	(名・自サ)（電話）通話
同封 どうふう	(名・他サ) 隨信附寄，附在信中
妨害 ぼうがい	(名・他サ) 妨礙，干擾
封 ふう	(名・漢造) 封口，封上；封條；封疆；封閉
途切れる とぎれる	(自下一) 中斷，間斷
宛てる あてる	(他下一) 寄給
差し出す さしだす	(他五)（向前）伸出，探出；（把信件等）寄出，發出；提出，交出，獻出；派出，派遣，打發
取り次ぐ とりつぐ	(他五) 傳達；（在門口）通報，傳遞；經銷，代購，代辦，轉交
問い合わせる といあわせる	(他下一) 打聽，詢問
宛 あて	(造語)（寄、送）給…；每（平分、平均）

◆ 伝達、通知、情報　傳達、告知、信息
でんたつ　つうち　じょうほう

インフォメーション 【information】	(名) 通知，情報，消息；傳達室，服務台；見聞
言伝 ことづて	(名) 傳聞；帶口信
コマーシャル 【commercial】	(名) 商業（的），商務（的）；商業廣告

消息 しょうそく	(名) 消息，信息；動靜，情況
テレックス【telex】	(名) 電報，電傳
張り紙 はりがみ	(名) 貼紙；廣告，標語
拡散 かくさん	(名・自サ) 擴散；（理）漫射
回覧 かいらん	(名・他サ) 傳閱；巡視，巡覽
勧告 かんこく	(名・他サ) 勸告，說服
公開 こうかい	(名・他サ) 公開，開放
告知 こくち	(名・他サ) 通知，告訴
転送 てんそう	(名・他サ) 轉寄
言付ける ことづける	(他下一) 託付，帶口信 (自下一) 假託，藉口
告げる つげる	(他下一) 通知，告訴，宣布，宣告

◆ 報道、放送　報導、廣播
ほうどう　ほうそう

映像 えいぞう	(名) 映像，影像；（留在腦海中的）形象，印象
公 おおやけ	(名) 政府機關，公家，集體組織；公共，公有；公開
短波 たんぱ	(名) 短波
チャンネル 【channel】	(名)（電視，廣播的）頻道
メディア【media】	(名) 手段，媒體，媒介
会見 かいけん	(名・自サ) 會見，會面，接見
参上 さんじょう	(名・自サ) 拜訪，造訪
反響 はんきょう	(名・自サ) 迴響，回音；反應，反響

しゅざい 取材	名・自他サ （藝術作品等）取材； （記者）採訪	ほう 報ずる	自他サ 通知，告訴，告知，報導； 報答，報復
ちゅうけい 中継	名・他サ 中繼站，轉播站；轉播	ほう 報じる	他上一 通知，告訴，告知，報導； 報答，報復
とくしゅう 特集	名・他サ 特輯，專輯		
ほうどう 報道	名・他サ 報導		

練 習

Ⅰ [a～e]の中から適当な言葉を選んで、（　　）に入れなさい。

a. つうわ 通話	b. ちゅうけい 中継	c. しゅうはすう 周波数	d. どうふう 同封	e. しゅざい 取材

❶ ひがしにほんの（　　　　　　　　　）は 50Hz、にしにほんの（　　　　　　　　　）は 60Hz です。

❷ 最新の（　　　　　　　　）料金は、au ホームページにてご確認ください。

❸ 今日は札幌から、雪まつりの（　　　　　　　　）をお送りします。

❹ 事件を丁寧に追うべく、家族や関係者への（　　　　　　　）を重ねた。

Ⅱ [a～e]の中から適当な言葉を選んで、（　　）に入れなさい。（必要なら形を変えなさい）

a. かいらん 回覧する	b. こうかい 公開される	c. こくち 告知する	d. とぎ 途切れる	e. かんこく 勧告する

❶ 「モナリザ」が日本で初（　　　　　　　　）のは 1974 年のことだ。

❷ 医者は病名を（　　　　　　　　）ときには細心の注意を払うべきだ。

❸ 審判には、危険行為を行った選手に対して退場を（　　　　　　　）権限がある。

❹ 新年会の案内を（　　　　　　　）ので、出欠の欄にチェックして回してください。

36 スポーツ (1) 體育運動 (1)

◆ スポーツ　體育運動

てつぼう **鉄棒**	（名）鐵棒，鐵棍；（體）單槓
どうじょう **道場**	（名）道場，修行的地方；教授武藝的場所，練武場
ど ひょう **土俵**	（名）（相撲）比賽場，摔角場；緊要關頭
フォーム【form】	（名）形式，樣式；（體育運動的）姿勢；月台，站台
よこづな **横綱**	（名）（相撲）冠軍選手繫在腰間標示身分的粗繩；（相撲冠軍選手稱號）橫綱；手屈一指
さか だ **逆立ち**	（名・自サ）（體操等）倒立，倒豎；顛倒
しゅぎょう **修行**	（名・自サ）修（學），練（武），學習（技藝）
ちゅうがえ **宙返り**	（名・自サ）（在空中）旋轉，翻筋斗
めいちゅう **命中**	（名・自サ）命中
けっそく **結束**	（名・自他サ）捆綁，捆束；團結；準備行裝，穿戴（衣服或盔甲）
ふっかつ **復活**	（名・自他サ）復活，再生；恢復，復興，復辟
ついほう **追放**	（名・他サ）流逐，驅逐（出境）；肅清，流放；洗清，開除
すばしっこい	（形）動作精確迅速，敏捷，靈敏
あがく	（自五）掙扎；手腳亂動
また **跨がる**	（自五）（分開兩腿）騎，跨；跨越，橫跨
ひ **引きずる**	（自・他五）拖，拉；硬拉著走；拖延
ま **負かす**	（他五）打敗，戰勝
み うしな **見失う**	（他五）迷失，看不見，看丟

みちび **導く**	（他五）引路，導遊；指導，引導；導致，導向
きわ **極める**	（他下一）查究；到達極限
さら **更なる**	（連體）更
じっとり	（副）濕漉漉，濕淋淋
びっしょり	（副）溼透

◆ 球技、陸上競技　球類、田徑賽

せ **攻め**	（名）進攻，圍攻
だ げき **打撃**	（名）打擊，衝擊
チームワーク 【teamwork】	（名）（隊員間的）團隊精神，合作，配合，默契
て もと **手元**	（名）手邊，手頭；膝下，身邊；生計；手法，技巧
バット【bat】	（名）球棒
びり	（名）最後，末尾，倒數第一名
キャッチ【catch】	（名・他サ）捕捉，抓住；（棒球）接球
コントロール 【control】	（名・他サ）支配，控制，節制，調節
しゅ び **守備**	（名・他サ）守備，守衛；（棒球）防守
バトンタッチ 【(和) baton＋ touch】	（名・他サ）（接力賽跑中）交接接力棒；（工作、職位）交接
けいかい **軽快**	（形動）輕快；輕鬆愉快；輕便；（病情）好轉
にぶ **鈍る**	（自五）不利，變鈍；變遲鈍，減弱

蹴飛ばす <ruby>蹴<rt>け</rt></ruby><ruby>飛<rt>と</rt></ruby>ばす	他五 踢；踢開，踢散，踢倒； 拒絕
抜かす <ruby>抜<rt>ぬ</rt></ruby>かす	他五 遺漏，跳過，省略
受け止める <ruby>受<rt>う</rt></ruby>け<ruby>止<rt>と</rt></ruby>める	他下一 接住，擋下；阻止，防止； 理解，認識

練習

Ⅰ [a～e]の中から適当な言葉を選んで、（　　　）に入れなさい。（必要なら形を変えなさい）

a. 跨がる	b. 抜かす	c. 導く	d. 見失う	e. 追放される

❶ 天才は、彼を（　　　　　　　　）人との出会いによってその才能を開花させる。

❷ 社長室の壁には、ナポレオンが白馬に（　　　　　　　　）絵が飾られている。

❸ 角を曲がったところで、逃げる男の姿を（　　　　　　　　）しまった。

❹ 違法薬物に手を出して、スポーツ界から（　　　　　　　　）選手は少なくない。

Ⅱ [a～e]の中から適当な言葉を選んで、（　　　）に入れなさい。

a. 復活	b. 守備	c. 逆立ち	d. 修行	e. 攻め

❶ 交通事故を乗り越えた中村さんは、写真展で見事な（　　　　　　　　）を遂げた。

❷ レストランを開くことを夢見て、フランスで料理の（　　　　　　　　）中です。

❸ 卓球は（　　　　　　　　）と守りのバランスが重要だ。

❹ 私は（　　　　　　　　）で階段を上ることができます。

37 スポーツ (2)

體育運動 (2)

◆ 試合 比賽

歓声 かんせい	(名) 歡呼聲	ゴールイン 【(和) goal ＋ in】	(名・自サ) 抵達終點，跑到終點； （足球）射門；結婚
形勢 けいせい	(名) 形勢，局勢，趨勢	失格 しっかく	(名・自サ) 失去資格
決勝 けっしょう	(名)（比賽等）決賽，決勝負	勝利 しょうり	(名・自サ) 勝利
作戦 さくせん	(名) 作戰，作戰策略，戰術；軍 事行動，戰役	静止 せいし	(名・自サ) 靜止
上位 じょうい	(名) 上位，上座	対抗 たいこう	(名・自サ) 對抗，抵抗，相爭，對 立
戦術 せんじゅつ	(名)（戰爭或鬥爭的）戰術；策略； 方法	団結 だんけつ	(名・自サ) 團結
全盛 ぜんせい	(名) 全盛，極盛	抽選 ちゅうせん	(名・自サ) 抽籤
先手 せんて	(名)（圍棋）先下；先下手	入賞 にゅうしょう	(名・自サ) 得獎，受賞
戦力 せんりょく	(名) 軍事力量，戰鬥力，戰爭潛 力；工作能力強的人	敗戦 はいせん	(名・自サ) 戰敗
点差 てんさ	(名)（比賽時）分數之差	敗北 はいぼく	(名・自サ)（戰爭或比賽）敗北，戰 敗；被擊敗；敗逃
得点 とくてん	(名)（學藝、競賽等的）得分	反撃 はんげき	(名・自サ) 反擊，反攻，還擊
トロフィー 【trophy】	(名) 獎盃	奮闘 ふんとう	(名・自サ) 奮鬥；奮戰
ナイター 【(和) night ＋ er】	(名) 棒球夜場賽	逆転 ぎゃくてん	(名・自他サ) 倒轉，逆轉；反過來； 惡化，倒退
ハンディ 【handicap 之略】	(名) 讓步（給實力強者的不利條 件，以使勝負機會均等的一種競 賽）；障礙	中断 ちゅうだん	(名・自他サ) 中斷，中輟
纏まり まとまり	(名) 解決，結束，歸結；一貫， 連貫；統一，一致	棄権 きけん	(名・他サ) 棄權
		辞退 じたい	(名・他サ) 辭退，謝絕
レース【race】	(名) 速度比賽，競速（賽車、游 泳、遊艇及車輛比賽等）；競賽； 競選	進呈 しんてい	(名・他サ) 贈送，奉送
		総合 そうごう	(名・他サ) 綜合，總合，集合
優勢 ゆうせい	(名・形動) 優勢	達成 たっせい	(名・他サ) 達成，成就，完成
休戦 きゅうせん	(名・自サ) 休戰，停戰	敗・敗 はい・ばい	(名・漢造) 輸；失敗；腐敗；戰敗

レギュラー 【regular】	(名・造語) 正式成員；正規兵；正規的，正式的；有規律的	持てる	(自下一) 受歡迎；能維持；能擁有、持有
呆気ない	(形) 因為太簡單而不過癮；沒意思；簡單；草草	仕掛ける	(他下一) 開始做，著手；做到途中；主動地作；挑釁，尋釁；裝置，設置，布置；準備，預備
動的	(形動) 動的，變動的，動態的；生動的，活潑的，積極的	やっつける	(他下一)（俗）幹完；（狠狠的）教訓一頓，整一頓；打敗，擊敗
臨む	(自五) 面臨，面對；瀕臨；遭逢；蒞臨，君臨，統治	寄せ集める	(他下一) 收集，匯集，聚集，拼湊
勝る	(自五) 勝於，優於，強於		

練習

Ⅰ [a～e]の中から適当な言葉を選んで、(　)に入れなさい。（必要なら形を変えなさい）

> a. 逆転する　b. ゴールインする　c. 進呈する　d. 休戦する　e. 仕掛ける

❶ 私は悪くない。あっちからケンカを (　　　　) 来たんです。

❷ 学生時代から付き合っていた彼女と、この春 (　　　　)。

❸ キャンペーン期間中にご来店のお客様に景品を (　　　　) ことにしましょう。

❹ 彼が3点差で負けていたが、最後に10点を入れ、(　　　　) 勝った。

Ⅱ [a～e]の中から適当な言葉を選んで、(　)に入れなさい。（必要なら形を変えなさい）

> a. 静止する　b. 奮闘する　c. 勝る　d. やっつける　e. 棄権する

❶ 警報が鳴ると、人々は (　　　　) 構内のアナウンスに耳を傾けた。

❷ 開発途上国の人々の役に立ちたいと現地で (　　　　) いる。

❸ 練習で怪我をして、本番は (　　　　) ざるを得なくなった。

❹ うがい手洗いで、風邪のばい菌を (　　　　) よう。

79

あいこ	名 不分勝負，不相上下

アダルトサイト 【adult site】	名 成人網站

ガイドブック 【guidebook】	名 指南，入門書；旅遊指南手冊

賭け か	名 打賭；賭（財物）

風車 かざくるま	名 （動力、玩具）風車

空前 くうぜん	名 空前，史無前例

碁盤 ごばん	名 圍棋盤

パチンコ	名 柏青哥，小綱珠

鞠 まり	名 （用橡膠、皮革、布等做的）球

余興 よきょう	名 餘興，宴會等的表演

旅券 りょけん	名 護照

駆けっこ か	名・自サ 賽跑

籤引き くじび	名・自サ 抽籤

荷造り にづく	名・自他サ 準備行李，捆行李，包裝

観覧 かんらん	名・他サ 觀覽，參觀

マッサージ 【massage】	名・他サ 按摩，指壓，推拿

引き取る ひ と	自五 退出，退下；離開，回去 他五 取回，領取；收購；領來照顧

訪れる おとず	自下一 拜訪，訪問；來臨；通信問候

弄る いじ	他五 （俗）（毫無目的地）玩弄，擺弄；（做為娛樂消遣）玩弄，玩賞；隨便調動，改動（機構）

賭ける か	他下一 打賭，賭輸贏

練習

I [a〜e]の中から適当な言葉を選んで、（　　）に入れなさい。

a. マッサージ　　b. 余興　　c. 荷造り　　d. あいこ　　e. かけっこ

❶ 小さい頃は運動が苦手で、（　　　　　　　　　）ではいつもビリだった。

❷ 激しい運動をした後は、よく（　　　　　　　　　）をすることだ。

❸ 同窓会の（　　　　　　　　　）で、即席バンドを組むことになってしまった。

❹ 旅行といっても二泊三日だから、（　　　　　　　　　）も大したことない。

II [a〜e]の中から適当な言葉を選んで、（　　）に入れなさい。（必要なら形を変えなさい）

a. 賭ける　　b. いじる　　c. あがく　　d. 訪れる　　e. 引き取る

❶ 雪と氷に覆われた北の大地にもようやく春が（　　　　　　　　　）ようだ。

❷ 買ったばかりのカメラを、子どもが（　　　　　　　　　）壊してしまった。

❸ 2歳になる姉の子を（　　　　　　　　　）、実の子として育てた。

❹ あいつは絶対に来ないよ。（　　　　　　　　　）もいい。

III [a〜e]の中から適当な言葉を選んで、（　　）に入れなさい。

a. 碁盤　　b. 旅券　　c. くじ引き　　d. パチンコ　　e. 鞠

❶ 景品は（　　　　　　　　　）で決めますので、参加者全員にチャンスがありますよ。

❷ 古い茶碗には、（　　　　　　　　　）をつく女の子の絵が描かれていた。

❸ ホテルのフロントで（　　　　　　　　　）の提示を求められた。

❹ 街の道路が（　　　　　　　　　）の目のようになっている。

39 芸術(1)
げいじゅつ
藝術(1)

◆ 芸術、絵画、彫刻　藝術、繪畫、雕刻

油絵 あぶらえ	(名) 油畫		**選考** せんこう	(名・他サ) 選拔，權衡
学芸 がくげい	(名) 學術和藝術；文藝		**展示** てんじ	(名・他サ) 展示，展出，陳列
芸 げい	(名) 武藝，技能；演技；曲藝，雜技；藝術，遊藝		**独創** どくそう	(名・他サ) 獨創
骨董品 こっとうひん	(名) 古董		**描写** びょうしゃ	(名・他サ) 描寫，描繪，描述
コンテスト 【contest】	(名) 比賽；比賽會		**披露** ひろう	(名・他サ) 披露；公布；發表
作 さく	(名) 著作，作品；耕種，耕作；收成；振作；動作		**粋** すい	(名・漢造) 精粹，精華；通曉人情世故，圓通；瀟灑，風流；純粹
手法 しゅほう	(名) (藝術或文學表現的)手法		**像** ぞう	(名・漢造) 相，像；形象，影像
ショー【show】	(名) 展覽，展覽會；(表演藝術)演出，表演；展覽品		**静的** せいてき	(形動) 靜的，靜態的
茶の湯 ちゃのゆ	(名) 茶道，品茗會；沏茶用的開水		**生ける** いける	(他下一) 把鮮花、樹枝等插到容器裡；種植物
デッサン 【(法) dessin】	(名) (繪畫、雕刻的)草圖，素描		**仕上げる** しあげる	(他下一) 做完，完成，(最後)加工，潤飾，做出成就
背景 はいけい	(名) 背景；(舞台上的)布景；後盾，靠山		**画** が	(漢造) 畫；電影，影片；(讀做「かく」)策劃，筆畫
版画 はんが	(名) 版畫，木刻		**美** び	(漢造) 美麗；美好；讚美
文化財 ぶんかざい	(名) 文物，文化遺產，文化財富			
技 わざ	(名) 技術，技能；本領，手藝；(柔道、劍術、拳擊、摔角等)招數			
精巧 せいこう	(名・形動) 精巧，精密			
出品 しゅっぴん	(名・自サ) 展出作品，展出產品			
細工 さいく	(名・自他サ) 精細的手藝(品)，工藝品；耍花招，玩弄技巧，搞鬼			
カット【cut】	(名・他サ) 切，削掉，刪除；剪頭髮；插圖			

練 習

Ⅰ [a～e]の中から適当な言葉を選んで、（　　）に入れなさい。

a. 美^び	b. 選考^{せんこう}	c. 細工^{さいく}	d. デッサン	e. 技^{わざ}

❶ 宝石箱^{ほうせきばこ}の蓋^{ふた}には貝^{かい}を用^{もち}いた美^{うつく}しい（　　　　　　　　　）が施^{ほどこ}されていた。

❷ この大会^{たいかい}はオリンピック出場^{しゅつじょう}の（　　　　　　　　　）会^{かい}を兼^かねている。

❸ 一輪車演技^{いちりんしゃえんぎ}は華麗^{かれい}な（　　　　　　　　）が次々^{つぎつぎ}と繰^くり出^だされ、観客^{かんきゃく}を魅了^{みりょう}した。

❹ ヴィーナスはローマ神話^{しんわ}の愛^{あい}と（　　　　　　　　）の女神^{めがみ}だ。

Ⅱ [a～e]の中から適当な言葉を選んで、（　　）に入れなさい。（**必要なら形を変えなさい**）

a. 生^いける	b. 展示^{てんじ}される	c. 描写^{びょうしゃ}される	d. 告^つげる	e. 仕上^{しあ}げる

❶ 会場^{かいじょう}には全国各地^{ぜんこくかくち}の伝統工芸品^{でんとうこうげいひん}が（　　　　　　　）いた。

❷ 生^いけ花^{ばな}を習^{なら}ったことはありませんが、花^{はな}を（　　　　　　　）のは好^すきです。

❸ 提出^{ていしゅつ}の締切^{しめき}りは来週^{らいしゅう}だから、今週中^{こんしゅうちゅう}には（　　　　　　　）たい。

❹ 彼^{かれ}の作品^{さくひん}には、動物^{どうぶつ}たちの心^{こころ}あたたまる情景^{じょうけい}が（　　　　　　　）いる。

Ⅲ [a～e]の中から適当な言葉を選んで、（　　）に入れなさい。

a. ショー	b. 独創^{どくそう}	c. 粋^{いき}	d. コンテスト	e. 像^{ぞう}

❶ この望遠鏡^{ぼうえんきょう}は先端技術^{せんたんぎじゅつ}の（　　　　　　　　）を集^{あつ}めたものだ。

❷ この遊園地^{ゆうえんち}は、乗^のり物^{もの}も楽^{たの}しいが、（　　　　　　　　）も素晴^{すば}らしい。

❸ 監督^{かんとく}の（　　　　　　　　）的^{てき}な作戦^{さくせん}が当^あたって、弱小^{じゃくしょう}チームが初勝利^{はつしょうり}した。

❹ 就職面接^{しゅうしょくめんせつ}で、自身^{じしん}の描^{えが}く10年後^{ねんご}の理想^{りそう}（　　　　　　　　）について聞^きかれた。

◆ 音楽　音樂

楽譜	名（樂）譜，樂譜
三味線	名 三弦
ジャンル【（法）genre】	名 種類，部類；（文藝作品的）風格，體裁，流派
短歌	名 短歌（日本傳統和歌，由五七五七七形式組成，共三十一音）
トーン【tone】	名 調子，音調；色調
音	名 聲音，音響，音色；哭聲
音色	名 音色
ミュージック【music】	名 音樂，樂曲
メロディー【melody】	名（樂）旋律，曲調；美麗的音樂
アンコール【encore】	名・自サ（要求）重演，再來（演，唱）一次；呼聲
指揮	名・他サ 指揮
吹奏	名・他サ 吹奏
漏れる	自下一（液體、氣體、光等）漏，漏出；（秘密等）洩漏；落選，被淘汰

◆ 演劇、舞踊、映画　戲劇、舞蹈、電影

戯曲	名 劇本，腳本；戲劇
喜劇	名 喜劇，滑稽劇；滑稽的事情
脚本	名（戲劇、電影、廣播等）劇本；腳本
原作	名 原作，原著，原文

シナリオ【scenario】	名 電影劇本，腳本；劇情說明書；走向
主人公	名（小說等的）主人公，主角
ソロ【solo】	名（樂）獨唱；獨奏；單獨表演
台本	名（電影，戲劇，廣播等）腳本，劇本
主演	名・自サ 主演，主角
出演	名・自サ 演出，登台
公演	名・自他サ 公演，演出
映写	名・他サ 放映（影片、幻燈片等）
演出	名・他サ（劇）演出，上演；導演
上演	名・他サ 上演
演じる	他上一 扮演，演；做出

練 習

Ⅰ [a〜e]の中から適当な言葉を選んで、（　　）に入れなさい。

a. ジャンル	b. 演出	c. 三味線	d. 指揮	e. メロディー

❶ Aチームは監督の（　　　　　　　　）のもと、最後までよく戦った。

❷ 彼とは、映画も音楽も好きな（　　　　　　　　）が同じだ。

❸ 彼女が歌詞を書いて、私がそれに（　　　　　　　　）をつけました。

❹ 最近の結婚式は、親を泣かせる（　　　　　　　　）がすごい。

Ⅱ [a〜e]の中から適当な言葉を選んで、（　　）に入れなさい。

a. ソロ	b. シナリオ	c. 主人公	d. アンコール	e. 映写

❶ 彼は人気バンドのボーカルだが、（　　　　　　　　）でも活動している。

❷ スクリーンには、（　　　　　　　　）機で拡大されたスライドが映し出された。

❸ 最近の漫画は、弱い（　　　　　　　　）に読者が共感するものが多い。

❹ （　　　　　　　　）を求める聴衆の拍手は、止むことがなかった。

Ⅲ [a〜e]の中から適当な言葉を選んで、（　　）に入れなさい。

a. 演じる	b. 上演される	c. 漏れる	d. 主演する	e. はみ出す

❶ 捜査情報は翌日にはマスコミに（　　　　　　　　）、瞬く間に拡散した。

❷ 離婚した友人は、理想の妻を（　　　　　　　　）のに疲れたそうだ。

❸ ブロードウェイで人気のミュージカルが、今年東京で（　　　　　　　　）そうだ。

❹ この映画は（　　　　　　　　）女優と助演男優の掛け合いが面白い。

85

41 数量、図形、色彩(1)

すうりょう　ずけい　しきさい

◆ 数　數目

個々（こ こ）	(名) 每個，各個，各自
個別（こ べつ）	(名) 個別
若干（じゃっかん）	(名) 若干；少許，一些
大多数（だい た すう）	(名) 大多數，大部分
多数決（た すうけつ）	(名) 多數決定，多數表決
単一（たんいつ）	(名) 單一，單獨；單純；(構造) 簡單
延べ（の ）	(名) (金銀等) 金屬壓延 (的東西)；延長；共計
真っ二つ（ま ぷた ）	(名) 兩半
ワット【watt】	(名) 瓦特，瓦 (電力單位)
突破（とっ ぱ）	(名・他サ) 突破；超過
ダース【dozen】	(名・接尾) (一) 打，十二個
対（つい）	(名・接尾) 成雙，成對；對句；(作助數詞用) 一對，一雙
戸（こ）	(漢造) 戶
単（たん）	(漢造) 單一；單調；單位；單薄；(網球、乒乓球的) 單打比賽
超（ちょう）	(漢造) 超過；超脫；(俗)最，極
棟（とう）	(漢造) 棟梁；(建築物等) 棟，一座房子
乃至（ない し）	(接) 至，乃至；或是，或者

◆ 計算　計算

倍率（ばいりつ）	(名) 倍率，放大率；(入學考試的) 競爭率
比率（ひ りつ）	(名) 比率，比

分母（ぶん ぼ）	(名) (數) 分母
マイナス【minus】	(名) (數) 減，減號；(數) 負號；(電) 負，陰極；(溫度) 零下；虧損，不足；不利
均衡（きんこう）	(名・自サ) 均衡，平衡，平均
比例（ひ れい）	(名・自サ) (數) 比例；均衡，相稱，成比例關係
減少（げんしょう）	(名・自他サ) 減少
削減（さくげん）	(名・自他サ) 削減，縮減；削弱，使減色
ダウン【down】	(名・自他サ) 下，倒下，向下，落下；下降，減退；(棒)出局；(拳擊)擊倒
暗算（あんざん）	(名・他サ) 心算
換算（かんさん）	(名・他サ) 換算，折合
集計（しゅうけい）	(名・他サ) 合計，總計
合わす（あ ）	(他五) 合在一起，合併；總加起來；混合，配在一起；配合，使適應；對照，核對
欠く（か ）	(他五) 缺，缺乏，缺少；弄壞，少 (一部分)；欠，欠缺，怠慢
ぴたり(と)	(副) 突然停止貌；緊貼的樣子；恰合，正對
きっちり	(副・自サ) 正好，恰好

練習

Ⅰ [a～e]の中から適当な言葉を選んで、（　）に入れなさい。

a. 削減	b. 若干	c. ダース	d. 個別	e. ワット

❶ （　　　　　　　　　　）の遅れはあるが、実験は順調に進んでいる。

❷ 車で行くならビールを1（　　　　　　　　）買ってきて。

❸ LED電球を使えば、より少ない（　　　　　　　　　）数で明るさが得られる。

❹ プラスチックごみの（　　　　　　　）は、世界で取り組むべき緊急の課題だ。

Ⅱ [a～e]の中から適当な言葉を選んで、（　）に入れなさい。

a. 減少	b. 対	c. ポイント	d. 暗算	e. 均衡

❶ 子どもの頃、そろばんを習っていたので、（　　　　　　　　）は得意です。

❷ 内閣支持率は3か月連続で（　　　　　　　　）を続けている。

❸ 8回表、0対0の（　　　　　　　　）を破ったのは田中選手の特大ホームランだった。

❹ こちらの二つの茶碗は、赤と青で（　　　　　　　）になっています。

Ⅲ [a～e]の中から適当な言葉を選んで、（　）に入れなさい。（必要なら形を変えなさい）

a. 欠く	b. 合わせる	c. 披露する	d. 突破する	e. ダウンする

❶ 暑さに弱い母は、猛暑日が二日続くと（　　　　　　　）しまう。

❷ 君の態度は甚だしく礼儀を（　　　　　　　）ものだ。反省しなさい。

❸ 女性とは、恥ずかしくて目を（　　　　　　　）こともできないんです。

❹ 100メートル走で、日本人選手が遂に10秒の壁を（　　　　　　　）。

42 数量、図形、色彩 (2)

すうりょう　ずけい　しきさい

数量、圖形、色彩 (2)

◆ 量、長さ、広さ、重さなど

りょう　なが　ひろ　おも

量、容量、長度、面積、重量等

海抜 かいばつ	(名) 海拔	
各種 かくしゅ	(名) 各種，各樣，每一種	
過疎 か そ	(名) (人口)過稀，過少	
斜面 しゃめん	(名) 斜面，傾斜面，斜坡	
ダブル【double】	(名) 雙重，雙人用；二倍，加倍；雙人床；夫婦，一對	
比重 ひ じゅう	(名) 比重，(所占的)比例	
平方 へいほう	(名) (數)平方，自乘；(面積單位)平方	
微塵 み じん	(名) 微塵，微小(物)，極小(物)；一點，少許；切碎，碎末	
密度 みつ ど	(名) 密度	
目方 め かた	(名) 重量，分量	
立方 りっぽう	(名) (數)立方	
大幅 おおはば	(名・形動) 寬幅(的布)；大幅度，廣泛	
多様 た よう	(名・形動) 各式各樣，多種多樣	
長大 ちょうだい	(名・形動) 長大；高大；寬大	
半端 はん ぱ	(名・形動) 零頭，零星；不徹底；零數，尾數；無用的人	
匹敵 ひってき	(名・自サ) 匹敵，比得上	
密集 みっしゅう	(名・自サ) 密集，雲集	
限定 げんてい	(名・他サ) 限定，限制(數量，範圍等)	
一切 いっさい	(名・副) 一切，全部；(下接否定)完全，都	

大方 おおかた	(名・副) 大部分，多半，大體；一般人，大家，諸位
概ね おおむ	(名・副) 大概，大致，大部分
種々 しゅじゅ	(名・副) 種種，各種，多種，多方
ジャンボ【jumbo】	(名・造) 巨大的
夥しい おびただ	(形) 數量很多，極多，眾多；程度很大，厲害的，激烈的
重い おも	(形) 重；(心情)沈重，(腳步，行動等)遲鈍；(情況，程度等)嚴重
微か かす	(形動) 微弱，些許；微暗，朦朧；貧窮，可憐
ふんだん	(形動) 很多，大量
かさ張る ば	(自五) (體積、數量等)增大，體積大，增多
かさむ	(自五) (體積、數量等)增多
幾多 いく た	(副) 許多，多數
ことごとく	(副) 所有，一切，全部
高が たか	(副) (程度、數量等)不成問題，僅僅，不過是…罷了
程程 ほどほど	(副) 適當的，恰如其分的；過得去
丸ごと まる	(副) 完整，完全，全部地，整個(不切開)
やたら(と)	(副) (俗)胡亂，隨便，不分好歹，沒有差別；過份，非常，大量

だけ	副助（只限於某範圍）只，僅僅；（可能的程度或限度）盡量，儘可能；（以「…ば…だけ」等的形式，表示相應關係）越…越…；（以「…だけに」的形式）正因為…更加…；（以「…（のこと）あって」的形式）不愧，值得

そこそこ	副・接尾 草草了事，慌慌張張；大約，左右
塗（ま）れ	接尾 沾污，沾滿
満（み）たす	他五 裝滿，填滿，倒滿；滿足

練習

I [a～e]の中から適当な言葉を選んで、（　　）に入れなさい。

a. 概（おお）ね　　b. たかが　　c. 幾多（いくた）　　d. ずらっと　　e. 一切（いっさい）

❶（　　　　　　　　　）200 円（えん）のバス代（だい）をケチったばかりに、酷（ひど）い目（め）に遭（あ）った。

❷ 過疎化（かそか）によって（　　　　　　　　）の村（むら）がこの地方（ちほう）から消（き）えていった。

❸ 小（ちい）さな失敗（しっぱい）はあったものの、研究（けんきゅう）は（　　　　　　　　）順調（じゅんちょう）に進（すす）んでいる。

❹ 今回（こんかい）の事件（じけん）に、私（わたし）は（　　　　　　　　）関（かか）わっていません。

II [a～e]の中から適当な言葉を選んで、（　　）に入れなさい。

a. ほどほど　　b. 種々（しゅじゅ）　　c. そこそこ　　d. 悉（ことごと）く　　e. 大方（おおかた）

❶ レストラン並（な）みとはいかないが、僕（ぼく）の料理（りょうり）も（　　　　　　　）いけるだろう？

❷ 色（いろ）、サイズを（　　　　　　　）取（と）り揃（そろ）えて、ご来店（らいてん）をお待（ま）ちしております。

❸ 大事（だいじ）な貯金（ちょきん）を（　　　　　　　）使（つか）ってしまい、無一文（むいちもん）になった。

❹ 冗談（じょうだん）も（　　　　　　　）にしろよ。それ以上（いじょう）言（い）うと怒（おこ）るぞ。

III [a～e]の中から適当な言葉を選んで、（　　）に入れなさい。

a. 微塵（みじん）　　b. 効（き）き目（め）　　c. 密度（みつど）　　d. 斜面（しゃめん）　　e. 目方（めかた）

❶ 日本（にほん）で人口（じんこう）（　　　　　　　）が最（もっと）も低（ひく）いのは北海道（ほっかいどう）で、東京（とうきょう）のおよそ 100 分（ぶん）の 1 だ。

❷ 国（くに）へ送（おく）る荷物（にもつ）の（　　　　　　　）を、家（いえ）の体重計（たいじゅうけい）で量（はか）ってみた。

❸ あなたのことを疑（うたが）う気持（きも）ちなど（　　　　　　　）もありません。

❹ 山（やま）の（　　　　　　　）には無数（むすう）の白（しろ）い花（はな）が咲（さ）いていた。

◆ 回数、順番　次數、順序

下位 かい い	(名) 低的地位；次級的地位
甲 こう	(名) 甲冑，鎧甲；甲殼；手腳的表面；（天干的第一位）甲；第一名
手順 て じゅん	(名)（工作的）次序，步驟，程序
初 はつ	(名) 最初；首次
優位 ゆう い	(名) 優勢；優越地位
あべこべ	(名・形動)（順序、位置、關係等）顛倒，相反
乙 おつ	(名・形動)（天干第二位）乙；第二（位），乙
頻繁 ひんぱん	(名・形動) 頻繁，屢次
先着 せんちゃく	(名・自サ) 先到達，先來到
重複・重複 ちょうふく・じゅうふく	(名・自サ) 重複
並列 へいれつ	(名・自他サ) 並列，並排
配列 はいれつ	(名・他サ) 排列
上回る うわまわ	(自五) 超過，超出；（能力）優越
下回る したまわ	(自五) 低於，達不到
連ねる つら	(他下一) 排列，連接；聯，列
ちょくちょく	(副)（俗）往往，時常

◆ 図形、模様、色彩　圖形、花紋、色彩

色違い いろちが	(名) 一款多色
グレー【gray】	(名) 灰色；銀髮
光沢 こうたく	(名) 光澤
焦げ茶 こ ちゃ	(名) 濃茶色，深棕色，古銅色

コントラスト 【contrast】	(名) 對比，對照；（光）反差，對比度
色彩 しきさい	(名) 彩色，色彩；性質，傾向，特色
図案 ず あん	(名) 圖案，設計，設計圖
点線 てんせん	(名) 點線，虛線
ブルー【blue】	(名) 青，藍色；情緒低落
立体 りったい	(名)（數）立體
着色 ちゃくしょく	(名・自サ) 著色，塗顏色
角 かく	(名・漢造) 角；隅角；四方形，四角形；稜角，四方；競賽
淡い あわ	(形) 顏色或味道等清淡；感覺不這麼強烈，淡薄，微小；物體或光線隱約可見
鮮やか あざ	(形動) 顏色或形象鮮明美麗，鮮豔；技術或動作精彩的樣子，出色
褪せる あ	(自下一) 褪色，掉色
染まる そ	(自五) 染上；受（壞）影響
染める そ	(他下一) 染顏色；塗上（映上）顏色；（轉）沾染，著手
組み合わせる く あ	(他下一) 編在一起，交叉在一起，搭在一起；配合，編組

練 習

Ⅰ [a〜e]の中から適当な言葉を選んで、(　　)に入れなさい。

a. 優位	b. コントラスト	c. 立体	d. 配列	e. 先着

❶ 今日の一勝で、来年の大会に向けて(　　　　　　　)に立つことができた。

❷ 元素周期表の(　　　　　　　)を覚える歌はどこの国にもある。

❸ 入場は(　　　　　　　)200名までとさせていただきます。

❹ 3Dプリンターを使って、(　　　　　　　)をコピーする。

Ⅱ [a〜e]の中から適当な言葉を選んで、(　　)に入れなさい。(必要なら形を変えなさい)

a. 満たす	b. 褪せる	c. 連ねる	d. 染まる	e. 上回る

❶ 押入れの奥から、色の(　　　　　　　)日記帳が出てきた。

❷ 東京の大学に通う息子はすっかり都会の生活に(　　　　　　　)しまった。

❸ ここは城下町で、裏通りには問屋が軒を(　　　　　　　)いる。

❹ 今年、日本海側を中心に平年を(　　　　　　　)積雪となっている。

Ⅲ [a〜e]の中から適当な言葉を選んで、(　　)に入れなさい。

a. あべこべ	b. 淡い	c. 頻繁	d. 半端	e. 鮮やか

❶ もしかしたらという私の(　　　　　　　)期待は、次の瞬間に砕け散った。

❷ 懐かしい声に、子どものころの記憶が(　　　　　　　)によみがえった。

❸ 術後の患者は急変することがあるので、(　　　　　　　)に様子をチェックします。

❹ 学生の君に教えられるとは、これじゃ、立場が(　　　　　　　)だな。

44 教育 (1)

きょういく

教育 (1)

◆ 教育、学習　教育、學習

学説 がくせつ	(名) 學說	
教材 きょうざい	(名) 教材	
工学 こうがく	(名) 工學，工程學	
考古学 こうこがく	(名) 考古學	
座談会 ざだんかい	(名) 座談會	
躾 しつけ	(名)（對孩子在禮貌上的）教養，管教，訓練；習慣	
進度 しんど	(名) 進度	
手本 てほん	(名) 字帖，畫帖；模範，榜樣；標準，示範	
ドリル【drill】	(名)（鑽孔機的）鑽頭；訓練，練習	
非行 ひこう	(名) 不正當行為，違背道德規範的行為	
法学 ほうがく	(名) 法學，法律學	
レッスン【lesson】	(名) 一課；課程，課業；學習	
説教 せっきょう	(名・自サ) 說教；教誨	
育成 いくせい	(名・他サ) 培養，培育，扶植，扶育	
教習 きょうしゅう	(名・他サ) 訓練，教習	
工作 こうさく	(名・他サ)（機器等）製作；（土木工程等）修理工程；（小學生的）手工；（暗中計畫性的）活動	
習得 しゅうとく	(名・他サ) 學習，學會	
手引き てびき	(名・他サ)（輔導）初學者，啟蒙；入門，初級；推薦，介紹；引路，導向	
保育 ほいく	(名・他サ) 保育	

◆ 教育、学習（右欄）

養成 ようせい	(名・他サ) 培養，培訓；造就
塾 じゅく	(名・漢造) 補習班；私塾
有望 ゆうぼう	(形動) 有希望，有前途
躾ける しつける	(他下一) 教育，培養，管教，教養（子女）

◆ 学校　學校

がっこう

受け持ち うけもち	(名) 擔任，主管；主管人，主管的事情
課外 かがい	(名) 課外
願書 がんしょ	(名) 申請書
共学 きょうがく	(名)（男女或黑白人種）同校，同班（學習）
公立 こうりつ	(名) 公立（都道府縣、市町村等設立，不包含國立）
母校 ぼこう	(名) 母校
就学 しゅうがく	(名・自サ) 學習，求學，修學
登校 とうこう	(名・自サ)（學生）上學校，到校
閉鎖 へいさ	(名・自他サ) 封閉，關閉，封鎖
寄贈 きぞう	(名・他サ) 捐贈，贈送
志望 しぼう	(名・他サ) 志願，希望
免除 めんじょ	(名・他サ) 免除（義務、責任等）
授ける さずける	(他下一) 授予，賦予，賜給；教授，傳授

練 習

I [a〜e]の中から適当な言葉を選んで、（　　）に入れなさい。

a. 保育 ほ いく	b. 工作 こうさく	c. 育成 いくせい	d. 手本 て ほん	e. 塾 じゅく

❶ 若手社員の（　　　　　　　　　）は、中堅社員に求められる役割の一つです。

❷ 運動よりも絵や（　　　　　　　　　）が得意な子どもだった。

❸ お（　　　　　　　　　）をよくご覧なさい。ここに一本、線が足りませんよ。

❹ 彼女は（　　　　　　　　　）に一切通わずに、この大学に受かったそうだ。

II [a〜e]の中から適当な言葉を選んで、（　　）に入れなさい。（必要なら形を変えなさい）

a. 登校する とうこう	b. 閉鎖される へい さ	c. 習得する しゅうとく	d. 免除する めんじょ	e. 志望する し ぼう

❶ 当社を（　　　　　　　　　）理由を簡潔に述べてください。

❷ 低所得家庭の子どもの学費を（　　　　　　　　　）ことに決定した。

❸ 始業式の日は8時半までに（　　　　　　　　　）こと。

❹ 街の小さな映画館が今月いっぱいで（　　　　　　　　　）らしい。

III [a〜e]の中から適当な言葉を選んで、（　　）に入れなさい。

a. 手引き て び	b. 進度 しん ど	c. レッスン	d. 共学 きょうがく	e. 教習 きょうしゅう

❶ 週に一度、会社帰りにバレエの（　　　　　　　　　）に通っている。

❷ 『使い方の（　　　　　　　　　）』の「故障かなと思ったら」の欄を参照ください。

❸ 数学が得意な児童は、（　　　　　　　　　）の早いクラスで授業を受けることができる。

❹ 学生のうちに運転免許を取るべく、（　　　　　　　　　）所に通っている。

45 教育 (2)
きょういく
教育 (2)

◆ 学生生活 　學生生活
がくせいせいかつ

委員会 いいんかい	㊂ 委員會
オリエンテーション 【orientation】	㊂ 定向，定位，確定方針；新人教育，事前說明會
聞き取り きとり	㊂ 聽見，聽懂，聽後記住；（外語的）聽力
期末 きまつ	㊂ 期末
教科 きょうか	㊂ 教科，學科，課程
新入生 しんにゅうせい	㊂ 新生
総会 そうかい	㊂ 總會，全體大會
同級 どうきゅう	㊂ 同等級，等級相同；同班，同年級
必修 ひっしゅう	㊂ 必修
ヒント【hint】	㊂ 啟示，暗示，提示
カンニング 【cunning】	㊂·自サ（考試時的）作弊
休学 きゅうがく	㊂·自サ 休學
給食 きゅうしょく	㊂·自サ（學校、工廠等）供餐，供給飲食
出題 しゅつだい	㊂·自サ（考試、詩歌）出題
所属 しょぞく	㊂·自サ 所屬；附屬
退学 たいがく	㊂·自サ 退學
転校 てんこう	㊂·自サ 轉校，轉學
整列 せいれつ	㊂·自他サ 整隊，排隊，排列
記述 きじゅつ	㊂·他サ 描述，記述；闡明
減点 げんてん	㊂·他サ 扣分；減少的分數

講習 こうしゅう	㊂·他サ 講習，學習
修了 しゅうりょう	㊂·他サ 學完（一定的課程）
専修 せんしゅう	㊂·他サ 主修，專攻
聴講 ちょうこう	㊂·他サ 聽講，聽課；旁聽
補足 ほそく	㊂·他サ 補足，補充
没収 ぼっしゅう	㊂·他サ（法）（司法處分的）沒收，查抄，充公
予告 よこく	㊂·他サ 預告，事先通知
証 しょう	㊂·漢造 證明；證據；證明書；證件
班 はん	㊂·漢造 班，組；集團，行列；分配；席位，班次
優 ゆう	㊂·漢造（成績五分四級制的）優秀；優美，雅致；優異，優厚；演員；悠然自得
受かる うかる	㊂五 考上，及格，上榜
サボる 【sabotage 之略】	㊂五（俗）怠工；偷懶，逃（學），曠（課）

練 習

Ⅰ [a～e]の中から適当な言葉を選んで、（　　）に入れなさい。

a. 聴講 ちょうこう	b. 退学 たいがく	c. 予告 よこく	d. 所属 しょぞく	e. 給食 きゅうしょく

❶ 規則に厳しい私立高校で、（　　　　　　　　）になった友人もいる。
きそく きび しりつこうこう ゆうじん

❷ 警察に犯行（　　　　　　　　）をよこすとは、大胆な犯人だ。
けいさつ はんこう だいたん はんにん

❸ （　　　　　　　　）生として週に三日、大学に通っている。
せい しゅう みっか だいがく かよ

❹ 学校（　　　　　　　　）の献立には、地元の特産物を採り入れています。
がっこう こんだて じもと とくさんぶつ と い

Ⅱ [a～e]の中から適当な言葉を選んで、（　　）に入れなさい。（必要なら形を変えなさい）

a. 整列する	b. カンニングする	c. 没収される	d. 専修する	e. 転校する
せいれつ		ぼっしゅう	せんしゅう	てんこう

❶ 開場は 10 時です。こちらに（　　　　　　　　）お待ちください。
かいじょう じ ま

❷ 英語を（　　　　　　　　）課程をもつ高校は人気がある。
えいご かてい こうこう にんき

❸ 佐藤さんとは、彼女が（　　　　　　　　）きたその日に友達になった。
さとう かのじょ ひ ともだち

❹ 授業中にケータイをいじっていて、先生に（　　　　　　　　）しまった。
じゅぎょうちゅう せんせい

Ⅲ [a～e]の中から適当な言葉を選んで、（　　）に入れなさい。（必要なら形を変えなさい）

a. 記述する	b. 減点される	c. 受かる	d. 修了する	e. サボる
きじゅつ	げんてん	う	しゅうりょう	

❶ レポートが、字が汚いという理由で5点（　　　　　　　　）。
じ きたな りゆう てん

❷ 友達が（　　　　　　　　）せいで、私が二人分の掃除をさせられた。
ともだち わたし ふたりぶん そうじ

❸ もっと真剣にやらないと、そんな簡単に（　　　　　　　　）試験じゃないよ。
しんけん かんたん しけん

❹ 2年間の修士課程を（　　　　　　　　）、研究所に就職した。
ねんかん しゅうしかてい けんきゅうじょ しゅうしょく

46 行事、一生の出来事

ぎょうじ　いっしょう　できごと

儀式活動、一輩子會遇到的事情

えんだん **縁談**	(名) 親事，提親，說媒
かんれき **還暦**	(名) 花甲，滿 60 周歲的別稱
きこん **既婚**	(名) 已婚
さんご **産後**	(名)（婦女）分娩之後
しんこん **新婚**	(名) 新婚（的人）
セレモニー 【ceremony】	(名) 典禮，儀式
ていねん **定年**	(名) 退休年齡
ねんが **年賀**	(名) 賀年，拜年
バツイチ	(名)（俗）離過一次婚
ひなまつ **雛祭り**	(名) 女兒節，桃花節，偶人節
みあ **見合い**	(名)（結婚前的）相親；相抵，平衡，相稱
みこん **未婚**	(名) 未婚
も **喪**	(名) 服喪；喪事，葬禮
いんきょ **隠居**	(名・自サ) 隱居，退休，閒居；（閒居的）老人
さいこん **再婚**	(名・自サ) 再婚，改嫁
らいじょう **来場**	(名・自サ) 到場，出席
かいさい **開催**	(名・他サ) 開會，召開；舉辦
しゅくが **祝賀**	(名・他サ) 祝賀，慶祝
しゅさい **主催**	(名・他サ) 主辦，舉辦
はき **破棄**	(名・他サ)（文件、契約、合同等）廢棄，廢除，撕毀
せいだい **盛大**	(形動) 盛大，規模宏大；隆重

きた **来る**	(自五・連體) 來，到來；引起，發生；下次的
もよお **催す**	(他五) 舉行，舉辦；產生，引起
う あ **打ち上げる**	(他下一)（往高處）打上去，發射

練習

I [a～e]の中から適当な言葉を選んで、（　　）に入れなさい。

a. 祝賀	b. 就職	c. 喪	d. セレモニー	e. 隠居

❶ 大会のオープニング（　　　　　　　　　　）が国立競技場で行われた。

❷ 父親の（　　　　　　　　　　）に服すため、彼女は常に黒いものを身に着けていた。

❸ 会社の創立 80 周年を記念して、盛大な（　　　　　　　　）会が開かれた。

❹ 退職後は田舎でゆっくり（　　　　　　　）生活を送る予定だ。

II [a～e]の中から適当な言葉を選んで、（　　）に入れなさい。（必要なら形を変えなさい）

a. 開催される	b. 来る	c. 打ち上げる	d. 破棄する	e. 再婚する

❶ （　　　　　　　　）べき震災の備えについて、どのような対策が必要か検討した。

❷ 今の父は、私が 7 歳の時に母が（　　　　　　　）人です。

❸ 4 年に一度の世界大会が、次回は東京で（　　　　　　　）ことになった。

❹ 最新版をお送りしますので、昨年のデータは（　　　　　　　）ください。

III [a～e]の中から適当な言葉を選んで、（　　）に入れなさい。

a. 未婚	b. バツイチ	c. 来場	d. 還暦	e. 見合い

❶ 母はいわゆる（　　　　　　　　）の母で、女手ひとつで私を育ててくれた。

❷ 私の両親は、（　　　　　　　　）の席で大喧嘩したそうだ。

❸ 本日はお楽しみ頂けましたでしょうか。またのご（　　　　　　　　）をお待ちしております。

❹ （　　　　　　　　）の姉は、離婚後ストレス対策として、スポーツジムに通い始めました。

◆ 道具　工具

網 _{あみ}	名（用繩、線、鐵絲等編的）網；法網	取り扱い _{と あつか}	名 對待，待遇；（物品的）處理，使用，（機器的）操作；（事務、工作的）處理，辦理
団扇 _{うちわ}	名 團扇；（相撲）裁判扇	荷 _に	名（攜帶、運輸的）行李，貨物；負擔，累贅
柄 _え	名 柄，把	機 _{はた}	名 織布機
玩具 _{がん ぐ}	名 玩具	バッジ【badge】	名 徽章
クレーン【crane】	名 吊車，起重機	バッテリー 【battery】	名 電池，蓄電池
原型 _{げんけい}	名 原型，模型	フィルター【filter】	名 過濾網，濾紙；濾波器，濾光器
竿 _{さお}	名 竿子，竹竿；釣竿，船篙；（助數詞用法）杆，根	ホース【（荷）hoos】	名（灑水用的）塑膠管，水管
雑貨 _{ざっ か}	名 生活雜貨	ポンプ 【（荷）pomp】	名 抽水機，唧筒
重箱 _{じゅうばこ}	名 多層方木盒，套盒	模型 _{も けい}	名（用於展覽、實驗、研究的實物或抽象的）模型
スチーム【steam】	名 蒸汽，水蒸氣；暖氣（設備）	矢 _や	名 箭；楔子；指針
ストロー【straw】	名 吸管	弓 _{ゆみ}	名 弓；弓形物
塵取り _{ちり と}	名 畚箕	用品 _{ようひん}	名 用品，用具
杖 _{つえ}	名 枴杖，手杖；依靠，靠山	ロープ【rope】	名 繩索，纜繩
使い道 _{つか みち}	名 用法；用途，用處	持続 _{じ ぞく}	名・自他サ 持續，繼續，堅持
筒 _{つつ}	名 筒，管；炮筒，槍管	重宝 _{ちょうほう}	名・形動・他サ 珍寶，至寶；便利，方便；珍視，愛惜
壺 _{つぼ}	名 罐，壺，甕；要點，關鍵所在	兼用 _{けんよう}	名・他サ 兼用，兩用
ティッシュペーパー 【tissue paper】	名 衛生紙	軸 _{じく}	名・接尾・漢造 車軸；畫軸；（助數詞用法）書，畫的軸；（理）運動的中心線
電源 _{でんげん}	名 電力資源；（供電的）電源		
陶器 _{とう き}	名 陶器		
取っ手 _{と て}	名 把手		

もの **物**	(名・接頭・造語)（有形或無形的）物品，事情；所有物；加強語氣用；表回憶或希望；不由得…；值得…的東西
あやつ **操る**	(他五)操控，操縦；駕駛，駕馭；掌握，精通（語言）
そな つ **備え付ける**	(他下一)設置，備置，裝置，安置，配置
と つ **取り付ける**	(他下一)安裝（機器等）；經常光顧；（商）搶兌；取得

練 習

I [a～e]の中から適当な言葉を選んで、（　　）に入れなさい。

a. たて 盾	b. スチーム	c. けんよう 兼用	d. ロープ	e. ゆみ 弓

❶ こちらのレインコートは男女（だんじょ）（　　　　　　　）です。

❷ 衣服をハンガーに掛けたまま使える（　　　　　　　）アイロンが便利です。

❸ 風が止むのを待って、彼は（　　　　　　　）を引き絞った。

❹ 立ち入り禁止区域には黄色い（　　　　　　　）が張られていた。

II [a～e]の中から適当な言葉を選んで、（　　）に入れなさい。

a. じく 軸	b. ストロー	c. じぞく 持続	d. つつ 筒	e. や 矢

❶ 兵たちの放った（　　　　　　　）は勢いよく敵へと向かう。その姿はまるで火の鳥だ。

❷ この平和活動は彼らが（　　　　　　　）となって進めてきたものだ。

❸ （　　　　　　　）可能な社会のために、地球環境を大切にしなければならない。

❹ 環境のために、（　　　　　　　）は紙製を使用しています。

48 道具 (2) 工具 (2)

◆ 家具、工具、文房具 傢俱、工作器具、文具

いんかん 印鑑	(名) 印，圖章；印鑑
こたつ 炬燵	(名)（架上蓋著被，用以取暖的）被爐，暖爐
コンパス 【(荷) kompas】	(名) 圓規；羅盤，指南針；腿（的長度），腳步（的幅度）
ドライバー 【driver】	(名)（「screwdriver」之略稱）螺絲起子
ねじ回し	(名) 螺絲起子
ばらす	(名)（把完整的東西）弄得七零八落；（俗）殺死，殺掉，賣掉，推銷出去；揭穿，洩漏（秘密等）
ばんのう 万能	(名) 萬能，全能，全才
は 刃	(名) 刀刃
ボルト【bolt】	(名) 螺栓，螺絲
やぐ 夜具	(名) 寢具，臥具，被褥
ようし 用紙	(名)（特定用途的）紙張，規定用紙
レンジ【range】	(名) 微波爐（「電子レンジ」之略稱）；範圍；射程；有效距離
ちゃくせき 着席	(名・自サ) 就坐，入座，入席
はん 判	(名・漢造) 圖章，印鑑；判斷，判定；判讀，判明；審判
にじ 滲む	(自五)（顏色等）滲出，滲入；（汗水、眼淚、血等）慢慢滲出來
と 研ぐ・磨ぐ	(他五) 磨；擦亮，磨光；淘（米等）

◆ 計器、容器、入れ物、衛生器具 測量儀器、容器、器皿、衛生用具

うつわ 器	(名) 容器，器具；才能，人才；器量

おむつ	(名) 尿布
けいき 計器	(名) 測量儀器，測量儀表
ナプキン【napkin】	(名) 餐巾；擦嘴布；衛生綿
さかずき 杯	(名) 酒杯；推杯換盞，酒宴；飲酒為盟
ふきん 布巾	(名) 抹布
ヘルスメーター 【(和) health + meter】	(名)（家庭用的）體重計，磅秤
ポット【pot】	(名) 壺；熱水瓶
めもり めも 目盛・目盛り	(名)（量表上的）度數，刻度
ほじゅう 補充	(名・他サ) 補充
おさ おさ 収まる・納まる	(自五) 容納；（被）繳納；解決，結束；滿意，泰然自若；復原
はじ 弾く	(他五) 彈；打算盤；防抗，排斥

◆ 照明、光学機器、音響、情報機器 燈光照明、光學儀器、音響、信息器具

かいぞうど 解像度	(名) 解析度
かいろ 回路	(名)（電）回路，線路
ストロボ【strobe】	(名) 閃光燈
トランジスタ 【transistor】	(名) 電晶體；（俗）小型
モニター 【monitor】	(名) 監聽器，監視器；監聽員；評論員
ランプ【(荷・英) lamp】	(名) 燈，煤油燈；電燈

バージョンアップ 【version up】	名 版本升級	内蔵 （ないぞう）	名・他サ 裡面包藏，內部裝有； 內庫，宮中的府庫
再生 （さいせい）	名・自他サ 重生，再生，死而復 生；新生，（得到）改造；（利用 廃物加工，成為新產品）再生； （已錄下的聲音影像）重新播放	ぶれる	自下一 （攝）按快門時（照相機） 彈動，晃動
現像 （げんぞう）	名・他サ 顯影，顯像，沖洗	煌々（と） （こうこう）	副 （文）光亮，通亮

48
工具
(2)

練習

Ⅰ [a～e]の中から適当な言葉を選んで、（　）に入れなさい。

a. ストロボ　　b. モニター　　c. レンジ　　d. 用紙（ようし）　　e. 夜具（やぐ）

❶ ここの総菜（そうざい）やおにぎりは、電子（でんし）（　　　　　　　）で加熱（かねつ）すれば食（た）べられます。

❷ ビザ取得（しゅとく）に当（あ）たり、申請（しんせい）（　　　　　　　）に必要事項（ひつようじこう）を記入（きにゅう）する。

❸ 防犯（ぼうはん）カメラの映像（えいぞう）を（　　　　　　　）でチェックする。

❹ ちょっと暗（くら）いので（　　　　　　　）を使（つか）って撮影（さつえい）しましょう。

Ⅱ [a～e]の中から適当な言葉を選んで、（　）に入れなさい。

a. ねじ回（まわ）し　　b. ランプ　　c. ナプキン　　d. 目盛（めも）り　　e. 再生（さいせい）

❶ 停電（ていでん）の際（さい）は、電池式（でんちしき）の（　　　　　　　）が重宝（ちょうほう）する。

❷ 暑（あつ）くなってきた。正午頃（しょうごごろ）から温度計（おんどけい）の（　　　　　　　）がぐんぐん上（あ）がっている。

❸ ドアの取（と）っ手（て）が緩（ゆる）んだので、（　　　　　　　）で締（し）め直（なお）した。

❹ 太陽光（たいようこう）は（　　　　　　　）可能（かのう）エネルギーとして注目（ちゅうもく）されている。

49 職業、仕事 (1) 職業、工作 (1)

◆ 仕事、職場 (1) 工作、職場 (1)

軌道 きどう	(名)（鐵路、機械、人造衛星、天體等的）軌道；正軌
キャリア【career】	(名) 履歷，經歷；生涯，職業；（高級公務員考試及格的）公務員
業務 ぎょうむ	(名) 業務，工作
区切り くぎり	(名) 句讀；文章的段落；工作的階段
産休 さんきゅう	(名) 產假
システム【system】	(名) 組織；體系，系統；制度
使命 しめい	(名) 使命，任務
守衛 しゅえい	(名)（機關等的）警衛，守衛；（國會的）警備員
職務 しょくむ	(名) 職務，任務
庶務 しょむ	(名) 總務，庶務，雜物
人材 じんざい	(名) 人才
新入 しんにゅう	(名) 新加入，新來（的人）
スト【strike 之略】	(名) 罷工
責務 せきむ	(名) 職責，任務
セクション【section】	(名) 部分，區劃，段，區域；節，項，科；（報紙的）欄
勤め先 つとめさき	(名) 工作地點，工作單位
デモンストレーション・デモ【demonstration】	(名) 示威活動；（運動會上正式比賽項目以外的）公開表演
多忙 たぼう	(名・形動) 百忙，繁忙，忙碌
カムバック【comeback】	(名・自サ)（名聲、地位等）重新恢復，重回政壇；東山再起

勤務 きんむ	(名・自サ) 工作，勤務，職務
勤労 きんろう	(名・自サ) 勤勞，勞動（狹意指體力勞動）
指図 さしず	(名・自サ) 指示，吩咐，派遣，發號施令；指定，指明；圖面，設計圖
就業 しゅうぎょう	(名・自サ) 開始工作，上班；就業（有一定職業），有工作
従事 じゅうじ	(名・自サ) 作，從事
出社 しゅっしゃ	(名・自サ) 到公司上班
出動 しゅつどう	(名・自サ)（消防隊、警察等）出動
昇進 しょうしん	(名・自サ) 升遷，晉升，高昇
ストライキ【strike】	(名・自サ) 罷工；（學生）罷課
手分け てわけ	(名・自サ) 分頭做，分工
転勤 てんきん	(名・自サ) 調職，調動工作
転任 てんにん	(名・自サ) 轉任，調職，調動工作
共稼ぎ ともかせぎ	(名・自サ) 夫妻都上班，雙薪
異動 いどう	(名・自他サ) 異動，變動，調動
辞職 じしょく	(名・自他サ) 辭職
斡旋 あっせん	(名・他サ) 幫助；關照；居中調解，斡旋；介紹
看護 かんご	(名・他サ) 護理（病人），看護，看病
公募 こうぼ	(名・他サ) 公開招聘，公開募集
護衛 ごえい	(名・他サ) 護衛，保衛，警衛（員）
雇用 こよう	(名・他サ) 雇用；就業

採用 さいよう	(名・他サ) 採用（意見），採取；錄 用（人員）	差し支える さ　　つか	(自下一)（對工作等）妨礙，妨害， 有壞影響；感到不方便，發生故 障，出問題
私用 しよう	(名・他サ) 私事；私用，個人使用； 私自使用，盜用	負う お	(他五) 負責；背負，遭受；多虧， 借重；背
特派 とくは	(名・他サ) 特派，特別派遣	組み込む く　こ	(他五) 編入；入伙；（印）排入
務まる つと	(自五) 勝任	帯びる お	(他上一) 帶，佩帶；承擔，負擔； 帶有，帶著
勤まる つと	(自五) 勝任，能擔任	一挙に いっきょ	(副) 一下子；一次
伴う ともな	(自他五) 隨同，伴隨；隨著；相符		

49 職業、工作 (1)

練習

I [a～e]の中から適当な言葉を選んで、（　　　）に入れなさい。（必要なら形を変えなさい）

a. 手分けする	b. 勤まる	c. 伴う	d. 斡旋する	e. 負う

❶ 会場の片付けは、参加者全員で（　　　　　　　　）行います。

❷ 社員の失敗には、社長が責任を（　　　　　　　　）べきだ。

❸ 伯父に就職を（　　　　　　　　）もらった手前、すぐに会社を辞めるわけにはいかない。

❹ 温暖化に（　　　　　　　　）、米や果物の産地にも変化が起きている。

II [a～e]の中から適当な言葉を選んで、（　　　）に入れなさい。

a. 私用	b. セクション	c. 指図	d. 庶務	e. 多忙

❶ もう放っといてくれ。いちいち君の（　　　　　　　　）は受けたくない。

❷ 商品開発に際し、各（　　　　　　　　）の代表による意見交換を行った。

❸ コピー用紙が切れたので、（　　　　　　　　）課で注文してもらった。

❹ 突然ですが、明日は（　　　　　　　　）で休みをいただきます。

103

◆ 仕事、職場(2)　工作、職場(2)
しごと　しょくば

トラブル【trouble】	(名) 糾紛，糾葛，麻煩；故障
任務 にんむ	(名) 任務，職責
根回し ねまわし	(名)（為移栽或使果樹增產的）修根，砍掉一部份樹根；事先協調，打下基礎，醞釀
人任せ ひとまかせ	(名) 委託別人，託付他人
副業 ふくぎょう	(名) 副業
福祉 ふくし	(名) 福利，福祉
部署 ぶしょ	(名) 工作崗位，職守
部門 ぶもん	(名) 部門，部類，方面
フロント【front】	(名) 正面，前面；（軍）前線，戰線；櫃臺
結び むすび	(名) 繫，連結，打結；結束，結尾；飯糰
リストラ【restructuring 之略】	(名) 重建，改組，調整；裁員
労力 ろうりょく	(名)（經）勞動力，勞力；費力，出力
共働き ともばたらき	(名・自サ) 夫妻都工作
赴任 ふにん	(名・自サ) 赴任，上任
奉仕 ほうし	(名・自サ)（不計報酬而）效勞，服務；廉價賣貨
両立 りょうりつ	(名・自サ) 兩立，並存
連帯 れんたい	(名・自サ) 團結，協同合作；（法）連帶，共同負責
配布 はいふ	(名・他サ) 散發
派遣 はけん	(名・他サ) 派遣；派出

発掘 はっくつ	(名・他サ) 發掘，挖掘；發現
分業 ぶんぎょう	(名・他サ) 分工；專業分工
養護 ようご	(名・他サ) 護養；扶養；保育
ブレイク【break】	(名・サ変)（拳擊）抱持後分開；休息；突破，爆紅
ラフ【rough】	(形動) 粗略，大致；粗糙，毛躁；輕毛紙；簡樸的大花圖案
はかどる	(自五)（工作、工程等）有進展
結び付く むすびつく	(自五) 連接，結合，繫；密切相關，有聯繫，有關連
取り込む とりこむ	(自他五)（因喪事或意外而）忙碌；拿進來；騙取，侵吞；拉攏，籠絡
担う になう	(他五) 擔，挑；承擔，肩負
任す まかす	(他五) 委託，託付
ぶらぶら	(副・自サ)（懸空的東西）晃動，搖晃；蹓躂；沒工作；（病）拖長，纏綿

◆ 地位　地位職稱
ちい

階級 かいきゅう	(名)（軍隊）級別；階級；（身分的）等級；階層
幹部 かんぶ	(名) 主要部分；幹部（特指領導幹部）
権威 けんい	(名) 權勢，權威，勢力；（具說服力的）權威，專家
権限 けんげん	(名) 權限，職權範圍
主任 しゅにん	(名) 主任
等級 とうきゅう	(名) 等級，等位
同等 どうとう	(名) 同等（級）；同樣資格，相等

部下 ぶか	（名）部下，屬下	濫用 らんよう	（名・他サ）濫用，亂用
ポジション 【position】	（名）地位，職位；（棒）守備位置	格 かく	（名・漢造）格調，資格，等級；規則，格式，規格
役職 やくしょく	（名）官職，職務；要職	退く しりぞく	（自五）後退；離開；退位
出世 しゅっせ	（名・自サ）下凡；出家，入佛門；出生；出息，成功，發跡	引く ひく	（自五）後退；辭退；（潮）退，平息

練習

Ⅰ [a ～ e]の中から適当な言葉を選んで、（　　　）に入れなさい。

a. 結び むす	b. 共働き ともばたら	c. フロント	d. 役職 やくしょく	e. 奉仕 ほうし

❶ うちは両親が（　　　　　　　　）だったが、寂しいと思ったことはない。

❷ 手紙の（　　　　　　　　）には、相手の健康や幸せを祈ることばを書きます。

❸ この高校は授業の一環として福祉施設等での（　　　　　　　）活動を行う。

❹ 名簿には氏名の後に（　　　　　　　）名も正確に記入願います。

Ⅱ [a ～ e]の中から適当な言葉を選んで、（　　　）に入れなさい。（必要なら形を変えなさい）

a. 担う にな	b. 引く ひ	c. ブラブラする	d. 出世する しゅっせ	e. 配布する はいふ

❶ 仕事ができるからといって（　　　　　　　）とは限らない。

❷ 昨夜が峠と言われていたが、今朝、熱が（　　　　　　　）。

❸ この国の将来を（　　　　　　　）のは、ここにいるあなたたちです。

❹ ちょっと気分転換に、その辺を（　　　　　　　）くるよ。

◆ 職業、事業 職業、事業
しょくぎょう　じぎょう

跡継ぎ あとつ	(名) 後繼者，接班人；後代，後嗣
家業 かぎょう	(名) 家業；祖業；(謀生的)職業，行業
犠牲 ぎせい	(名) 犧牲；(為某事業付出的)代價
教職 きょうしょく	(名) 教師的職務；(宗)教導信徒的職務
警部 けいぶ	(名) 警部(日本警察職稱之一)
家来 けらい	(名) (效忠於君主或主人的)家臣，臣下；僕人
サイドビジネス 【(和) side+business】	(名) 副業，兼職
事業 じぎょう	(名) 事業；(經)企業；功業，業績
実業 じつぎょう	(名) 產業，實業
タレント【talent】	(名) (藝術，學術上的)才能；演出者，播音員；藝人
秘書 ひしょ	(名) 祕書；祕藏的書籍
方策 ほうさく	(名) 方策，對策
郵便屋さん ゆうびんや	(名) (口語)郵差
給仕 きゅうじ	(名・自サ) 伺候(吃飯)；服務生
辞任 じにん	(名・自サ) 辭職
進出 しんしゅつ	(名・自サ) 進入，打入，擠進，參加；向…發展
進展 しんてん	(名・自サ) 發展，進展
脱退 だったい	(名・自サ) 退出，脫離

発足 ほっそく	(名・自サ) 出發，動身；(團體、會議等)開始活動
振興 しんこう	(名・自他サ) 振興(使事物更為興盛)
ガイド【guide】	(名・他サ) 導遊；指南，入門書；引導，導航
探偵 たんてい	(名・他サ) 偵探；偵查
統合 とうごう	(名・他サ) 統一，綜合，合併，集中
特許 とっきょ	(名・他サ) (法)(政府的)特別許可；專利特許，專利權
携わる たずさ	(自五) 參與，參加，從事，有關係
受け継ぐ うけつ	(他五) 繼承，後繼
僧 そう	(漢造) 僧侶，出家人

◆ 家事 家務
かじ

オーダーメイド 【(和) order +made】	(名) 訂做的貨，訂做的西服
仕上がり しあ	(名) 做完，完成；(迎接比賽)做好準備
手芸 しゅげい	(名) 手工藝(刺繡、編織等)
塵 ちり	(名) 灰塵，垃圾；微小，微不足道；少許，絲毫；世俗，塵世；污點，骯髒
継ぎ目 つ め	(名) 接頭，接繼；家業的繼承人；骨頭的關節
ドライクリーニング【dry cleaning】	(名) 乾洗
汚れ よご	(名) 污穢，污物，骯髒之處

破損 は そん	名·自他サ 破損，損壞	濯ぐ ゆす	他五 洗滌，刷洗，洗濯；漱
刺繍 し しゅう	名·他サ 刺繍	あつらえる	他下一 點，訂做
互い違い たが ちが	形動 交互，交錯，交替	仕立てる し た	他下一 縫紉，製作（衣服）；培養，訓練；準備，預備；喬裝，裝扮
絡む から	自五 纏在…上；糾纏，無理取鬧，找碴；密切相關，緊密糾纏		
織る お	他五 織；編	きちっと	副 整潔，乾乾淨淨；恰當；準時；好好地
すすぐ	他五（用水）刷，洗滌；漱口	ごしごし	副 使力的，使勁的
繕う つくろ	他五 修補，修繕；修飾，裝飾，擺；掩飾，遮掩		

練習

I [a～e]の中から適当な言葉を選んで、（　　）に入れなさい。

a. 特許 とっきょ	b. ガイド	c. 継ぎ目 つ め	d. 統合 とうごう	e. 給仕 きゅう じ

❶ 現地で（　　　　　　　）を雇って、観光地の案内をしてもらった。
げん ち　　　　　　　　　　　　　やと　　　かんこう ち　あんない

❷ 素晴らしいアイディアだ。（　　　　　　　　）を申請すべきだよ。
す ば　　　　　　　　　　　　　　　　　　　　しんせい

❸ 少子化により、小学校の（　　　　　　　）が進んでいる。
しょうし か　　　　しょうがっこう　　　　　　　すす

❹ 旦那様がお食事をなさる際は、いつも私が（　　　　　　　）を致します。
だん な さま　　しょく じ　　　　さい　　　　　わたし　　　　　　　　　いた

II [a～e]の中から適当な言葉を選んで、（　　）に入れなさい。（必要なら形を変えなさい）

a. 受け継ぐ う つ	b. 仕立てる し た	c. 進展する しんてん	d. 辞任する じ にん	e. 脱退する だったい

❶ 京都の祇園祭は千年の伝統を（　　　　　　　）日本を代表する祭りだ。
きょう と　　ぎ おんまつり　せんねん　でんとう　　　　　　　　　に ほん　だいひょう　　まつ

❷ この防犯カメラの映像が解析できれば、大いに捜査が（　　　　　　）だろう。
ぼうはん　　　　　　えいぞう　かいせき　　　　　　おお　　　そう さ

❸ 経営不振の責任を取って、社長以下経営陣が（　　　　　　）べきだ。
けいえい ふ しん　せきにん　と　　　しゃちょう い か けいえいじん

❹ 1933 年、日本は国際連盟を（　　　　　　　）、戦争に突入していった。
ねん　に ほん　こくさいれんめい　　　　　　　　　せんそう　とつにゅう

52 <ruby>生<rt>せい</rt></ruby><ruby>産<rt>さん</rt></ruby>、<ruby>産<rt>さん</rt></ruby><ruby>業<rt>ぎょう</rt></ruby> 生產、產業

◆ <ruby>生<rt>せい</rt></ruby><ruby>産<rt>さん</rt></ruby>、<ruby>産<rt>さん</rt></ruby><ruby>業<rt>ぎょう</rt></ruby> 生產、產業

<ruby>規格<rt>き かく</rt></ruby>	㊂ 規格，標準，規範
グレードアップ【gradeup】	㊂ 提高水準
<ruby>興業<rt>こうぎょう</rt></ruby>	㊂ 振興工業，發展事業
<ruby>産物<rt>さんぶつ</rt></ruby>	㊂（某地方的）產品，產物，物產；（某種行為所產生的）產物、結果
<ruby>特産<rt>とくさん</rt></ruby>	㊂ 特產，土產
バイオ【biotechnology 之略】	㊂ 生物技術，生物工程學
ハイテク【hightech】	㊂（ハイテクノロジー之略）高科技
メーカー【maker】	㊂ 製造商，製造廠，廠商
<ruby>斑<rt>むら</rt></ruby>	㊂（顏色）不均勻，有斑點；（事物）不齊，不定；忽三忽四，（性情）易變
<ruby>停滞<rt>ていたい</rt></ruby>	㊂·自サ 停滯，停頓；（貨物的）滯銷
<ruby>変革<rt>へんかく</rt></ruby>	㊂·自他サ 變革，改革
<ruby>革新<rt>かくしん</rt></ruby>	㊂·他サ 革新
<ruby>加工<rt>か こう</rt></ruby>	㊂·他サ 加工
<ruby>産出<rt>さんしゅつ</rt></ruby>	㊂·他サ 生產；出產
<ruby>導入<rt>どうにゅう</rt></ruby>	㊂·他サ 引進，引入，輸入；（為了解決懸案）引用（材料、證據）
<ruby>値<rt>あたい</rt></ruby>する	自サ 值，相當於；值得，有…的價值

◆ <ruby>農業<rt>のうぎょう</rt></ruby>、<ruby>漁業<rt>ぎょぎょう</rt></ruby>、<ruby>林業<rt>りんぎょう</rt></ruby> 農業、漁業、林業

<ruby>家畜<rt>か ちく</rt></ruby>	㊂ 家畜

<ruby>凶作<rt>きょうさく</rt></ruby>	㊂ 災荒，欠收
<ruby>水田<rt>すいでん</rt></ruby>	㊂ 水田，稻田
<ruby>畜産<rt>ちくさん</rt></ruby>	㊂（農）家畜；畜產
<ruby>農耕<rt>のうこう</rt></ruby>	㊂ 農耕，耕作，種田
<ruby>農場<rt>のうじょう</rt></ruby>	㊂ 農場
<ruby>農地<rt>のう ち</rt></ruby>	㊂ 農地，耕地
<ruby>捕鯨<rt>ほ げい</rt></ruby>	㊂ 掠捕鯨魚
<ruby>有機<rt>ゆう き</rt></ruby>	㊂（化）有機；有生命力
<ruby>酪農<rt>らくのう</rt></ruby>	㊂（農）（飼養奶牛、奶羊生產乳製品的）酪農業
<ruby>林業<rt>りんぎょう</rt></ruby>	㊂ 林業
<ruby>遊牧<rt>ゆうぼく</rt></ruby>	㊂·自サ 游牧
<ruby>改良<rt>かいりょう</rt></ruby>	㊂·他サ 改良，改善
<ruby>灌漑<rt>かんがい</rt></ruby>	㊂·他サ 灌溉
<ruby>兼業<rt>けんぎょう</rt></ruby>	㊂·他サ 兼營，兼業
<ruby>耕作<rt>こうさく</rt></ruby>	㊂·他サ 耕種
<ruby>栽培<rt>さいばい</rt></ruby>	㊂·他サ 栽培，種植
<ruby>飼育<rt>し いく</rt></ruby>	㊂·他サ 飼養（家畜）

◆ <ruby>工業<rt>こうぎょう</rt></ruby>、<ruby>鉱業<rt>こうぎょう</rt></ruby>、<ruby>商業<rt>しょうぎょう</rt></ruby> 工業、礦業、商業

<ruby>海運<rt>かいうん</rt></ruby>	㊂ 海運，水運
<ruby>鉱業<rt>こうぎょう</rt></ruby>	㊂ 礦業
<ruby>鉱山<rt>こうざん</rt></ruby>	㊂ 礦山

ゼネコン【general contractor 之略】	(名) 承包商	かいはつ 開発	(名・他サ) 開發，開墾；啟發；（經過研究而）實用化；開創，發展
ていぼう 堤防	(名) 堤防	さいけん 再建	(名・他サ) 重新建築，重新建造；重新建設
どぼく 土木	(名) 土木；土木工程	しんちく 新築	(名・他サ) 新建，新蓋；新建的房屋
とんや 問屋	(名) 批發商	ほきょう 補強	(名・他サ) 補強，增強，強化
ぼうせき 紡績	(名) 紡織，紡紗	ど 土	(名・漢造) 土地，地方；（五行之一）土；土壤；地區；（國）土
ちゃっこう 着工	(名・自サ) 開工，動工		
かいしゅう 改修	(名・他サ) 修理，修復；修訂	う た 埋め立てる	(他下一) 填拓（海，河），填海（河）造地
かいたく 開拓	(名・他サ) 開墾，開荒；開闢		

練 習

I [a～e]の中から適当な言葉を選んで、(　　)に入れなさい。

a. 凶作 きょうさく	b. バイオ	c. 停滞 ていたい	d. むら	e. メーカー

❶ 故障の場合、購入から1年間は(　　　　　　　)が無料で修理します。

❷ 景気の(　　　　　　　)により、全国的に需要が落ち込んでいる。

❸ (　　　　　　　)テクノロジーによって、一本の髪の毛から本人の顔を復元できるそうだ。

❹ 機嫌のいい日と悪い日と、あの人は気分に(　　　　　　)があって困る。

II [a～e]の中から適当な言葉を選んで、(　　)に入れなさい。（必要なら形を変えなさい）

a. 値する あたい	b. 栽培する さいばい	c. 導入する どうにゅう	d. 携わる たずさ	e. 補強する ほきょう

❶ 迫り来る台風に備えて、早めに家の屋根を(　　　　　　)なければならない。

❷ 私の家族はブラジルでコーヒーを(　　　　　)いる。

❸ 新システムを(　　　　　)、経営の効率化を図る。

❹ あの男は、君の信頼に(　　　　　)人間じゃないよ。もう関わらない方がいい。

53 経済 (1) 経濟 (1)

Track 53

◆ 経済　經濟

インフレ【inflation 之略】	(名)(經)通貨膨脹
オイルショック【(和) oil ＋ shock】	(名) 石油危機
家計（かけい）	(名) 家計，家庭經濟狀況
契機（けいき）	(名) 契機；轉機，動機，起因
好況（こうきょう）	(名)(經)繁榮，景氣，興旺
財政（ざいせい）	(名) 財政；(個人)經濟情況
市場（しじょう）	(名) 菜市場，集市；銷路，銷售範圍，市場；交易所
下火（したび）	(名) 火勢漸弱，火將熄滅；(流行，勢力的)衰退；底火
生計（せいけい）	(名) 謀生，生計，生活
相場（そうば）	(名) 行情，市價；投機買賣，買空賣空；常例，老規矩；評價
動向（どうこう）	(名)(社會、人心等)動向，趨勢
バブル【bubble】	(名) 泡泡，泡沫；泡沫經濟「バブル經濟」的簡稱
ビジネス【business】	(名) 事務，工作；商業，生意，實務
ブーム【boom】	(名)(經)突然出現的景氣，繁榮；高潮，熱潮
不況（ふきょう）	(名)(經)不景氣，蕭條
保険（ほけん）	(名) 保險；(對於損害的)保證
見積もり（みつもり）	(名) 估計，估量
不景気（ふけいき）	(名・形動) 不景氣，經濟停滯，蕭條；沒精神，憂鬱
後退（こうたい）	(名・自サ) 後退，倒退

発足・発足（ほっそく）	(名・自サ) 開始(活動)，成立
繁盛（はんじょう）	(名・自サ) 繁榮昌茂，興隆，興旺
膨張（ぼうちょう）	(名・自サ)(理)膨脹；增大，增加，擴大發展
流通（りゅうつう）	(名・自サ)(貨幣、商品的)流通，物流
オーバー【over】	(名・自他サ) 超過，超越；外套
投入（とうにゅう）	(名・他サ) 投入，扔進去；投入(資本、勞力等)
上向く（うわむく）	(自五)(臉)朝上，仰；(行市等)上漲
脱する（だっする）	(自他サ) 逃出，逃脫；脫離，離開；脫落，漏掉；脫稿；去掉，除掉
営む（いとなむ）	(他五) 舉辦，從事；經營；準備；建造
見積もる（みつもる）	(他五) 估計
営（えい）	(漢造) 經營；軍營

◆ 売買　買賣

売り出し（うりだし）	(名) 開始出售；減價出售，賤賣；出名，嶄露頭角
卸売・卸売り（おろしうり／おろしう）	(名) 批發
領収書（りょうしゅうしょ）	(名) 收據
加入（かにゅう）	(名・自サ) 加上，參加
お負け（おまけ）	(名・他サ)(作為贈品)另外贈送；另外附加(的東西)；算便宜
購入（こうにゅう）	(名・他サ) 購入，買進，購置，採購
購買（こうばい）	(名・他サ) 買，購買

こう **小売り**	名・他サ 零售，小賣	まえ う **前売り**	名・他サ 預售
した ど **下取り**	名・他サ（把舊物）折價貼錢換取新物	う だ **売り出す**	他五 上市，出售；出名，紅起來
そくしん **促進**	名・他サ 促進	か こ **買い込む**	他五（大量）買進，購買
とう し **投資**	名・他サ 投資	し い **仕入れる**	他下一 購入，買進，採購（商品或原料）；（喻）由他處取得，獲得
どくせん **独占**	名・他サ 獨占，獨斷；壟斷，專營		

練習

I [a ～ e]の中から適当な言葉を選んで、（　　）に入れなさい。

a. 領収書 <small>りょうしゅうしょ</small>	b. オーバー	c. 相場 <small>そう ば</small>	d. 見積もり <small>み つ</small>	e. 下火 <small>した び</small>

❶ 困ったな。僕の車は5人乗りだから、ひとり（　　　　　　　）だな。

❷ パソコンを修理に出す際、事前に（　　　　　　　）を出してもらった。

❸ 株を始めた妻は、（　　　　　　　）の上がり下がりに一喜一憂している。

❹ （　　　　　　　）がなければレシートでも構いません。

II [a ～ e]の中から適当な言葉を選んで、（　　）に入れなさい。（必要なら形を変えなさい）

a. 流通する <small>りゅうつう</small>	b. 脱する <small>だっ</small>	c. 仕入れる <small>し い</small>	d. 上向く <small>うわ む</small>	e. 営む <small>いとな</small>

❶ どれも今朝（　　　　　　　）ばかりの新鮮な野菜ですよ。

❷ 友人が間に入ってくれて、夫婦の危機を（　　　　　　　）ことができた。

❸ 祖父の代から70年、駅前でそば屋を（　　　　　　　）おります。

❹ 地元のサッカーチームは、ようやく調子が（　　　　　　　）きたようだ。

54 経済 (2) 経済(2)
けいざい

◆ 収支、賃金　收支、工資報酬
しゅうし ちんぎん

稼ぎ かせ	(名) 做工；工資；職業	**ボイコット** 【boycott】	(名) 聯合抵制，拒絕交易（某貨物），聯合排斥（某勢力）
ギャラ 【guarantee 之略】	(名)（預約的）演出費，契約費	**交易** こうえき	(名·自サ) 交易，貿易；交流
月賦 げっぷ	(名) 月賦，按月分配；按月分期付款	**交渉** こうしょう	(名·自サ) 交涉，談判；關係，聯繫
採算 さいさん	(名)（收支的）核算，核算盈虧	**譲歩** じょうほ	(名·自サ) 讓步
収支 しゅうし	(名) 收支	**取引** とりひき	(名·自サ) 交易，貿易
賃金 ちんぎん	(名) 租金；工資	**送金** そうきん	(名·自他サ) 匯款，寄錢
手取り てどり	(名)（相撲）技巧巧妙（的人）；（除去稅金與其他費用的）實收款，淨收入	**委託** いたく	(名·他サ) 委託，託付；（法）委託，代理人
日当 にっとう	(名) 日薪	**オファー【offer】**	(名·他サ) 提出，提供；開價，報價
プラスアルファ 【(和)plus ＋(希臘) alpha】	(名) 加上若干，（工會與資方談判提高工資時）資方在協定外可自由支配的部分；工資附加部分，紅利	**配分** はいぶん	(名·他サ) 分配，分割
報酬 ほうしゅう	(名) 報酬；收益	**成り立つ** な た	(自五) 成立；談妥，達成協議；划得來，有利可圖；能維持；（古）成長
実入り みい	(名)（五穀）節食；收入	**打ち切る** う き	(他五)（「切る」的強調說法）砍，切；停止，截止，中止；（圍棋）下完一局
決算 けっさん	(名·自他サ) 結帳；清算		
差し引き さ ひ	(名·自他サ) 扣除，減去；（相抵的）餘額，結算（的結果）；（潮水的）漲落，（體溫的）升降	◆ 貧富　貧富 ひんぷ	
確保 かくほ	(名·他サ) 牢牢保住，確保	**階層** かいそう	(名)（社會）階層；（建築物的）樓層
徴収 ちょうしゅう	(名·他サ) 徵收，收費	**格差** かくさ	(名)（商品的）級別差別，差價，質量差別；資格差別
待遇 たいぐう	(名·他サ·接尾) 接待，對待，服務；工資，報酬	**富** とみ	(名) 財富，資產，錢財；資源，富源；彩券

◆ 取り引き　交易
と ひ

顧客 こきゃく	(名) 顧客	**簡素** かんそ	(名·形動) 簡單樸素，簡樸
		質素 しっそ	(名·形動) 素淡的，質樸的，簡陋的，樸素的

貧困 ひんこん	名・形動 貧困，貧窮；（知識、思想等的）貧乏，極度缺乏	**卑しい** いや	形 地位低下；非常貧窮，寒酸；下流，低級；貪婪
貧乏 びんぼう	名・形動・自サ 貧窮，貧苦	**乏しい** とぼ	形 不充分，不夠，缺乏，缺少；生活貧困，貧窮
窮乏 きゅうぼう	名・自サ 貧窮，貧困	**富む** と	自五 有錢，富裕；豐富
没落 ぼつらく	名・自サ 沒落，衰敗；破產	**施す** ほどこ	他五 施，施捨，施予；施行，實施；添加；露，顯露
救済 きゅうさい	名・他サ 救濟		

54
經濟
(2)

練 習

Ⅰ [a～e]の中から適当な言葉を選んで、（　　）に入れなさい。

a. 実入り み い	b. 階層 かいそう	c. オファー	d. 確保 かく ほ	e. 差し引き さ ひ

❶ 工事現場では、何より作業員の安全の（　　　　　　　）が第一だ。

❷ お願い、宿題写させて。この間ノート貸したのと（　　　　　　　）ゼロで。

❸ 人気女優の彼女はテレビ番組への出演の（　　　　　　　）が後を絶たない。

❹ 彼なら、もっと（　　　　　　　）のいい仕事が見つかったと言って、ここを辞めたよ。

Ⅱ [a～e]の中から適当な言葉を選んで、（　　）に入れなさい。（必要なら形を変えなさい）

a. 打ち切られる う き	b. 兼業する けんぎょう	c. 富む と	d. 委託する い たく	e. 送金する そうきん

❶ 当社では、受付業務は派遣会社に（　　　　　　　）います。

❷ この作家は小説もいいが、ユーモアに（　　　　　　　）エッセーも面白い。

❸ 会社は、大手から突然契約を（　　　　　　　）ことで倒産した。

❹ 月々のアルバイト代から半分以上を国の家族に（　　　　　　　）いる。

113

55 経済 (3) 經濟(3)

◆ 価格 價格

値 あたい	（名）價值；價錢；（數）值
差額 さがく	（名）差額
単価 たんか	（名）單價
値打ち ねうち	（名）估價，定價；價錢；價值；聲價，品格
変動 へんどう	（名・自サ）變動，改變，變化
安っぽい やす	（形）很像便宜貨，品質差的樣子，廉價，不值錢；沒有品味，低俗，俗氣；沒有價值，沒有內容，不足取
引き上げる ひきあ	（他下一）吊起；打撈；撤走；提拔；提高（物價）；收回（自下一）歸還，返回
引き下げる ひきさ	（他下一）降低；使後退；撤回

◆ 貸借 借貸

借り か	（名）借，借入；借的東西；欠人情；怨恨，仇恨
負債 ふさい	（名）負債，欠債；飢荒
利子 りし	（名）（經）利息，利錢
融資 ゆうし	（名・自サ）（經）通融資金，貸款
精算 せいさん	（名・他サ）計算，精算；結算；清理財產；結束
滞納 たいのう	（名・他サ）（稅款，會費等）滯納，拖欠，逾期未繳
拝借 はいしゃく	（名・他サ）（謙）拜借
返還 へんかん	（名・他サ）退還，歸還（原主）
返済 へんさい	（名・他サ）償還，還債
前借り まえが	（名・他サ）借，預支

滞る とどこお	（自五）拖延，耽擱，遲延；拖欠
立て替える たてか	（他下一）墊付，代付
取り立てる とた	（他下一）催繳，索取；提拔
返却 へんきゃく	（副・他サ）還，歸還

◆ 消費、費用 消費、費用

内訳 うちわけ	（名）細目，明細，詳細內容
関税 かんぜい	（名）關稅，海關稅
経費 けいひ	（名）經費，開銷，費用
月謝 げっしゃ	（名）（每月的）學費，月酬
残金 ざんきん	（名）餘款，餘額；尾欠，差額
実費 じっぴ	（名）實際所需費用；成本
出費 しゅっぴ	（名・自サ）費用，出支，開銷
無駄遣い むだづか	（名・自サ）浪費，亂花錢
軽減 けいげん	（名・自他サ）減輕
一括 いっかつ	（名・他サ）總括起來，全部
倹約 けんやく	（名・他サ）節省，節約，儉省
控除 こうじょ	（名・他サ）扣除
手当て てあ	（名・他サ）準備，預備；津貼；生活福利；醫療，治療；小費
納入 のうにゅう	（名・他サ）繳納，交納
前払い まえばら	（名・他サ）預付
浪費 ろうひ	（名・他サ）浪費；糟蹋

ばら撒く <small>ま</small>	他五 撒播，撒；到處花錢，散財	
取り寄せる <small>と　よ</small>	他下一 請（遠方）送來，寄來；訂貨；函購	

練 習

Ⅰ [a～e]の中から適当な言葉を選んで、（　　　）に入れなさい。

a. 前払い <small>まえばら</small>	b. 利子 <small>り　し</small>	c. 無駄遣い <small>む　だ づか</small>	d. 月謝 <small>げっしゃ</small>	e. 控除 <small>こうじょ</small>

❶ （　　　　　　　　　　　　）をしないように、家計簿<small>か けい ぼ</small>をつけています。

❷ ご予約<small>よ やく</small>の際<small>さい</small>に、金額<small>きんがく</small>の2割<small>わり</small>を（　　　　　　　　　　　）でお願<small>ねが</small>いしています。

❸ この奨学金<small>しょうがくきん</small>は（　　　　　　　　　　）が付<small>つ</small>かないタイプです。

❹ 学校法人等<small>がっこうほうじんなど</small>への寄付金<small>き ふ きん</small>は、所得税<small>しょとくぜい</small>からの（　　　　　　　　　　）の対象<small>たいしょう</small>となる。

Ⅱ [a～e]の中から適当な言葉を選んで、（　　　）に入れなさい。（必要なら形を変えなさい）

a. 倹約<small>けんやく</small>する	b. 手当<small>て あ</small>てする	c. 滞納<small>たいのう</small>する	d. 一括<small>いっかつ</small>する	e. ばら撒<small>ま</small>く

❶ 授業<small>じゅぎょう</small>で使<small>つか</small>う参考書<small>さんこうしょ</small>は、学校<small>がっこう</small>で（　　　　　　　　）購入<small>こうにゅう</small>します。

❷ 食<small>た</small>べるのに精<small>せい</small>いっぱいで、もう3か月<small>げつ</small>も家賃<small>や ちん</small>を（　　　　　　　　）いる。

❸ 体育<small>たいいく</small>の授業<small>じゅぎょう</small>で足首<small>あしくび</small>を捻<small>ひね</small>って、保健室<small>ほ けんしつ</small>で（　　　　　　　）もらった。

❹ ケチではない、将来<small>しょうらい</small>のために（　　　　　　　）いるのだ。

Ⅲ [a～e]の中から適当な言葉を選んで、（　）に入れなさい。

a. 融資<small>ゆう し</small>	b. 内訳<small>うちわけ</small>	c. 浪費<small>ろう ひ</small>	d. 返済<small>へんさい</small>	e. 納入<small>のうにゅう</small>

❶ 厳<small>きび</small>しい審査<small>しん さ</small>に通<small>とお</small>り、銀行<small>ぎんこう</small>から（　　　　　　　　　）が受<small>う</small>けられることになった。

❷ 借金<small>しゃっきん</small>の（　　　　　　　　　）期限<small>き げん</small>が来週<small>らいしゅう</small>に迫<small>せま</small>り、頭<small>あたま</small>を抱<small>かか</small>えている。

❸ 現代文明<small>げんだいぶんめい</small>は、限<small>かぎ</small>りある資源<small>し げん</small>の（　　　　　　　　）の上<small>うえ</small>に成<small>な</small>り立<small>た</small>っている。

❹ 年会費<small>ねんかい ひ</small>の（　　　　　　　　）期限<small>き げん</small>は来月<small>らいげつ</small>の25日<small>にち</small>です。

56 経済(4)
けいざい

經濟(4)

◆ 損得 そんとく　損益

赤字 あかじ	(名) 赤字，入不敷出；（校稿時寫的）紅字，校正的字
業績 ぎょうせき	(名)（工作、事業等）成就，業績
金利 きんり	(名) 利息；利率
黒字 くろじ	(名) 黑色的字；（經）盈餘，賺錢
懸賞 けんしょう	(名) 懸賞；賞金，獎品
収益 しゅうえき	(名) 收益
所得 しょとく	(名) 所得，收入；（納稅時所報的）純收入；所有物
償い つぐな	(名) 補償；賠償；贖罪
取り分 とりぶん	(名) 應得的份額
褒美 ほうび	(名) 褒獎，獎勵；獎品，獎賞
利潤 りじゅん	(名) 利潤，紅利
利息 りそく	(名) 利息
有益 ゆうえき	(名・形動) 有益，有意義，有好處
転落 てんらく	(名・自サ) 掉落，滾下；墜落，淪落；暴跌，突然下降
還元 かんげん	(名・自他サ)（事物的）歸還，回復原樣；（化）還原
紛失 ふんしつ	(名・自他サ) 遺失，丟失，失落
獲得 かくとく	(名・他サ) 獲得，取得，爭得
享受 きょうじゅ	(名・他サ) 享受；享有
ゲット【get】	(名・他サ)（籃球、兵上曲棍球等）得分；（俗）取得，獲得
入手 にゅうしゅ	(名・他サ) 得到，到手，取得
値引き ねびき	(名・他サ) 打折，減價

弁償 べんしょう	(名・他サ) 賠償
補償 ほしょう	(名・他サ) 補償，賠償
賜る たまわ	(他五) 蒙受賞賜；賜，賜予，賞賜
損なう そこ	(他五・接尾) 損壞，破損；傷害妨害（健康、感情等）；損傷，死傷；（接在其他動詞連用形下）沒成功，失敗，錯誤；失掉時機，耽誤；差一點，險些

◆ 財産、金銭 ざいさん　きんせん　財産、金錢

外貨 がいか	(名) 外幣，外匯
掛け か	(名) 賒帳，帳款，欠賬；重量
株式 かぶしき	(名)（商）股份；股票；股權
貨幣 かへい	(名)（經）貨幣
基金 ききん	(名) 基金
小切手 こぎって	(名) 支票
財源 ざいげん	(名) 財源
財 ざい	(名) 財產，錢財；財寶，商品，物資
残高 ざんだか	(名) 餘額
資金 しきん	(名) 資金，資本
資産 しさん	(名) 資產，財產；（法）資產
私物 しぶつ	(名) 個人私有物件
重宝 じゅうほう	(名) 貴重寶物
不動産 ふどうさん	(名) 不動產
募金 ぼきん	(名・自サ) 募捐

預金 <small>よきん</small>	（名・自他サ）存款		保管 <small>ほかん</small>	（名・他サ）保管
カンパ【(俄) kampanija 之略】	（名・他サ）(「カンパニア」之略) 勸 募，募集的款項募集金；應募捐 款		補助 <small>ほじょ</small>	（名・他サ）補助
			埋蔵 <small>まいぞう</small>	（名・他サ）埋藏，蘊藏
私有 <small>しゆう</small>	（名・他サ）私有		有する <small>ゆう</small>	（他サ）有，擁有
所有 <small>しょゆう</small>	（名・他サ）所有		割り当てる <small>わ　あ</small>	（名）分配，分擔，分配額；分派， 分擔（的任務）
分配 <small>ぶんぱい</small>	（名・他サ）分配，分給，配給			

56
經濟
(4)

練 習

Ⅰ [a～e]の中から適当な言葉を選んで、（　　）に入れなさい。

a. 小切手 <small>こぎって</small>	b. カンパ	c. 入手 <small>にゅうしゅ</small>	d. 預金 <small>よきん</small>	e. 利息 <small>りそく</small>

❶ 夢<small>ゆめ</small>があるけどお金<small>かね</small>がない人<small>ひと</small>に、（　　　　　　　　）をするサイトがある。

❷ 今<small>いま</small>どき、どこへ預<small>あず</small>けたって、（　　　　　　　　）なんか雀<small>すずめ</small>の涙<small>なみだ</small>だ。

❸ このモデルは僅<small>わず</small>かしか製造<small>せいぞう</small>されておらず、（　　　　　　　）は極<small>きわ</small>めて困難<small>こんなん</small>だ。

❹ 思<small>おも</small>い切<small>き</small>って定期<small>ていき</small>（　　　　　　　）を崩<small>くず</small>して、新車<small>しんしゃ</small>を買<small>か</small>った。

Ⅱ [a～e]の中から適当な言葉を選んで、（　　）に入れなさい。（必要なら形を変えなさい）

a. 還元する <small>かんげん</small>	b. 賜る <small>たまわ</small>	c. 値引きする <small>ねび</small>	d. 紛失する <small>ふんしつ</small>	e. 有する <small>ゆう</small>

❶ 多大<small>ただい</small>な収益<small>しゅうえき</small>を得<small>え</small>ている会社<small>かいしゃ</small>は、多少<small>たしょう</small>とも社会<small>しゃかい</small>に（　　　　　　　）べきだ。

❷ ここのお弁当<small>べんとう</small>は、午後<small>ごご</small>7時<small>じ</small>以降<small>いこう</small>、100円<small>えん</small>（　　　　　　　）くれる。

❸ 会社<small>かいしゃ</small>のカメラを（　　　　　　　）しまい、警察<small>けいさつ</small>に届<small>とど</small>けを出<small>だ</small>した。

❹ この地域<small>ちいき</small>には世界<small>せかい</small>レベルの技術<small>ぎじゅつ</small>を（　　　　　　　）町工場<small>まちこうば</small>がいくつもある。

57 政治 (1) 政治 (1)

◆ 政治 政治

危機 きき	⊛名 危機，險關	
共和 きょうわ	⊛名 共和	
君主 くんしゅ	⊛名 君主，國王，皇帝	
権力 けんりょく	⊛名 權力	
公用 こうよう	⊛名 公用；公務，公事；國家或公共集團的費用	
司法 しほう	⊛名 司法	
情勢 じょうせい	⊛名 形勢，情勢	
政権 せいけん	⊛名 政權；參政權	
政策 せいさく	⊛名 政策，策略	
長官 ちょうかん	⊛名 長官，機關首長；（都道府縣的）知事	
天下 てんか	⊛名 天底下，全國，世間，宇內；（幕府的）將軍	
封建 ほうけん	⊛名 封建	
暴動 ぼうどう	⊛名 暴動	
野党 やとう	⊛名 在野黨	
与党 よとう	⊛名 執政黨；志同道合的伙伴	
連邦 れんぽう	⊛名 聯邦，聯合國家	
行進 こうしん	⊛名・自サ（列隊）進行，前進	
失脚 しっきゃく	⊛名・自サ 失足（落水、跌跤）；喪失立足地，下台；賠錢	
騒動 そうどう	⊛名・自サ 騷動，風潮，鬧事，暴亂	
独裁 どくさい	⊛名・自サ 獨斷，獨行；獨裁，專政	

腐敗 ふはい	⊛名・自サ 腐敗，腐壞；墮落	
樹立 じゅりつ	⊛名・自他サ 樹立，建立	
分離 ぶんり	⊛名・自他サ 分離，分開	
公認 こうにん	⊛名・他サ 公認，國家機關或政黨正式承認	
征服 せいふく	⊛名・他サ 征服，克服，戰勝	
折衷 せっちゅう	⊛名・他サ 折中，折衷	
統治 とうち	⊛名・他サ 統治	
迫害 はくがい	⊛名・他サ 迫害，虐待	
要請 ようせい	⊛名・他サ 要求，請求	
略奪 りゃくだつ	⊛名・他サ 掠奪，搶奪，搶劫	
目下 もっか	⊛名・副 當前，當下，目前	
派 は	⊛名・漢造 派，派流；衍生；派出	
葬る ほうむる	⊛他五 葬，埋葬；隱瞞，掩蓋；葬送，拋棄	
率いる ひきいる	⊛他上一 帶領；率領	
公然 こうぜん	⊛副・形動 公然，公開	

◆ 国際、外交 國際、外交

国連 こくれん	⊛名 聯合國	
国交 こっこう	⊛名 國交，邦交	
親善 しんぜん	⊛名 親善，友好	
対外 たいがい	⊛名 對外（國）；對外（部）	
連盟 れんめい	⊛名 聯盟；聯合會	

インターナショナル 【international】	名・形動 國際；國際歌；國際間的	協定 きょうてい	名・他サ 協定
調印 ちょういん	名・自サ 簽字，蓋章，簽署	断つ た	他五 切，斷；絕，斷絕；消滅；截斷
同盟 どうめい	名・自サ 同盟，聯盟，聯合		
訪米 ほうべい	名・自サ 訪美		

練習

Ⅰ [a～e]の中から適当な言葉を選んで、( )に入れなさい。

a. 行進 こうしん	b. 失脚 しっきゃく	c. 与党 よとう	d. 天下 てんか	e. 目下 もっか

❶ 権力闘争に敗れた社長は( )の危機に陥っている。

❷ オリンピックの入場( )は、平和の祭典だけあって、みな楽しそうだ。

❸ 当研究所にとっては、優秀な研究員の確保が( )の課題だ。

❹ 野党の支持が伸びる一方、( )の支持率は漸減傾向にある。

Ⅱ [a～e]の中から適当な言葉を選んで、( )に入れなさい。

a. 公然 こうぜん	b. 封建 ほうけん	c. 騒動 そうどう	d. 情勢 じょうせい	e. 調印 ちょういん

❶ 社長が海外視察と称して旅行に行っているのは( )の秘密だ。

❷ 中東( )は今なお緊迫した状況にある。

❸ 音楽室に幽霊が出ると、校内でちょっとした( )になっている。

❹ 協定が締結され、両国首脳による( )式が行われた。

119

58 政治 (2)
せいじ

政治 (2)

◆ 行政、公務員　行政、公務員
ぎょうせい、こうむいん

外相 がいしょう	名 外交大臣，外交部長，外相
官僚 かんりょう	名 官僚，官吏
行政 ぎょうせい	名（相對於立法、司法而言的）行政；（行政機關執行的）政務
元首 げんしゅ	名（國家的）元首（總統、國王、國家主席等）
国定 こくてい	名 國家制訂，國家規定
国土 こくど	名 國土，領土，國家的土地；故鄉
国有 こくゆう	名 國有
戸籍 こせき	名 戶籍，戶口
首脳 しゅのう	名 首腦，領導人
税務署 ぜいむしょ	名 稅務局
特権 とっけん	名 特權
届け とどけ	名（提交機關、工作單位、學校等）申報書，申請書
日の丸 ひのまる	名（日本國旗）太陽旗；太陽形
役場 やくば	名（町、村）鄉公所；辦事處
介入 かいにゅう	名・自サ 介入，干預，參與，染指
分裂 ぶんれつ	名・自サ 分裂，裂變，裂開
復興 ふっこう	名・自他サ 復興，恢復原狀；重建
交付 こうふ	名・他サ 交付，交給，發給
視察 しさつ	名・他サ 視察，考察
申告 しんこく	名・他サ 申報，報告

措置 そち	名・他サ 措施，處理，處理方法
退治 たいじ	名・他サ 打退，討伐，征服；消滅，肅清；治療
統制 とうせい	名・他サ 統治，統歸，統一管理；控制能力
任命 にんめい	名・他サ 任命
栄える さかえる	自下一 繁榮，興盛，昌盛；榮華，顯赫
司る つかさどる	他五 管理，掌管，擔任

◆ 議会、選挙　議會、選舉
ぎかい、せんきょ

一連 いちれん	名 一連串，一系列；（用細繩串著的）一串
議案 ぎあん	名 議案
議事堂 ぎじどう	名 國會大廈；會議廳
議題 ぎだい	名 議題，討論題目
決 けつ	名 決定，表決；（提防）決堤；決然，毅然；（最後）決心，決定
参議院 さんぎいん	名 參議院，參院（日本國會的上院）
衆議院 しゅうぎいん	名（日本國會的）眾議院
内閣 ないかく	名 內閣，政府
法案 ほうあん	名 法案，法律草案
満場 まんじょう	名 全場，滿場，滿堂
採決 さいけつ	名・自サ 表決
当選 とうせん	名・自サ 當選，中選
合議 ごうぎ	名・自他サ 協議，協商，集議

とう ぎ 討議	名·自他サ 討論，共同研討	ひ けつ 否決	名·他サ 否決
ぎ けつ 議決	名·他サ 議決，表決	ひょう 票	名·漢造 票，選票；(用作憑證 的)票；表決的票
きょう ぎ 協議	名·他サ 協議，協商，磋商	ゆうりょく 有力	形動 有勢力，有權威；有希望； 有努力；有效力
けつ ぎ 決議	名·他サ 決議，決定；議決		
さいたく 採択	名·他サ 採納，通過；選定，選 擇	ばらばら	副 分散貌；凌亂的樣子，支離 破碎的樣子；(雨點，子彈等) 帶著聲響落下或飛過
し じ 支持	名·他サ 支撐；支持，擁護，贊 成	しりぞ 退ける	他五 斥退；擊退；拒絕；撤銷
しん ぎ 審議	名·他サ 審議	はか 諮る	他五 商量，協商；諮詢

練習

Ⅰ [a～e]の中から適当な言葉を選んで、(　　　)に入れなさい。（必要なら形を変えなさい）

a. しんこく 申告する	b. さいたく 採択される	c. かいにゅう 介入する	d. ふっこう 復興する	e. さか 栄える

❶ けいさつ
警察が かぞくかん
家族間のトラブル など
等に (　　　　　　　　) ことはない。

❷ かいがい
海外で こうにゅう
購入したものは にゅうこく
入国の さい
際に ぜいかん
税関に (　　　　　　　　) なければならない。

❸ 2015 ねん
年、 おんだん か たいさく
温暖化対策の あら
新たな わくぐ
枠組みである「パリ きょうてい
協定」が (　　　　　　　　)。

❹ きょう と
京都に みやこ
都をおいた へいあん じ だい
平安時代は、 ぶっきょう
仏教が ひろ
広まり、 き ぞく
貴族の ぶん か
文化が (　　　　　　　　)。

Ⅱ [a～e]の中から適当な言葉を選んで、(　　　)に入れなさい。

a. そ ち 措置	b. まんじょう 満場	c. ほうあん 法案	d. しん ぎ 審議	e. やく ば 役場

❶ チームの じ き
次期キャプテンは (　　　　　　　　) いっ ち
一致で き むらくん
木村君に き
決まった。

❷ かいしゃ
会社は すべ
全ての しょうひん
商品を てんとう
店頭から かいしゅう
回収する (　　　　　　　　) をとった。

❸ どっきょろうじんたく
独居老人宅には (　　　　　　　　) の しょくいん
職員が み まわ
見回りを おこな
行っている。

❹ ちょう さ い いんかい
調査委員会による (　　　　　　　　) の けっか
結果、 むらやませんしゅ
村山選手の しゅつじょう し かく と
出場資格取り け
消しが き
決まった。

59 政治 (3) 政治 (3)

◆ 軍事 軍事

争い あらそ	名 爭吵，糾紛，不合；爭奪	
戦 いくさ	名 戰爭	
革命 かくめい	名 革命；(某制度等的)大革新，大變革	
軍事 ぐんじ	名 軍事，軍務	
軍備 ぐんび	名 軍備，軍事設備；戰爭準備，備戰	
軍服 ぐんぷく	名 軍服，軍裝	
国防 こくぼう	名 國防	
植民地 しょくみんち	名 殖民地	
戦災 せんさい	名 戰爭災害，戰禍	
態勢 たいせい	名 姿態，樣子，陣式，狀態	
治安 ちあん	名 治安	
内乱 ないらん	名 內亂，叛亂	
爆弾 ばくだん	名 炸彈	
反乱 はんらん	名 叛亂，反亂，反叛	
部隊 ぶたい	名 部隊；一群人	
武力 ぶりょく	名 武力，兵力	
ベース【base】	名 基礎，基本；基地(特指軍事基地)，根據地	
兵器 へいき	名 兵器，武器，軍火	
抗争 こうそう	名・自サ 抗爭，對抗，反抗	
降伏 こうふく	名・自サ 降服，投降	
戦闘 せんとう	名・自サ 戰鬥	

潜入 せんにゅう	名・自サ 潛入，溜進；打進	
武装 ぶそう	名・自サ 武裝，軍事裝備	
紛争 ふんそう	名・自サ 紛爭，糾紛	
滅亡 めつぼう	名・自サ 滅亡	
救援 きゅうえん	名・他サ 救援；救濟	
強行 きょうこう	名・他サ 強行，硬幹	
襲撃 しゅうげき	名・他サ 襲擊	
侵略 しんりゃく	名・他サ 侵略	
占領 せんりょう	名・他サ (軍)武力佔領；佔據	
増強 ぞうきょう	名・他サ (人員、設備的)增強，加強	
装備 そうび	名・他サ 裝備，配備	
動員 どういん	名・他サ 動員，調動，發動	
統率 とうそつ	名・他サ 統率，引領	
防衛 ぼうえい	名・他サ 防衛，保衛	
滅ぶ ほろ	自五 滅亡，滅絕	
滅びる ほろ	自上一 滅亡，淪亡，消亡	
滅ぼす ほろ	他五 消滅，毀滅	

練習

Ⅰ [a〜e]の中から適当な言葉を選んで、（　）に入れなさい。

a. 救助 _{きゅうじょ}	b. 潜入 _{せんにゅう}	c. 降伏 _{こうふく}	d. 革命 _{かくめい}	e. 紛争 _{ふんそう}

❶ 二国間の（　　　　　　　）が深刻化し、第三国が仲裁に入る事態となっている。

❷ 遭難の知らせを受けて、（　　　　　　）隊が直ちに救援に向かった。

❸ かわいい娘に泣かれたんじゃ、こっちは全面（　　　　　　）だよ。

❹ 犯罪組織への（　　　　　）捜査で、麻薬密売の証拠を得た。

Ⅱ [a〜e]の中から適当な言葉を選んで、（　）に入れなさい。（必要なら形を変えなさい）

a. 反乱する _{はんらん}	b. 襲撃される _{しゅうげき}	c. 強行する _{きょうこう}	d. 占領する _{せんりょう}	e. 動員される _{どういん}

❶ 与党は野党の反対を押し切って、採決を（　　　　　）。

❷ LGBTのカップルが少年グループに（　　　　　）事件が起きた。

❸ 怒った妹がトイレを（　　　　　）いて出てこない。

❹ 逃亡犯の捜索に、全国から警察官100名が（　　　　　）。

Ⅲ [a〜e]の中から適当な言葉を選んで、（　）に入れなさい。

a. 抗争 _{こうそう}	b. ベース	c. 戦災 _{せんさい}	d. 植民地 _{しょくみんち}	e. 装備 _{そうび}

❶ 昨夜暴力団の（　　　　　　）があり、警察が出動したそうだ。

❷ この街はそこここに（　　　　　　）時代の名残を留めている。

❸ 戦後、東京の町には（　　　　　）による孤児が溢れていた。

❹ そんな（　　　　　）で雪山に登ろうなんて、死にに行くようなものだぞ。

60 法律(1)
ほうりつ
法律(1)

◆ 規則　規則
きそく

過ち あやま	(名) 錯誤，失敗；過錯，過失	**規定** きてい	(名・他サ) 規則，規定
慣行 かんこう	(名) 例行，習慣行為；慣例，習俗	**強制** きょうせい	(名・他サ) 強制，強迫
慣習 かんしゅう	(名) 習慣，慣例	**施行・施行** しこう・せこう	(名・他サ) 施行，實施；實行
慣例 かんれい	(名) 慣例，老規矩，老習慣	**処分** しょぶん	(名・他サ) 處理，處置；賣掉，丟掉；懲處，處罰
規範 きはん	(名) 規範，模範	**制約** せいやく	(名・他サ) (必要的)條件，規定；限制，制約
規約 きやく	(名) 規則，規章，章程	**設定** せってい	(名・他サ) 制定，設立，確定
禁物 きんもつ	(名) 嚴禁的事物；忌諱的事物	**制** せい	(名・漢造) (古)封建帝王的命令；限制；制度；支配；製造
現行 げんこう	(名) 現行，正在實行	**改まる** あらた	(自五) 改變；更新；革新，一本正經，故裝嚴肅，鄭重其事
原則 げんそく	(名) 原則	**定まる** さだ	(自五) 決定，規定；安定，穩定，固定；確定，明確；(文)安靜
事項 じこう	(名) 事項，項目	**準じる・準ずる** じゅん・じゅん	(自上一) 以…為標準，按照；當作…看待
主権 しゅけん	(名)(法)主權	**犯す** おか	(他五) 犯錯；冒犯；汙辱
所定 しょてい	(名) 所定，規定	**定める** さだ	(他下一) 規定，決定，制定；平定，鎮定；奠定；評定，論定
正規 せいき	(名) 正規，正式規定；(機)正常，標準；道義；正確的意思	**設ける** もう	(他下一) 預備，準備；設立，設置，制定
秩序 ちつじょ	(名) 秩序，次序		
ノルマ 【(俄) norma】	(名) 基準，定額		
移行 いこう	(名・自サ) 轉變，移位，過渡		
緩和 かんわ	(名・自他サ) 緩和，放寬		
改悪 かいあく	(名・他サ) 危害，壞影響，毒害		
改定 かいてい	(名・他サ) 重新規定		
改訂 かいてい	(名・他サ) 修訂		
規制 きせい	(名・他サ) 規定(章則)，規章；限制，控制		

練習

Ⅰ [a〜e]の中から適当な言葉を選んで、（　　）に入れなさい。

a. 規約（きやく）	b. 規定（きてい）	c. 禁物（きんもつ）	d. 移行（いこう）	e. 緩和（かんわ）

❶ 中世（ちゅうせい）ヨーロッパでは、封建社会（ほうけんしゃかい）から資本主義社会（しほんしゅぎしゃかい）への（　　　　　　　）が進（すす）んだ。

❷ 規制（きせい）（　　　　　　　）のおかげで、医薬品（いやくひん）がコンビニでも買（か）えるようになった。

❸ （　　　　　　　）の用紙（ようし）に必要事項（ひつようじこう）を記入（きにゅう）の上（うえ）、窓口（まどぐち）に提出（ていしゅつ）してください。

❹ （　　　　　　　）の改定（かいてい）については、取締役会（とりしまりやくかい）に諮（はか）る必要（ひつよう）がある。

Ⅱ [a〜e]の中から適当な言葉を選んで、（　　）に入れなさい。（必要なら形を変えなさい）

a. 強制（きょうせい）される	b. 改定（かいてい）される	c. 改（あらた）まる	d. 犯（おか）す	e. 定（さだ）まる

❶ 新人（しんじん）は態度（たいど）が悪（わる）く、いくら指導（しどう）しても、（　　　　　　　）気配（けはい）がない。

❷ 被害者（ひがいしゃ）に謝罪（しゃざい）したからといって、君（きみ）の（　　　　　　　）罪（つみ）が消（き）えてなくなるわけじゃない。

❸ 今回（こんかい）の個展（こてん）の成功（せいこう）によって、彼（かれ）に対（たい）する評価（ひょうか）が（　　　　　　　）といえる。

❹ 気（き）の毒（どく）だとは思（おも）うが、募金（ぼきん）を（　　　　　　　）のはごめんだ。

Ⅲ [a〜e]の中から適当な言葉を選んで、（　　）に入れなさい。

a. 正規（せいき）	b. 主権（しゅけん）	c. 慣行（かんこう）	d. 過（あやま）ち	e. 改悪（かいあく）

❶ メーカーは改良（かいりょう）したというが、値段（ねだん）が跳（は）ね上（あ）がってむしろ（　　　　　　　）だ。

❷ 私（わたし）の犯（おか）してしまった（　　　　　　　）に弁解（べんかい）の余地（よち）はない。

❸ 国家同士（こっかどうし）は対等（たいとう）であり、各国（かっこく）の（　　　　　　　）に属（ぞく）することに干渉（かんしょう）はできない。

❹ 非（ひ）（　　　　　　　）労働者（ろうどうしゃ）の待遇（たいぐう）について、その実態（じったい）を調査（ちょうさ）している。

◆ 法律　法律

条約 _{じょうやく}	(名)（法）條約
立法 _{りっぽう}	(名) 立法
制定 _{せいてい}	(名・他サ) 制定
廃止 _{はいし}	(名・他サ) 廢止，廢除，作廢
保障 _{ほしょう}	(名・他サ) 保障
条 _{じょう}	(名・接助・接尾) 項，款；由於，所以；（計算細長物）行，條
取り締まり _{とりしまり}	(名) 管理，管束；控制，取締；監督
取り締まる _{とりしまる}	(他五) 管束，監督，取締
背く _{そむく}	(自五) 背著，背向；違背，不遵守；背叛，辜負；拋棄，背離，離開（家）
禁じる _{きんじる}	(他上一) 禁止，不准；禁忌，戒除；抑制，控制

訴訟 _{そしょう}	(名・自サ) 訴訟，起訴
対決 _{たいけつ}	(名・自サ) 對證，對質；較量，對抗
執行 _{しっこう}	(名・他サ) 執行
処罰 _{しょばつ}	(名・他サ) 處罰，懲罰，處分
制裁 _{せいさい}	(名・他サ) 制裁，懲治
調停 _{ちょうてい}	(名・他サ) 調停
賠償 _{ばいしょう}	(名・他サ) 賠償
判決 _{はんけつ}	(名・他サ)（法）判決；（是非直曲的）判斷，鑑定，評價
弁護 _{べんご}	(名・他サ) 辯護，辯解；（法）辯護
裁く _{さばく}	(他五) 裁判，審判；排解，從中調停，評理
取り調べる _{としらべる}	(他下一) 調查，偵查

◆ 裁判、刑罰 _{さいばん、けいばつ}　判決、審判、刑罰

異議 _{いぎ}	(名) 異議，不同的意見
刑 _{けい}	(名) 徒刑，刑罰
刑罰 _{けいばつ}	(名) 刑罰
検事 _{けんじ}	(名)（法）檢察官
殺人 _{さつじん}	(名) 殺人，兇殺
死刑 _{しけい}	(名) 死刑，死罪
証拠 _{しょうこ}	(名) 證據，證明
法廷 _{ほうてい}	(名)（法）法庭
簡易 _{かんい}	(名・形動) 簡易，簡單，簡便

練習

I [a～e]の中から適当な言葉を選んで、（　　）に入れなさい。

a. 対決	b. 証拠	c. 訴訟	d. 処罰	e. 簡易

❶ 薬の副作用に苦しむ男性が、国を相手取って（　　　　　　　　）を起こした。

❷ 僕がカンニングをしたという（　　　　　　　　）があるんですか。

❸ 避難所生活では（　　　　　　　）トイレが大変重宝したそうだ。

❹ 被害者遺族は犯人に対し、重い（　　　　　　　　）を望んでいる。

II [a～e]の中から適当な言葉を選んで、（　　）に入れなさい。

a. 弁護	b. 条約	c. 検事	d. 執行	e. 調停

❶ 隣の人と騒音トラブルになり、（　　　　　　　　）を申し立てることになった。

❷ 勝ち目のない裁判の（　　　　　　　）を引き受けることになった。

❸ アフリカ象はワシントン（　　　　　　　　）によって輸出入が禁止されている。

❹ 酔って暴れた男が公務（　　　　　　）妨害で逮捕された。

III [a～e]の中から適当な言葉を選んで、（　　）に入れなさい。（必要なら形を変えなさい）

a. 保障される	b. 裁く	c. 制定される	d. 取り締まる	e. 禁じられる

❶ 去年耳の不自由な人のための手話言語条例が（　　　　　　）ことは進歩だ。

❷ この道はよく警察官がスピード違反を（　　　　　）いる。

❸ 言論の自由が（　　　　　　　）いることの大切さを考える。

❹ 試験会場への携帯電話の持ち込みは（　　　　　　）いる。

62 法律 (3)
ほうりつ
法律 (3)

◆ 犯罪 はんざい 犯罪

有様 ありさま	（名）様子，光景，情況，狀態
大事 おおごと	（名）重大事件，重要的事情
詐欺 さぎ	（名）詐欺，欺騙，詐騙
セキュリティー【security】	（名）安全，防盜；擔保
前科 ぜんか	（名）（法）前科，以前服過刑
セクハラ【sexual harassment 之略】	（名）性騷擾
手掛かり てがかり	（名）下手處，著力處；線索
手口 てぐち	（名）（做壞事等常用的）手段，手法
手錠 てじょう	（名）手銬
動機 どうき	（名）動機；直接原因
盗み ぬすみ	（名）偷盜，竊盜
パトカー【patrolcar 之略】	（名）警車（「パトロールカー之略」）
人質 ひとじち	（名）人質
関与 かんよ	（名・自サ）干與，參與
自首 じしゅ	（名・自サ）（法）自首
逃走 とうそう	（名・自サ）逃走，逃跑
逃亡 とうぼう	（名・自サ）逃走，逃跑，逃遁；亡命
手配 てはい	（名・自他サ）籌備，安排；（警察逮捕犯人的）部署，布置
暗殺 あんさつ	（名・他サ）暗殺，行刺
一掃 いっそう	（名・他サ）掃盡，清除

監視 かんし	（名・他サ）監視；監視人
偽造 ぎぞう	（名・他サ）偽造，假造
脅迫 きょうはく	（名・他サ）脅迫，威脅，恐嚇
拘束 こうそく	（名・他サ）約束，束縛，限制；截止
捜索 そうさく	（名・他サ）尋找，搜；（法）搜查（犯人、罪狀等）
捜査 そうさ	（名・他サ）搜查（犯人、罪狀等）；查訪，查找
追跡 ついせき	（名・他サ）追蹤，追緝，追趕
模倣 もほう	（名・他サ）模仿，仿照，仿效
誘拐 ゆうかい	（名・他サ）拐騙，誘拐，綁架
誘導 ゆうどう	（名・他サ）引導，誘導；導航
拉致 らち	（名・他サ）擄人劫持，強行帶走
悪 あく	（名・接頭）惡，壞；壞人；（道德上的）惡，壞；（性質）惡劣，醜惡
繋がる つな	（自五）連接，聯繫；（人）列隊，排列；牽連，有關係；（精神）連接在一起；被繫在…上，連成一排
逃げ出す にげだす	（自五）逃出，溜掉；拔腿就跑，開始逃跑
逃れる のがれる	（自下一）逃跑，逃脫；逃避，避免，躲避
侵す おかす	（他五）侵犯，侵害；侵襲；患，得（病）
さらう	（他五）攫，奪取，拐走；（把當場所有的全部）拿走，取得，贏走
突き飛ばす つきとばす	（他五）用力撞倒，撞出很遠

殴る <small>なぐ</small>	他五 毆打，揍；（接某些動詞下面成複合動詞）草草了事	免れる <small>まぬが</small>	他下一 免，避免，擺脫
逃す <small>のが</small>	他五 錯過，放過；（接尾詞用法）放過，漏掉	共 <small>きょう</small>	漢造 共同，一起
乗っ取る <small>の と</small>	他五（「のりとる」的音便）侵占，奪取，劫持		
引き起こす <small>ひ お</small>	他五 引起，引發；扶起，拉起		

練 習

Ⅰ [a～e]の中から適当な言葉を選んで、（　　）に入れなさい。

a. ありさま	b. 手掛かり <small>て が</small>	c. 捜査 <small>そう さ</small>	d. 手口 <small>て ぐち</small>	e. セクハラ

❶ 警察の（<small>けいさつ</small>　　　　　　　）が進むにつれて、意外な事実が明らかになってきた。<small>いがい</small> <small>じじつ</small> <small>あき</small>

❷ スリーサイズはもちろんのこと、体重を聞くのも（<small>たいじゅう</small> <small>き</small>　　　　　　　）ですよ。

❸ 詐欺集団の巧妙な（<small>さ ぎ しゅうだん</small> <small>こうみょう</small>　　　　　　　）に騙される人が後を絶たない。<small>だま</small> <small>ひと</small> <small>あと</small> <small>た</small>

❹ 警官が付近一帯を捜索したが、（<small>けいかん</small> <small>ふ きんいったい</small> <small>そうさく</small>　　　　　　　）は得られなかった。<small>え</small>

Ⅱ [a～e]の中から適当な言葉を選んで、（　　）に入れなさい。（必要なら形を変えなさい）

a. 関与する <small>かん よ</small>	b. 模倣する <small>も ほう</small>	c. 拘束する <small>こうそく</small>	d. 追跡する <small>ついせき</small>	e. 手配する <small>て はい</small>

❶ 来週の会議のお弁当50個、（<small>らいしゅう</small> <small>かい ぎ</small> <small>べんとう</small> <small>こ</small>　　　　　　　）ある？

❷ 役員のみならず社長も不正に（<small>やくいん</small> <small>しゃちょう</small> <small>ふ せい</small>　　　　　　　）いた疑いが出てきた。<small>うたが</small> <small>で</small>

❸ 後世、多くの著名な画家が彼の絵を（<small>こうせい</small> <small>おお</small> <small>ちょめい</small> <small>が か</small> <small>かれ</small> <small>え</small>　　　　　　　）いる。

❹ この薬が処方された患者をその後10年間、（<small>くすり</small> <small>しょほう</small> <small>かんじゃ</small> <small>あと</small> <small>ねんかん</small>　　　　　　　）調査した。<small>ちょう さ</small>

63 心理、感情 (1)
しんり　かんじょう

心理、感情(1)

◆ 心 (1)　心、內心 (1)
こころ

行き違い・行き違い (い ちが・ゆ ちが)	(名) 走岔開；（聯繫）弄錯，感情失和，不睦
意地 (い じ)	(名)（不好的）心術，用心；固執，倔強，意氣用事；志氣，逞強心
受け身 (う み)	(名) 被動，守勢，招架；（語法）被動式
感慨 (かんがい)	(名) 感慨
感度 (かん ど)	(名) 敏感程度，靈敏性
気合い (き あ)	(名) 氣勢，運氣時的聲音，吶喊；（聚精會神時的）氣勢；呼吸；情緒，性情
気心 (き ごころ)	(名) 性情，脾氣
上の空 (うわ そら)	(名・形動) 心不在焉，漫不經心
気兼ね (き が)	(名・自サ) 多心，客氣，拘束
浮気 (うわ き)	(名・自サ・形動) 見異思遷，心猿意馬；外遇
一新 (いっしん)	(名・自他サ) 刷新，革新
暗示 (あん じ)	(名・他サ) 暗示，示意，提示
あくどい	(形)（顏色）太濃艷；（味道）太膩；（行為）太過份讓人討厭，惡毒
きまり悪い (わる)	(形) 趕不上的意思；不好意思，拉不下臉，難為情，害羞，尷尬
気軽 (き がる)	(形動) 坦率，不受拘束；爽快；隨便
焦る (あせ)	(自五) 急躁，著急，匆忙
労る (いたわ)	(他五) 照顧，關懷；功勞；慰勞，安慰；（文）患病
えぐる	(他五) 挖；深挖，追究；（喻）挖苦，刺痛；絞割

追い込む (お こ)	(他五) 趕進；逼到，迫陷入；緊要，最後關頭加把勁；緊排，縮排（文字）；讓（病毒等）內攻
庇う (かば)	(他五) 庇護，袒護，保護
打ち明ける (う あ)	(他下一) 吐露，坦白，老實說
おだてる	(他下一) 慫恿，搧動；高捧，拍
思い詰める (おも つ)	(他下一) 想不開，鑽牛角尖
一心に (いっしん)	(副) 專心，一心一意
うんざり	(副・形動・自サ) 厭膩，厭煩，（興趣）索性
きっぱり	(副・自サ) 乾脆，斬釘截鐵；清楚，明確
気が重い (き おも)	(慣) 心情沉重
気が気でない (き き)	(慣) 焦慮，坐立不安
気が済む (き す)	(慣) 滿意，心情舒暢
気が向く (き む)	(慣) 心血來潮；有心

130

I [a ～ e]の中から適当な言葉を選んで、（　　　）に入れなさい。（必要なら形を変えなさい）

a. 一新する	b. 気兼ねする	c. 焦る	d. 庇う	e. 浮気する

❶ 困ったときはお互い様。（　　　　　　　　　　　）ずに何日でも泊ってください。

❷ 彼が、つい（　　　　　　　　）ちゃったけど君が一番だよって言うんだけど、どう思う？

❸ 自分の店の経営が悪くなり始めたと報告されたときは、本当に（　　　　　　　）。

❹ 最近不運続きなので、引っ越しでもして気分を（　　　　　　　）たい。

II [a ～ e]の中から適当な言葉を選んで、（　　　）に入れなさい。

a. きまり悪い	b. 気軽	c. あくどい	d. うんざり	e. 乏しい

❶ 君の自慢話は 100 回聞いた。もう（　　　　　　　　）だよ。

❷ いつでもお（　　　　　　　　）に遊びにいらしてください。

❸ 彼女とカフェにいたら、たまたま母親が入って来て、（　　　　　　　）思いをした。

❹ 1万円で買い取って5万円で売るとは、随分（　　　　　　　）商売をしてるな。

III [a ～ e]の中から適当な言葉を選んで、（　　　）に入れなさい。（必要なら形を変えなさい）

a. 暗示する	b. 拉致する	c. 労る	d. えぐる	e. おだてられる

❶ この映画は、平和な日常に慣れ切った私たちの心を（　　　　　　　）力作だ。

❷ 嵐の中の結婚式は、まるで二人の将来を（　　　　　　）かのようだった。

❸ メディアは、精一杯戦った彼を（　　　　　　）どころか、負けたことを責め続けた。

❹ この仕事は君にしかできないと（　　　　　　　）、つい引き受けてしまった。

64 心理、感情 (2)
しんり かんじょう

心理、感情 (2)

◆ 心 (2) 心、內心 (2)
こころ

きょうしゅう 郷愁	(名) 鄉愁，想念故鄉；懷念，思念	ゆうかん 勇敢	(名・形動) 勇敢
ここ ち 心地	(名) 心情，感覺	きょうかん 共感	(名・自サ) 同感，同情，共鳴
こころ え 心得	(名) 知識，經驗，體會；規章制度，須知；(下級代行上級職務) 代理，暫代	さっかく 錯覚	(名・自サ) 錯覺；錯誤的觀念；誤會，誤認為
こころ が 心掛け	(名) 留心，注意；努力，用心；人品，風格	しゅうちゃく 執着	(名・自サ) 迷戀，留戀，不肯捨棄，固執
こころづか 心遣い	(名) 關照，關心，照料	じ りつ 自立	(名・自サ) 自立，獨立
じ ざい 自在	(名) 自在，自如	ゆうえつ 優越	(名・自サ) 優越
じ ぜん 慈善	(名) 慈善	ゆうわく 誘惑	(名・他サ) 誘惑；引誘
じ そんしん 自尊心	(名) 自尊心	じょう 情	(名・漢造) 情，情感；同情；心情；表情；情慾
したごころ 下心	(名) 內心，本心；別有用心，企圖，(特指) 壞心腸	しん 心	(名・漢造) 心臟；內心；(燈、蠟燭的) 芯；(鉛筆的) 芯；(水果的) 核心；(身心的) 深處；精神，意識；核心
じょうちょ 情緒	(名) 情緒，情趣，風趣		
しんじょう 心情	(名) 心情	こころぐる 心苦しい	(形) 感到不安，過意不去，擔心
マンネリ 【mannerism 之略】	(名) 因循守舊，墨守成規，千篇一律，老套	こころづよ 心強い	(形) 因為有可依靠的對象而感到安心；有信心，有把握
や しん 野心	(名) 野心，雄心；陰謀	すがすが 清清しい	(形) 清爽，心情舒暢；爽快
ゆとり	(名) 餘地，寬裕	もの た 物足りない	(形) 感覺缺少什麼而不滿足；有缺憾，不完美；美中不足
り せい 理性	(名) 理性	ようじんぶか 用心深い	(形) 十分小心，十分謹慎
りょうしん 良心	(名) 良心	せつじつ 切実	(形動) 切實，迫切
そうかい 爽快	(名・形動) 爽快	きよ 清らか	(形動) 沒有污垢；清澈秀麗；清澈
たんちょう 単調	(名・形動) 單調，平庸，無變化	ロマンチック 【romantic】	(形動) 浪漫的，傳奇的，風流的，神祕的
み れん 未練	(名・形動) 不熟練，不成熟；依戀，戀戀不捨；不乾脆，怯懦	さわ 障る	(自五) 妨礙，阻礙，障礙；有壞影響，有害
む かんしん 無関心	(名・形動) 不關心；不感興趣		

添う <small>そ</small>	（自五）増添，加上，添上；緊跟，不離地跟隨；結成夫妻一起生活，結婚	乱す <small>みだ</small>	（他五）弄亂，攪亂
たるむ	（自五）鬆，鬆弛；彎曲，下沉；（精神）不振，鬆懈	揺さぶる <small>ゆ</small>	（他五）搖晃；震撼
盛り上がる <small>も あ</small>	（自五）（向上或向外）鼓起，隆起；（情緒、要求等）沸騰，高漲	心掛ける <small>こころ が</small>	（他下一）留心，注意，記在心裡
和らぐ <small>やわ</small>	（自五）變柔和，和緩起來	込める <small>こ</small>	（他下一）裝填；包括在內，計算在內；集中（精力），貫注（全神）
緩む <small>ゆる</small>	（自五）鬆散，緩和，鬆弛	やけに	（副）（俗）非常，很，特別
乱れる <small>みだ</small>	（自下一）亂，凌亂；紊亂，混亂	ちやほや	（副・他サ）溺愛，嬌寵；捧，奉承

練習

I [a～e]の中から適当な言葉を選んで、（　　）に入れなさい。

a. 無関心 <small>む かんしん</small>	b. 野心 <small>や しん</small>	c. ゆとり	d. マンネリ	e. 未練 <small>み れん</small>

❶ 人気ドラマも4期目ともなると、（　　　　　　　）化が否めない。
<small>にんき　　　　　き め　　　　　　　　　　　　　　　　　か　いな</small>

❷ 別れた妻への（　　　　　　　）を断ち切れずに、ストーカー行為に及んだという。
<small>わか　　つま　　　　　　　　　　　　た　き　　　　　　　　　　　こう い　　およ</small>

❸ 彼は昔から（　　　　　　　）が強く、そのための努力を惜しまない人間だった。
<small>かれ　むかし　　　　　　　　　　　つよ　　　　　　　　　どりょく　お　　　　にんげん</small>

❹ 今暮らしや働き方が大きく変わり、政治に（　　　　　　）であってはならない時代
<small>いまく　　　はたら　かた　おお　　か　　　せいじ　　　　　　　　　　　　　　　　じ だい</small>
に直面している。
<small>ちょくめん</small>

II [a～e]の中から適当な言葉を選んで、（　　）に入れなさい。（必要なら形を変えなさい）

a. 障る <small>さわ</small>	b. 添う <small>そ</small>	c. 心がける <small>こころ</small>	d. 緩む <small>ゆる</small>	e. 込める <small>こ</small>

❶ 近所の人には笑顔で挨拶するように（　　　　　　）いる。
<small>きんじょ　ひと　　　え がお　あいさつ</small>

❷ お二人が連れ（　　　　　　）歩く姿をよく見かけました。
<small>ふたり　　つ　　　　　　　　ある　すがた　　　み</small>

❸ 娘の写真を見るとつい頬が（　　　　　　）しまう。
<small>むすめ　しゃしん　み　　　　　ほほ</small>

❹ 妊婦さんが冷たいものばかり食べてたら、体に（　　　　　　）よ。
<small>にん ぷ　　　つめ　　　　　　　　た　　　　からだ</small>

65 心理、感情 (3)
しんり　かんじょう

心理、感情 (3)

◆ 心 (3)　心、內心 (3)
こころ

テンション【tension】	(名) 緊張，激動緊張
トラウマ【trauma】	(名) 精神性上的創傷，感情創傷，情緒創傷
内緒 (ないしょ)	(名) 瞞著別人，秘密
名残 (なごり)	(名)（臨別時）難分難捨的心情，依戀；臨別紀念；殘餘，遺跡
情け (なさけ)	(名) 仁慈，同情；人情，情義；（男女）戀情，愛情
慣れ (なれ)	(名) 習慣，熟習
人情 (にんじょう)	(名) 人情味，同情心；愛情
熱意 (ねつい)	(名) 熱情，熱忱
念入り (ねんいり)	(名) 精心、用心
恥 (はじ)	(名) 恥辱，羞恥，丟臉
ファイト【fight】	(名) 戰鬥，搏鬥，鬥爭；鬥志，戰鬥精神
プレッシャー【pressure】	(名) 壓強，壓力，強制，緊迫
平常 (へいじょう)	(名) 普通；平常，平素，往常
本音 (ほんね)	(名) 真正的音色；真話，真心話
本能 (ほんのう)	(名) 本能
真心 (まごころ)	(名) 真心，誠心，誠意
鈍感 (どんかん)	(名·形動) 對事情的感覺或反應遲鈍；反應慢；遲鈍
敏感 (びんかん)	(名·形動) 敏感，感覺敏銳
不意 (ふい)	(名·形動) 意外，突然，想不到，出其不意

不吉 (ふきつ)	(名·形動) 不吉利，不吉祥
不純 (ふじゅん)	(名·形動) 不純，不純真
無難 (ぶなん)	(名·形動) 無災無難，平安；無可非議，說得過去
本気 (ほんき)	(名·形動) 真的，真實；認真
まめ	(名·形動) 勤快，勤懇；忠實，認真，表裡一致，誠懇
同感 (どうかん)	(名·自サ) 同感，同意，贊同，同一見解
同情 (どうじょう)	(名·自サ) 同情
反応 (はんのう)	(名·自サ)（化學）反應；（對刺激的）反應；反響，效果
転換 (てんかん)	(名·自他サ) 轉換，轉變，調換
直感 (ちょっかん)	(名·他サ) 直覺，直感；直接觀察到
痛感 (つうかん)	(名·他サ) 痛感；深切地感受到
負担 (ふたん)	(名·他サ) 背負；負擔
内心 (ないしん)	(名·副) 內心，心中
尊い (とうと)	(形) 價值高的，珍貴的，寶貴的，可貴的
情け深い (なさ ぶか)	(形) 對人熱情，有同情心的樣子；熱心腸；仁慈
ほろ苦い (にが)	(形) 稍苦的
のどか	(形動) 安靜悠閒；舒適，閒適；天氣晴朗，氣溫適中；和煦
平然 (へいぜん)	(形動) 沉著，冷靜；不在乎；坦然
呆然 (ぼうぜん)	(形動) 茫然，呆然，呆呆地
耽る (ふけ)	(自五) 沉溺，耽於；埋頭，專心

まごつく	自五 慌張，驚慌失措，不知所措；徘徊，徬徨
尖る（とが）	自五 尖；（神經）緊張；不高興，冒火
突っ張る（つっぱ）	自他五 堅持，固執；（用手）推頂；繃緊，板起；抽筋，劇痛
募る（つの）	自他五 加重，加劇；募集，招募，徵集
恥じる（は）	自上一 害羞；慚愧
尊ぶ（とうと）	他五 尊敬，尊重；重視，珍重

恥じらう（は）	他五 害羞，羞澀
つくづく	副 仔細；痛切，深切；（古）呆呆，呆然
到底（とうてい）	副（下接否定，語氣強）無論如何也，怎麼也
なんだかんだ	連語 這樣那樣；這個那個
何でもかんでも（なん）	連語 一切，什麼都…，全部…；無論如何，務必

練習

I [a〜e]の中から適当な言葉を選んで、（　）に入れなさい。（必要なら形を変えなさい）

a. 反応する（はんのう）	b. 痛感する（つうかん）	c. 恥じらう（は）	d. まごつく	e. 転換する（てんかん）

❶ うちの犬は救急車（きゅうきゅうしゃ）のサイレンの音（おと）に（　　　　　）吠（ほ）えるんです。

❷ 20年（ねん）ぶりの東京（とうきょう）はすっかり変（か）わっていて、（　　　　　）しまった。

❸ コーヒーでも飲（の）んでちょっと気分（きぶん）（　　　　　）ら？

❹ 病気（びょうき）になって、家族（かぞく）の有難（ありがた）さを（　　　　　）いる。

II [a〜e]の中から適当な言葉を選んで、（　）に入れなさい。（必要なら形を変えなさい）

a. 無難（ぶなん）	b. 呆然（ぼうぜん）	c. 尊い（とうと）	d. のどか	e. 平然（へいぜん）

❶ もっと目立（めだ）たない感（かん）じの、（　　　　　）服（ふく）はないかな。

❷ あの状況（じょうきょう）で（　　　　　）と嘘（うそ）をついたとは、恐（おそ）ろしい男（おとこ）だ。

❸ 小（ちい）さな駅（えき）を出（で）ると、（　　　　　）田園風景（でんえんふうけい）が広（ひろ）がっていた。

❹ 私（わたし）たちの命（いのち）はすべて等（ひと）しく（　　　　　）ものだ。

66 心理、感情 (4)
しんり かんじょう

心理、感情 (4)

◆ 意志 (1)　意志 (1)
いし

諦め あきら	(名) 斷念，死心，達觀，想得開
後回し あとまわ	(名) 往後推，緩辦，延遲
意向 いこう	(名) 打算，意圖，意向
意思 いし	(名) 意思，想法，打算
祈り いの	(名) 祈禱，禱告
意欲 いよく	(名) 意志，熱情
志 こころざし	(名) 志願，志向，意圖；厚意，盛情；表達心意的禮物；略表心意
根気 こんき	(名) 耐性，毅力，精力
好調 こうちょう	(名·形動) 順利，情況良好
寄与 きよ	(名·自サ) 貢獻，奉獻，有助於…
向上 こうじょう	(名·自サ) 向上，進步，提高
辛抱 しんぼう	(名·自サ) 忍耐，忍受；（在同一處）耐，耐心工作
決意 けつい	(名·自他サ) 決心，決意；下決心
消去 しょうきょ	(名·自他サ) 消失，消去，塗掉；（數）消去法
意図 いと	(名·他サ) 心意，主意，企圖，打算
激励 げきれい	(名·他サ) 激勵，鼓勵，鞭策
決行 けっこう	(名·他サ) 斷然實行，決定實行
実践 じっせん	(名·他サ) 實踐，自己實行
主導 しゅどう	(名·他サ) 主導；主動
疎か おろそ	(形動) 將該做的事放置不管的樣子；忽略；草率

精一杯 せいいっぱい	(形動·副) 竭盡全力
挑む いど	(自他五) 挑戰；找碴；打破紀錄，征服；挑逗，調情
志す こころざ	(自他五) 立志，志向，志願
打ち込む う こ	(他五) 打進，釘進；射進，扣殺；用力扔到；猛撲，（圍棋）攻入對方陣地；灌水泥 (自五) 熱衷，埋頭努力；迷戀
冒す おか	(他五) 冒著，不顧；冒充
押し切る お き	(他五) 切斷；排除（困難、反對）
思い切る おも き	(他五) 斷念，死心
消し去る け さ	(他五) 消滅，消除
凌ぐ しの	(他五) 忍耐，忍受，抵禦；躲避，排除；闖過，擺脫，應付，冒著；凌駕，超過
強いる し	(他上一) 強迫，強使
固める かた	(他下一)（使物質等）凝固，堅硬；堆集到一處；堅定，使鞏固；加強防守；使安定，使走上正軌；組成
叶える かな	(他下一) 使…達到（目的），滿足…的願望
強いて し	(副) 強迫；勉強；一定…
すんなり (と)	(副·自サ) 苗條，細長，柔軟又有彈力；順利，容易，不費力
いざ	(感)（文）喂，來吧，好啦（表示催促、勸誘他人）；一旦（表示自己決心做某件事）

練習

Ⅰ [a〜e]の中から適当な言葉を選んで、（　　）に入れなさい。（必要なら形を変えなさい）

a. 思い詰める	b. 思い切る	c. 凌ぐ	d. 強いる	e. 叶える

❶ 失業者が街に溢れていて、教会が提供した食糧で飢えを（　　　　　　　　）いる。

❷ （　　　　　　　　）会社を辞めて、喫茶店を始めた。

❸ 彼は相手に同意を（　　　　　　　　）ような話し方をするので、ちょっと苦手だ。

❹ 家族の支えがあって初めて、私は夢を（　　　　　　　　）ことができた。

Ⅱ [a〜e]の中から適当な言葉を選んで、（　　）に入れなさい。

a. 激励	b. 辛抱	c. 意欲	d. 向上	e. 志

❶ 「改善」とは、常に（　　　　　　　　）心を忘れないということだ。

❷ うるさい部長は来年で定年だ。あと１年の（　　　　　　　　）だ。

❸ この広告が若年層の購買（　　　　　　　　）を掻き立てたといえる。

❹ 怪我で退場した選手に、観客席から（　　　　　　　　）の拍手が送られた。

Ⅲ [a〜e]の中から適当な言葉を選んで、（　　）に入れなさい。（必要なら形を変えなさい）

a. 固める	b. 意図する	c. 寄与する	d. 担う	e. 挑む

❶ 格上の相手にも恐れず（　　　　　　　　）勇気が、彼にメダルをもたらしたのだろう。

❷ 迷惑をかけたことは謝りますが、（　　　　　　　　）やったことではありません。

❸ 私が会った時には、彼はもう帰国の意志を（　　　　　　　　）いた。

❹ ギリシャ文明が人類の歴史に大きく（　　　　　　　　）ことは間違いない。

67 心理、感情 (5)

しんり、かんじょう

心理、感情 (5)

◆ 意志 (2)　意志 (2)

出直し でなお	(名) 回去再來，重新再來
忍耐 にんたい	(名) 忍耐
粘り ねば	(名) 黏性，黏度；堅韌頑強
見込み みこ	(名) 希望；可能性；預料，估計，預定
単刀直入 たんとうちょくにゅう	(名・形動) 一人揮刀衝入敵陣；直截了當
中途半端 ちゅうとはんば	(名・形動) 半途而廢，沒有完成，不夠徹底
挑戦 ちょうせん	(名・自サ) 挑戰
直面 ちょくめん	(名・自サ) 面對，面臨
着目 ちゃくもく	(名・自サ) 著眼，注目；著眼點
一苦労 ひとくろう	(名・自サ) 費一些力氣，花一番心力，操一些心
破壊 はかい	(名・自他サ) 破壞
待望 たいぼう	(名・他サ) 期待，渴望，等待
念願 ねんがん	(名・他サ) 願望，心願
要望 ようぼう	(名・他サ) 要求，迫切希望
欲 よく	(名・漢造) 慾望，貪心；希求
望ましい のぞ	(形) 所希望的；希望那樣；理想的；最好的…
待ち遠しい まちどお	(形) 盼望能盡早實現而等待的樣子；期盼已久的
欲深い よくぶか	(形) 貪而無厭，貪心不足的樣子
反する はん	(自サ) 違反；相反；造反
粘る ねば	(自五) 黏；有耐性，堅持

励む はげ	(自五) 努力，勤勉
耐える た	(自下一) 忍耐，忍受，容忍；擔負，禁得住；(同「堪える」)(不)值得，(不)堪
尽くす つ	(他五) 盡，竭盡；盡力
貫く つらぬ	(他五) 穿，穿透，穿過，貫穿；貫徹，達到
投げ出す なげだ	(他五) 拋出，扔下；拋棄，放棄；拿出，豁出，獻出
励ます はげ	(他五) 鼓勵，勉勵；激發；提高嗓門，聲音，厲聲
果たす は	(他五) 完成，實現，履行；(接在動詞連用形後) 表示完了，全部等；(宗)還願；(舊)結束生命
待ち望む まちのぞ	(他五) 期待，盼望
齎す もたら	(他五) 帶來；造成；帶來(好處)
遣り通す やとお	(他五) 做完，完成
遣り遂げる やと	(他下一) 徹底做到完，進行到底，完成
とどめる	(他下一) 停住，阻止，留下，遺留；止於(某限度)
努めて つと	(副) 盡力，盡可能，竭力；努力，特別注意
ひたすら	(副) 只願，一味

練 習

I [a〜e]の中から適当な言葉を選んで、(　　)に入れなさい。（必要なら形を変えなさい）

a. 耐える	b. 及ぼす	c. 励む	d. 貫く	e. もたらす

❶ あいつは役に立つどころか、我々のチームに面倒を（　　　　　　　　　　）ばかりだ。

❷ 神に人生を捧げた彼は、生涯独身を（　　　　　　　　　　）と記されている。

❸ 1ヶ月後に迫るコンクールに向けて、練習に（　　　　　　　　　　）いる。

❹ 厳しい練習に（　　　　　　　　　　）、ようやくレギュラーのポジションを得た。

II [a〜e]の中から適当な言葉を選んで、(　　)に入れなさい。（必要なら形を変えなさい）

a. 要望する	b. 直面する	c. 反する	d. 尽くされる	e. 着目する

❶ 当館の規則に（　　　　　　　　　　）行為をした者には罰金を科す。

❷ 緊急事態に（　　　　　　　　　　）とき、人は思いもよらない行動をする。

❸ 大豆の栄養価に（　　　　　　　　　　）健康食品がブームだ。

❹ 野イチゴはすっかり採り（　　　　　　　　　　）、ただの一粒も残っていなかった。

III [a〜e]の中から適当な言葉を選んで、(　　)に入れなさい。

a. 念願	b. 待望	c. 出直し	d. 見込み	e. 粘り

❶ 日本の男子テニス界に（　　　　　　　　　　）の大型新人が現れた。

❷ （　　　　　　　　　　）強く被災地の復興を支えていきたい。

❸ （　　　　　　　　　　）かなって、この春から本社勤務となりました。

❹ 社会人は卒業証明書を、学生は卒業（　　　　　　　　　　）証明書を提出のこと。

◆ 好き、嫌い　喜歡、討厭

憧れ	（名）憧憬，嚮往
自惚れ	（名）自滿，自負，自大
片思い	（名）單戀，單相思
食わず嫌い	（名）沒嘗過就先說討厭，（有成見而）不喜歡；故意討厭
好意	（名）好意，善意，美意
好評	（名）好評，稱讚
単独	（名）單獨行動，獨自
憎しみ	（名）憎恨，憎惡
反感	（名）反感
物好き	（名・形動）偏愛或觀看古怪東西的人；好事的人；好奇
一目惚れ	（名・自サ）（俗）一見鍾情
恋愛	（名・自サ）戀愛
軽蔑	（名・他サ）輕視，藐視，看不起
嗜好	（名・他サ）嗜好，愛好，興趣
嫉妬	（名・他サ）嫉妒
侮辱	（名・他サ）侮辱，凌辱
いやいや	（名・副）（小孩子搖頭表示不願意）搖頭；勉勉強強，不得已而…
汚らわしい	（形）好像對方的污穢要感染到自己身上一樣骯髒，討厭，卑鄙
好ましい	（形）因為符合心中的愛好與期望而喜歡；理想的，滿意的
渋い	（形）澀的；不高興或沒興致，悶悶不樂，陰沉；吝嗇的；厚重深沉，渾厚，雅致

見苦しい	（形）令人看不下去的；不好看，不體面；難看
嫌（に）	（形動・副）不喜歡；厭煩；不愉快；（俗）太；非常；離奇
むかつく	（自五）噁心，反胃；生氣，發怒
甘える	（自下一）撒嬌；利用…的機會，既然…就順從
汚れる	（自下一）髒
揉める	（自下一）發生糾紛，擔心
恋する	（自他サ）戀愛，愛
嘲笑う	（他五）嘲笑
汚す	（他五）弄髒；攪和
慕う	（他五）愛慕，懷念，思慕；敬慕，敬仰，景仰；追隨，跟隨
つつく	（他五）捅，叉，叼，啄；指責，挑毛病
妬む	（他五）忌妒，吃醋；妒恨
はまる	（他五）吻合，嵌入；剛好合適；中計，掉進，陷入；（俗）沉迷
傷付ける	（他下一）弄傷；弄出瑕疵，缺陷，毛病，傷痕，損害，損傷；敗壞
気に食わない	（慣）不稱心；看不順眼

◆ 喜び、笑い　高興、笑

感無量	（名・形動）（同「感慨無量」）感慨無量
充実	（名・自サ）充實，充沛
福	（名・漢造）福氣，幸福，幸運

くすぐったい	形 被搔攤到想發笑的感覺；發攤，攤攤的
こころよ 快い	形 高興，愉快，爽快；（病情）良好
こっけい 滑稽	形動 滑稽，可笑；詼諧
なご 和やか	形動 心情愉快，氣氛和諧；和睦

はず 弾む	自五 跳，蹦；（情緒）高漲；提高（聲音）；（呼吸）急促 他五（狠下心來）花大筆錢買
きょう 興じる	自上一（同「興ずる」）感覺有趣，愉快，以…自娛，取樂

68
心
理
、
感
情
(6)

練習

I [a～e]の中から適当な言葉を選んで、（　）に入れなさい。（必要なら形を変えなさい）

a. した 慕われる　b. はまる　c. も つつかれる　d. も 揉める　e. むかつく

❶ 巣の中の卵を採ろうとして、親鳥に（　　　　　　）しまった。

❷ 穴に（　　　　　　）出られなくなった子猫を助けた。

❸ あの子、自慢話ばっかりで、ほんとに（　　　　　　）ったらありゃしない。

❹ 彼女は子どもたちから（　　　　　　）いい先生だ。

II [a～e]の中から適当な言葉を選んで、（　）に入れなさい。（必要なら形を変えなさい）

a. けが 汚す　b. しっと 嫉妬する　c. たるむ　d. けいべつ 軽蔑する　e. あま 甘える

❶ 部下の手柄を自分のものだというのは、（　　　　　　）べき行為だと思う。

❷ 自慢の息子だった彼が、父親の名を（　　　　　　）ことになるとは皮肉だ。

❸ （　　　　　　）男たちによって、彼は社長の座から引きずり降ろされた。

❹ 君はまだ親から小遣いをもらってるのか。ずいぶん（　　　　　　）いるな。

69 心理、感情 (7)
しんり かんじょう

心理、感情 (7)

◆ 悲しみ、苦しみ　悲傷、痛苦
　かな　　くる

圧力 あつりょく	(名)(理)壓力；制伏力	
痛い目 いた め	(名)痛苦的經驗	
愚痴 ぐ ち	(名)(無用的，於事無補的)牢 騷，抱怨	
台無し だい な	(名)弄壞，毀損，糟蹋，完蛋	
悩み なや	(名)煩惱，苦惱，痛苦；病，患 病	
うつろ	(名・形動)空，空心，空洞；空虛， 發呆	
孤独 こ どく	(名・形動)孤獨，孤單	
悲惨 ひ さん	(名・形動)悲慘，悽慘	
憂鬱 ゆううつ	(名・形動)憂鬱，鬱悶；愁悶	
孤立 こ りつ	(名・自サ)孤立	
絶望 ぜつぼう	(名・自サ)絕望，無望	
戸惑い と まど	(名・自サ)困惑，不知所措	
苦 く	(名・漢造)苦(味)；痛苦；苦惱； 辛苦	
難 なん	(名・漢造)困難；災，苦難；責難， 問難	
心細い こころぼそ	(形)因為沒有依靠而感到不安； 沒有把握	
切ない せつ	(形)因傷心或眷戀而心中煩悶； 難受；苦惱，苦悶	
情けない なさ	(形)無情，沒有仁慈心；可憐， 悲慘；可恥，令人遺憾	
悩ましい なや	(形)因疾病或心中有苦處而難過， 難受；特指性慾受刺激而情緒不 安定；煩惱，苦惱	
はかない	(形)不確定，不可靠，渺茫；易 變的，無法長久的，無常	

空しい・虚しい むな　　　むな	(形)沒有內容，空的，空洞的； 付出努力卻無成果，徒然的，無 效的(名詞形為「空しさ」)	
脆い もろ	(形)易碎的，容易壞的，脆的； 容易動感情的，心軟，感情脆 弱；容易屈服，軟弱，窩囊	
痛切 つうせつ	(形動)痛切，深切，迫切	
落ち込む お こ	(自五)掉進，陷入；下陷；(成績、 行情)下跌；得到，落到手裡	
傷付く きず つ	(自五)受傷，負傷；弄出瑕疵， 缺陷，毛病；(威信、名聲等) 遭受損害或敗壞，(精神)受到 創傷	
戸惑う と まど	(自五)(夜裡醒來)迷迷糊糊，不 辨方向；找不到門；不知所措， 困惑	
嘆く なげ	(自五)嘆氣；悲嘆；嘆惋，慨嘆	
抱え込む かか こ	(他五)雙手抱住	
悩ます なや	(他五)使煩惱，煩擾，折磨；惱 人，迷人	
埋める う	(他下一)掩埋，填上；充滿，擠滿	
うざい	(俗語)陰鬱，鬱悶(「うざったい」 之略)	
がっくり	(副・自サ)頹喪，突然無力地	
くよくよ	(副・自サ)鬧彆扭；放在心上，想 不開，煩惱	

◆ 感謝、後悔　感謝、悔恨
　かんしゃ こうかい

大目 おお め	(名)寬恕，饒恕，容忍	
恵み めぐ	(名)恩惠，恩澤；周濟，施捨	
面目・面目 めんぼく　めんもく	(名)臉面，面目；名譽，威信， 體面	

無念 む ねん	名·形動 什麼也不想，無所牽掛；懊悔，悔恨，遺憾	惜しむ お	他五 吝惜，捨不得；惋惜，可惜
土下座 ど げ ざ	名·自サ 跪在地上；低姿態	恵む めぐ	他五 同情，憐憫；施捨，周濟
謝罪 しゃざい	名·自他サ 謝罪；賠禮	たまう	他五·補動·五型（敬）給，賜予；（接在動詞連用形下）表示對長上動作的敬意
勘弁 かんべん	名·他サ 饒恕，原諒，容忍；明辨是非		
後悔 こうかい	名·他サ 後悔，懊悔	悪しからず あ	連語·副 不要見怪；原諒
名誉 めい よ	名·造語 名譽，榮譽，光榮；體面；名譽頭銜	サンキュー 【thank you】	感 謝謝
叶う かな	自五 適合，符合，合乎；能，能做到；（希望等）能實現，能如願以償		

練 習

I [a～e]の中から適当な言葉を選んで、（　　）に入れなさい。（必要なら形を変えなさい）

a. 嘆く なげ	b. 恵まれる めぐ	c. 惜しむ お	d. 悩ます なや	e. 傷付く きずつ

❶ 浅田選手の引退を（　　　　　　　　）声が各国のファンから届けられた。
あさ だ せんしゅ　いんたい　　　　　　　　　　　　　こえ　かっこく　　　　　　　　とど

❷ 兄に比べて弟の僕は出来が悪いと、母がよく（　　　　　　）いたっけ。
あに　くら　おとうと　ぼく　で き　わる　　はは

❸ 尊敬できる先生、素晴らしい仲間に（　　　　　　　）幸せな学校生活でした。
そんけい　　　せんせい　す ば　　　なか ま　　　　　　　　　　しあわ　がっこうせいかつ

❹ 仕事が長続きしない息子のことで頭を（　　　　　　）いる。
し ごと　ながつづ　　　　　むす こ　　　　　あたま

II [a～e]の中から適当な言葉を選んで、（　　）に入れなさい。

a. 愚痴 ぐ ち	b. 戸惑い と まど	c. 面目 めんぼく	d. 台無し だい な	e. 孤独 こ どく

❶ 一人暮らしの高齢者の（　　　　　　　　）死が社会問題となっている。
ひとり ぐ　　　　こうれいしゃ　　　　　　　　　　し　しゃかいもんだい

❷ ちょっと漏らした（　　　　　　）が社長の耳に届いていて、肝を冷やした。
も　　　　　　　　　　　　しゃちょう　みみ　とど　　　　　　きも　ひ

❸ いつも厳しい先輩が急にニコニコ話しかけてきて（　　　　　）を覚えた。
きび　　せんぱい　きゅう　　　　　　はな　　　　　　　　　　　　　おぼ

❹ 時間厳守と言った自分が遅刻しては、皆に（　　　　　）が立たない。
じ かんげんしゅ　い　じ ぶん　ちこく　　　みな　　　　　　　　　た

70 心理、感情 (8)

しんり かんじょう

心理、感情 (8)

◆ 驚き、恐れ、怒り　驚懼、害怕、憤怒

いか 怒り	（名）憤怒，生氣
おそ 恐れ	（名）害怕，恐懼；擔心，擔憂，疑慮
おどろ 驚き	（名）驚恐，吃驚，驚愕，震驚
きょう い 驚異	（名）驚異，奇事，驚人的事
しょうげき 衝撃	（名）（精神的）打擊，衝擊；（理）衝撞
ちくしょう 畜生	（名）牲畜，畜生，動物；（罵人）畜生，混帳
はら だ 腹立ち	（名）憤怒，生氣
ひ めい 悲鳴	（名）悲鳴，哀鳴；驚叫，叫喊聲；叫苦，感到束手無策
たいまん 怠慢	（名·形動）怠慢，玩忽職守，鬆懈；不注意
ふ ふく 不服	（名·形動）不服從；抗議，異議；不滿意，不心服
ふんがい 憤慨	（名·自サ）憤慨，氣憤
へいこう 閉口	（名·自サ）閉口（無言）；為難，受不了；認輸
へきえき 辟易	（名·自サ）畏縮，退縮，屈服；感到為難，感到束手無策
どうよう 動揺	（名·自他サ）動搖，搖動，搖擺；（心神）不安，不平靜；異動
はんぱつ 反発	（名·自他サ）排斥，彈回；抗拒，不接受；反抗；（行情）回升
よくあつ 抑圧	（名·他サ）壓制，壓迫
うっとうしい	（形）天氣，心情等陰鬱不明朗；煩厭的，不痛快的
おっかない	（形）（俗）可怕的，令人害怕的，令人提心吊膽的

ば か ば か 馬鹿馬鹿しい	（形）毫無意義與價值，十分無聊，非常愚蠢
め ざ 目覚ましい	（形）好到令人吃驚的；驚人；突出
やばい	（形）（俗）不妙，危險
わずら 煩わしい	（形）複雜紛亂，非常麻煩；繁雜，繁複
ぶ き み 不気味	（形動）（不由得）令人毛骨悚然，令人害怕
おそ い 恐れ入る	（自五）真對不起；非常感激；佩服，認輸；感到意外；吃不消，為難
ののし 罵る	（自五）大聲吵鬧 （他五）罵，說壞話
こ 懲りる	（自上一）（因為吃過苦頭）不敢再嘗試
おび 怯える	（自下一）害怕，懼怕；做惡夢感到害怕
キレる	（自下一）（俗）突然生氣，發怒
とぼ とぼ 惚ける・恍ける	（自下一）（腦筋）遲鈍，發呆；裝糊塗，裝傻；出洋相，做滑稽愚蠢的言行
あざむ 欺く	（他五）欺騙；混淆；勝似，超過
おど おど 脅す・威す	（他五）威嚇，恐嚇，嚇唬
おびや 脅かす	（他五）威脅；威嚇，嚇唬；危及，威脅到
なじ 詰る	（他五）責備，責問
なんと	（副）怎麼，怎樣
かんかん	（副·形動）硬物相撞聲；火、陽光等炙熱強烈貌；大發脾氣

| はらはら | 副・自サ（樹葉、眼涙、水滴等）飄落或是簌簌落下貌；非常擔心的樣子 |

練習

Ⅰ [a～e]の中から適当な言葉を選んで、（　　）に入れなさい。（必要なら形を変えなさい）

| a. 懲りる　　b. 欺く　　c. 脅される　　d. 罵る　　e. 疑う |

❶ 互いに（　　　　　　　）合っても解決しないよ、冷静に話し合おう。

❷ この間、姪っ子を預かって（　　　　　　　）ちゃったよ。僕に子守りは無理だ。

❸ ごめんごめん、敵を（　　　　　　　）にはまず味方から、と言うじゃないか。

❹ ナイフで（　　　　　　）、財布を盗られた。

Ⅱ [a～e]の中から適当な言葉を選んで、（　　）に入れなさい。（必要なら形を変えなさい）

| a. ハラハラする　b. 動揺する　c. 抑圧される　d. 閉口する　e. とぼける |

❶ （　　　　　　　）な、君が食べたことは分かってるぞ。

❷ 彼の運転は乱暴で、乗せてもらっても（　　　　　　）気が休まらない。

❸ 良子おばさんの親切を通り越したお節介には（　　　　　）よ。

❹ 少数民族の人々の（　　　　　　）続けてきた歴史を学ぶ。

Ⅲ [a～e]の中から適当な言葉を選んで、（　　）に入れなさい。（必要なら形を変えなさい）

| a. 怠慢　　b. 馬鹿馬鹿しい　　c. 目覚ましい　　d. 不気味　　e. 煩わしい |

❶ あの（　　　　　　　）態度を見れば、彼がろくな仕事をしないことがわかる。

❷ 俺は社長の贅沢のために働いてるのか、（　　　　　　　）。

❸ 事務の効率化が進み、（　　　　　　）手続きが不要になった。

❹ 彼は次々と世界記録を更新し、（　　　　　　）活躍を遂げた。

71 思考、言語(1) 思考、語言(1)

◆ 思考　思考

意 い	(名) 心意，心情；想法；意思，意義
行い おこな	(名) 行為，形動；舉止，品行
思いつき おも	(名) 想起，（未經深思）隨便想；主意
見地 けんち	(名) 觀點，立場；（到建築預定地等）勘查土地
策 さく	(名) 計策，策略，手段；鞭策；手杖
建前 たてまえ	(名) 主義，方針，主張；外表；（建）上樑儀式
ネタ	(名)（俗）材料；證據
申し分 もうぶん	(名) 可挑剔之處，缺點；申辯的理由，意見
極端 きょくたん	(名・形動) 極端；頂端
依存・依存 いそん・いぞん	(名・自サ) 依存，依靠，賴以生存
同意 どうい	(名・自サ) 同義；同一意見，意見相同；同意，贊成
思考 しこう	(名・自他サ) 思考，考慮；思維
人違い ひとちが	(名・自他サ) 認錯人，弄錯人
構想 こうそう	(名・他サ)（方案、計畫等）設想；（作品、文章等）構思
念 ねん	(名・漢造) 念頭，心情，觀念；宿願；用心；思念，考慮
画期的 かっきてき	(形動) 劃時代的
柔軟 じゅうなん	(形動) 柔軟；頭腦靈活
薄弱 はくじゃく	(形動)（身體）軟弱，孱弱；（意志）不堅定，不強；不足
密か ひそか	(形動) 悄悄地不讓人知道的樣子；祕密，暗中；悄悄，偷偷

食い違う くちが	(自五) 不一致，有分歧；交錯，錯位
ありふれる	(自下一) 常有，不稀奇
冴える さ	(自下一) 寒冷，冷峭；清澈，鮮明；（心情、目光等）清醒，清爽；（頭腦、手腕等）靈敏，精巧，純熟
危ぶむ あや	(他五) 操心，擔心；認為靠不住，有風險
凝らす こ	(他五) 凝集，集中
練る ね	(他五)（用灰汁、肥皂等）熬成熟絲，熟絹；推敲，錘鍊（詩文等）；修養，鍛鍊 (自五) 成隊遊行
省みる かえり	(他上一) 反省，反躬，自問
顧みる かえり	(他上一) 往回看，回頭看；回顧；顧慮；關心，照顧
今更 いまさら	(副) 現在才…；（後常接否定語）現在開始；（後常接否定語）現在重新…；（後常接否定語）事到如今，已到了這種地步
辛うじて かろ	(副) 好不容易才…，勉勉強強地…
かなわない	(連語)（「かなう」的未然形＋ない）不是對手，敵不過，趕不上的
とんだ	(連體) 意想不到的（災難）；意外的（事故）；無法挽回的
がる	(接尾) 覺得…；自以為…
とって	(提助・接助)（助詞「とて」添加促音）（表示不應視為例外）就是，甚至；（表示把所說的事物做為對象加以提示）所謂；說是；即使說是；（常用「…こととて」表示不得已的原因）由於，因為

練 習

I [a～e]の中から適当な言葉を選んで、(　　)に入れなさい。

a. 念	b. 思考	c. 申し分ない	d. 同意	e. 対策

❶ この経歴なら(　　　　　　　　)。彼を採用しよう。

❷ (　　　　　　　　)のため、もう一度伺いますが、財布がなくなったのは昨日ですね。

❸ 本人の(　　　　　　　　)なしには、いかなる治療も行えません。

❹ くよくよするな。もっとプラス(　　　　　　　　)で行こう。

II [a～e]の中から適当な言葉を選んで、(　　)に入れなさい。(必要なら形を変えなさい)

a. 依存する	b. 携わる	c. 冴えない	d. ありふれる	e. 省みる

❶ (　　　　　　　　)顔してるね。奥さんとけんかでもしたの？

❷ 自らの行いを(　　　　　　　　)れば、そうそう他人を批判できるものではない。

❸ 素敵な音楽との出会い、つらい練習、すべてが音楽家の(　　　　　　　　)日常です。

❹ いくつになっても親に(　　　　　　　　)いる若者が少なくない。

III [a～e]の中から適当な言葉を選んで、(　　)に入れなさい。(必要なら形を変えなさい)

a. 危ぶまれる	b. 顧みる	c. 練る	d. 食い違う	e. 凝らす

❶ ゴシキドリがあの木の幹を突っついているよ。目を(　　　　　　　　)よく見てごらん。

❷ カメラマンは危険を(　　　　　　　　)ず、戦闘地域へ入って行った。

❸ 両国の関係悪化により、来月予定の首脳会談は、開催が(　　　　　　　　)いる。

❹ 目撃者二人の証言が(　　　　　　　　)おり、警察は頭を抱えている。

◆ 判断(1) 判断(1)

あかし 証	(名) 證據，證明	いかにも	(副) 的的確確，完全；實在；果然，的確
あ 当て	(名) 目的，目標；期待，依賴；撞，擊；墊敷物，墊布	かり 仮に	(副) 暫時；姑且；假設；即使
う け 打ち消し	(名) 消除，否認，否定；(語法) 否定	きわ 極めて	(副) 極，非常
かり 仮	(名) 暫時，暫且；假；假說	ことによると	(副) 可能，說不定，或許
きょくげん 極限	(名) 極限	さぞ	(副) 想必，一定是
ぎ わく 疑惑	(名) 疑惑，疑心，疑慮	さぞかし	(副)(「さぞ」的強調) 想必，一定
ごう い 合意	(名·自サ) 同意，達成協議，意見一致	さほど	(副)(後多接否定語) 並(不是)，並(不像)，也(不是)
かくてい 確定	(名·自他サ) 確定，決定	いかに	(副·感) 如何，怎麼樣；(後面多接「ても」) 無論怎樣也；怎麼樣；怎麼回事；(古) 喂
かくりつ 確立	(名·自他サ) 確立，確定		
かくしん 確信	(名·他サ) 確信，堅信，有把握	いかなる	(連體) 如何的，怎樣的，什麼樣的
こんどう 混同	(名·自他サ) 混同，混淆，混為一談	いず 何れも	(連語) 無論哪一個都，全都
きょぜつ 拒絶	(名·他サ) 拒絕		
きょ ひ 拒否	(名·他サ) 拒絕，否決		
イエス【yes】	(名·感) 是，對；同意		
あやふや	(形動) 態度不明確的；靠不住的樣子；含混的；曖昧的		
げんみつ 厳密	(形動) 嚴密；嚴格		
さっ 察する	(他サ) 推測，觀察，判斷，想像；體諒，諒察		
くつがえ 覆す	(他五) 打翻，弄翻，翻轉；(將政權、國家) 推翻，打倒；徹底改變，推翻(學說等)		
あ 敢えて	(副) 敢；硬是，勉強；(下接否定) 毫(不)，不見得		
あん じょう 案の定	(副) 果然，不出所料		

練習

I [a～e]の中から適当な言葉を選んで、（　　）に入れなさい。

a. 仮に	b. 敢えて	c. ことによると	d. さほど	e. 案の定

❶ この天気では、（　　　　　　　　　　）観測会は中止かもしれませんね。

❷ 問題は（　　　　　　　　　　）難しくないが、量が多いので時間との勝負だ。

❸ あんなやり方で上手くいくわけがない。（　　　　　　　　　　）、失敗したか。

❹ （　　　　　　　　　　）今1億円当たったとしても、僕はこの仕事をやめないよ。

II [a～e]の中から適当な言葉を選んで、（　　　）に入れなさい。

a. 仮	b. 混同	c. 当て	d. 合意	e. 確定

❶ 残念ながら延長される納期について、（　　　　　　　　　　）に至っておりません。

❷ お金のことなら、私を（　　　　　　　　　　）にしても駄目です。

❸ 会社の経費でデート？それって公私（　　　　　　　　　　）じゃありませんか。

❹ 10月の時点で、今年の営業成績1位は井上さんにほぼ（　　　　　　　　　　）だ。

III [a～e]の中から適当な言葉を選んで、（　　　）に入れなさい。（必要なら形を変えなさい）

a. 確信する	b. 確立する	c. 察する	d. 覆す	e. 拒否する

❶ 彼は強引にみえるが、人の気持ちを（　　　　　　　　　　）のが苦手なだけだ。

❷ 会社から早期退職を勧められたが、（　　　　　　　　　　）ことにした。

❸ 市長選挙は大方の予想を（　　　　　　　　　　）、新人の高野氏が当選した。

❹ 彼と話すうちに、この男が真犯人だと（　　　　　　　　　　）に至った。

149

73 思考、言語 (3)
しこう　げんご

思考、語言 (3)

◆ 判断 (2)　判斷 (2)
はんだん

自主 じしゅ	名 自由，自主，獨立
手回し てまわし	名 準備，安排，預先籌畫；用手搖動
精密 せいみつ	名・形動 精密，精確，細緻
対応 たいおう	名・自サ 對應，相對，對立；調和，均衡；適應，應付
対処 たいしょ	名・自サ 妥善處置，應付，應對
妥協 だきょう	名・自サ 妥協，和解
妥結 だけつ	名・自サ 妥協，談妥
相応 そうおう	名・自サ・形動 適合，相稱，適宜
下調べ したしらべ	名・他サ 預先調查，事前考察；預習
始末 しまつ	名・他サ（事情的）始末，原委；情況，狀況；處理，應付；儉省，節約
審査 しんさ	名・他サ 審查
信任 しんにん	名・他サ 信任
推測 すいそく	名・他サ 推測，猜測，估計
推理 すいり	名・他サ 推理，推論，推斷
是正 ぜせい	名・他サ 更正，糾正，訂正，矯正
束縛 そくばく	名・他サ 束縛，限制
阻止 そし	名・他サ 阻止，擋住，阻塞
断言 だんげん	名・他サ 斷言，斷定，肯定
大概 たいがい	名・副 大概，大略，大部分；差不多，不過份
制する せい	他サ 制止，壓制，控制；制定

咎める とが	他下一 責備，挑剔；盤問 自下一（傷口等）發炎，紅腫
さも	副（從一旁看來）非常，真是；那樣，好像
どうにか	副 想點法子；（經過一些曲折）總算，好歹，勉勉強強
取りあえず と	副 匆忙，急忙；（姑且）首先，暫且先
適宜 てきぎ	副・形動 適當，適宜；斟酌；隨意
断然 だんぜん	副・形動タルト 斷然；顯然，確實；堅決；（後接否定語）絕（不）
とかく	副・自サ 種種，這樣那樣（流言、風聞等）；動不動，總是；不知不覺就，沒一會就
それ故 ゆえ	連語・接續 因為那個，所以，正因為如此
だったら	接續 這樣的話，那樣的話
だと	格助（表示假定條件或確定條件）如果是…的話…

練習

I [a～e]の中から適当な言葉を選んで、（　　）に入れなさい。（必要なら形を変えなさい）

| a. 制する b. 阻止する c. 推測する d. 束縛される e. 断言する |

❶ 時間に（　　　　　　　　）サラリーマン生活が嫌になって起業した。

❷ 今手術しなければ手遅れになると（　　　　　　　）が、夫は聞かなかった。

❸ 彼は、廃校を（　　　　　　　）ために活動を始めた。

❹ 5時間の激闘を（　　　　　　　）優勝したのは、世界ランク98位の選手だった。

II [a～e]の中から適当な言葉を選んで、（　　）に入れなさい。

| a. 審査 b. 是正 c. 大概 d. 精密 e. 信任 |

❶ 人は思考を放棄さえしなければ、（　　　　　　　）のことは自分で解決できる。

❷ 大統領からは貿易不均衡の（　　　　　　　）を求める発言があった。

❸ 全国吹奏楽コンクールの（　　　　　　　）員を務めている。

❹ 知事は（　　　　　　　）投票で、多くの議員の支持を集めて勝利した。

III [a～e]の中から適当な言葉を選んで、（　　）に入れなさい。（必要なら形を変えなさい）

| a. 始末する b. 推理する c. 相応する d. 咎める e. 下調べする |

❶ 来日する友達を案内する前に、東京の街を（　　　　　　　）おこう。

❷ 先生はミスをした学生を（　　　　　　　）ことなく、ただ実験のやり直しを命じた。

❸ この袋は誰の？自分のゴミは自分で（　　　　　　　）ね。

❹ 誰が犯人か、（　　　　　　　）ながら読み進めるのが楽しい。

74 思考、言語 (4) 思考、語言 (4)

◆ 判断 (3) 判斷 (3)

必然 ひつぜん	(名) 必然
ベスト【best】	(名) 最好，最上等，最善，全力
見通し みとお	(名) 一直看下去；(對前景等的) 預料，推測
無断 むだん	(名) 擅自，私自，事前未經允許，自作主張
無用 むよう	(名) 不起作用，無用處；無需，沒必要
善し悪し よあ	(名) 善惡，好壞；有利有弊，善惡難明
不可欠 ふかけつ	(名・形動) 不可缺，必需
不審 ふしん	(名・形動) 懷疑，疑惑；不清楚，可疑
便宜 べんぎ	(名・形動) 方便，便利；權宜
無闇 (に) むやみ	(名・形動)(不加思索的) 胡亂，輕率；過度，不必要
ろく	(名・形動・副)(物體的形狀) 端正，平正；正常，普通；像樣的，令人滿意的；好的；正經的，好好的，認真的；(下接否定) 很好地，令人滿意地，正經地
認識 にんしき	(名・他サ) 認識，理解
判定 はんてい	(名・他サ) 判定，判斷，判決
放棄 ほうき	(名・他サ) 放棄，喪失
抑制 よくせい	(名・他サ) 抑制，制止
類推 るいすい	(名・他サ) 類推；類比推理
良し よ	(形)(「よい」的文語形式) 好，行，可以

控える ひか	(自下一) 在旁等候，待命 (他下一) 拉住，勒住；控制，抑制；節制；暫時不…；面臨，靠近；(備忘) 記下；(言行) 保守，穩健
紛れる まぎ	(自下一) 混入，混進；(因受某事物吸引) 注意力分散，暫時忘掉，消解
要する よう	(他サ) 需要；埋伏；摘要，歸納
図る・謀る はかはか	(他五) 圖謀，策劃；謀算，欺騙；意料；謀求
阻む はば	(他五) 阻礙，阻止
見なす み	(他五) 視為，認為，看成；當作
見計らう みはか	(他五) 斟酌，看著辦，選擇
見合わせる みあ	(他下一)(面面) 相視；暫停，暫不進行；對照
目論む もくろ	(他五) 計畫，籌畫，企圖，圖謀
取り混ぜる とま	(他下一) 攪混，混在一起
なおさら	(副) 更加，越，更
なるたけ	(副) 盡量，儘可能
まして	(副) 何況，況且；(古) 更加
専ら もっぱ	(副) 專門，主要，淨；(文) 專擅，獨攬
わざわざ	(副) 特意，特地；故意地
何だか なん	(連語) 是什麼；(不知道為什麼) 總覺得，不由得
もしくは	(接續)(文) 或，或者
故 (に) ゆえ	(接續・接助) 理由，緣故；(某) 情況；(前接體言表示原因) 因為

152

練 習

Ⅰ [a～e]の中から適当な言葉を選んで、（　　）に入れなさい。（必要なら形を変えなさい）

a. 見計らう	b. 目論む	c. 見なす	d. 阻む	e. 類推する

❶ それは大統領暗殺を（　　　　　　　　）テロリストによる犯行だった。

❷ 話し方から（　　　　　　　　）と彼は外国育ちだ。

❸ 10分以上の遅刻は欠席と（　　　　　　　　）。

❹ 私はこの映画に、ヒーローの行く手を（　　　　　　　　）悪者の役で出ています。

Ⅱ [a～e]の中から適当な言葉を選んで、（　　）に入れなさい。（必要なら形を変えなさい）

a. 放棄する	b. 図る	c. 抑制する	d. 紛れる	e. 要する

❶ 男は電車を降りると、ホームの人込みに（　　　　　　　　）姿を消した。

❷ 攻撃性を（　　　　　　　　）として、壁をピンク色にする刑務所があるそうだ。

❸ 焼失した寺の再建には相当な時間を（　　　　　　　　）だろう。

❹ 彼は莫大な遺産を相続する権利を（　　　　　　　　）そうだ。

Ⅲ [a～e]の中から適当な言葉を選んで、（　　）に入れなさい。

a. 見通し	b. 不可欠	c. 認識	d. 無用	e. 無断

❶ 会社のボールペンを（　　　　　　　　）で持ち出すのは、規則で禁止されていますよ。

❷ 育児は母親の仕事だという（　　　　　　　　）がようやく変わりつつある。

❸ 体調はすっかりよくなりましたから、お気遣いは（　　　　　　　　）です。

❹ 開店後2か月で固定客もつき、今後の（　　　　　　　　）は明るい。

75 思考、言語 (5)
しこう げんご

思考、語言 (5)

◆ 理解 (1) 理解 (1)
りかい

オプション 【option】	(名) 選擇，取捨
カテゴリ（ー） 【(德) Kategorie】	(名) 種類，部屬；範疇
形跡 けいせき	(名) 形跡，痕跡
形態 けいたい	(名) 型態，形狀，樣子
件 けん	(名) 事情，事件；（助數詞用法）件
試み こころ	(名) 試，嘗試
事柄 ことがら	(名) 事情，情況，事態
差異 さい	(名) 差異，差別
調べ しら	(名) 調查，審問；檢查；（音樂的）演奏；調音；（音樂、詩歌）音調
清濁 せいだく	(名) 清濁；（人的）正邪，善惡；清音和濁音
アプローチ 【approach】	(名·自サ) 接近，靠近；探討，研究
該当 がいとう	(名·自サ) 相當，適合，符合（某規定、條件等）
合致 がっち	(名·自サ) 一致，符合，吻合
出現 しゅつげん	(名·自サ) 出現
解明 かいめい	(名·他サ) 解釋清楚
吟味 ぎんみ	(名·他サ)（吟頌詩歌）仔細體會，玩味；（仔細）斟酌，考慮
採集 さいしゅう	(名·他サ) 採集，搜集
収集 しゅうしゅう	(名·他サ) 收集，蒐集

照合 しょうごう	(名·他サ) 對照，校對，核對（帳目等）
承諾 しょうだく	(名·他サ) 承諾，應允，允許
対比 たいひ	(名·他サ) 對比，對照
打開 だかい	(名·他サ) 打開，開闢（途徑），解決（問題）
大体 だいたい	(名·副) 大抵，概要，輪廓；大致，大部分；本來，根本
整然 せいぜん	(形動) 整齊，井然，有條不紊
具わる・備わる そな そな	(自五) 具有，設有，具備
仕切る しき	(他五·自五) 隔開，間隔開，區分開；結帳，清帳；完結，了結
悟る さと	(他五) 醒悟，覺悟，理解，認識；察覺，發覺，看破；（佛）悟道，了悟
試みる こころ	(他上一) 試試，試驗一下
難い がた	(接尾) 上接動詞連用形，表示「很難（做）…」的意思
系 けい	(漢造) 系統；系列；系別；（地層的年代區分）系

154

練 習

Ⅰ [a～e]の中から適当な言葉を選んで、（　　）に入れなさい。

a. カテゴリ	b. 清濁	c. 収集	d. 承諾	e. アプローチ

❶ 理想と現実は違う。君も大人になって（　　　　　　　）併せ呑むことだ。

❷ 私はオタクではない。（　　　　　　　）家と呼んでほしい。

❸ 教育現場で起こる問題には、心理学的な（　　　　　　　）が必要だ。

❹ 研究開発費の追加申請に関して、部長の（　　　　　　　）を得た。

Ⅱ [a～e]の中から適当な言葉を選んで、（　　）に入れなさい。（必要なら形を変えなさい）

a. 該当する	b. 悟る	c. 合流する	d. 吟味する	e. 試みる

❶ 日本料理はまず料理の素材を（　　　　　　　）ところから始まる。

❷ 下記の条件に（　　　　　　　）学生は、学費が免除されます。

❸ 住宅街に猪が出て、警察が捕獲を（　　　　　　　）が失敗した。

❹ 負けた瞬間、私が彼に敵うわけがなかったのだと（　　　　　　　）んです。

Ⅲ [a～e]の中から適当な言葉を選んで、（　　）に入れなさい。（必要なら形を変えなさい）

a. 解明する	b. 照合する	c. 打開する	d. 仕切る	e. 備わる

❶ 君の指紋と現場に残された指紋とを（　　　　　　　）れば分かることだ。

❷ 両国の緊張状態を（　　　　　　　）べく、A国が仲裁を申し出た。

❸ 警察は真相を（　　　　　　　）ために、捜査を始めた。

❹ 彼には生まれつき数学の才能が（　　　　　　　）いた。

76 思考、言語 (6) 思考、語言 (6)

Track 76

◆ 理解 (2) 理解 (2)

詞彙	詞性	意思
辻褄 つじつま	(名)	邏輯，條理，道理；前後，首尾
要因 よういん	(名)	主要原因，主要因素
様相 ようそう	(名)	樣子，情況，形勢；模樣
由 よし	(名)	(文) 緣故，理由；方法手段；線索；(所講的事情的) 內容，情況；(以「…のよし」的形式) 聽說
明白 めいはく	(名・形動)	明白，明顯
適応 てきおう	(名・自サ)	適應，適合，順應
分散 ぶんさん	(名・自サ)	分散，開散
模索 もさく	(名・自サ)	摸索；探尋
類似 るいじ	(名・自サ)	類似，相似
探検 たんけん	(名・他サ)	探險，探查
追及 ついきゅう	(名・他サ)	追上，趕上；追究
点検 てんけん	(名・他サ)	檢點，檢查
分別 ぶんべつ	(名・他サ)	分別，區別，分類
了解 りょうかい	(名・他サ)	了解，理解；領會，明白；諒解
取り分け とりわけ	(名・副)	分成份；(相撲) 平局，平手；特別，格外，分外
類 るい	(名・接尾・漢造)	種類，類型，同類；類似
漠然 ばくぜん	(形動)	含糊，籠統，曖昧，不明確
明瞭 めいりょう	(形動)	明白，明瞭，明確
取り組む とりくむ	(自五)	(相撲) 互相扭住；和…交手；開 (匯票)；簽訂 (合約)；埋頭研究

詞彙	詞性	意思
読み取る よみとる	(自五)	領會，讀懂，看明白，理解
遂げる とげる	(他下一)	完成，實現，達到；終於
整える・調える ととのえる・ととのえる	(他下一)	整理，整頓；準備；達成協議，談妥
まるっきり	(副)	(「まるきり」的強調形式，後接否定語) 完全，簡直，根本
なんか	(副助)	(推一個例子意指其餘) 之類，等等，什麼的

◆ 知識 (1) 知識 (1)

詞彙	詞性	意思
方式 ほうしき	(名)	方式；手續；方法
本格 ほんかく	(名)	正式
本質 ほんしつ	(名)	本質
本体 ほんたい	(名)	真相，本來面目；(哲) 實體，本質；本體，主要部份
未知 みち	(名)	未定，不知道，未決定
無知 むち	(名)	沒知識，無智慧，愚笨
目論見 もくろみ	(名)	計畫，意圖，企圖
様式 ようしき	(名)	樣式，方式；一定的形式，格式；(詩、建築等) 風格
用法 ようほう	(名)	用法
理屈 りくつ	(名)	理由，道理；(為堅持己見而捏造的) 歪理，藉口
利点 りてん	(名)	優點，長處
良識 りょうしき	(名)	正確的見識，健全的判斷力
理論 りろん	(名)	理論
論理 ろんり	(名)	邏輯；道理，規律；情理

無意味 むいみ	(名・形動) 無意義，沒意思，沒價值，無聊	見落とす みお	(他五) 看漏，忽略，漏掉
予感 よかん	(名・他サ) 預感，先知，預兆	まさしく	(副) 的確，沒錯；正是
誠 まこと	(名・副) 真實，事實；誠意，真誠，誠心；誠然，的確，非常	余程 よほど	(副) 頗，很，相當，在很大程度上；很想…，差一點就…
ややこしい	(形) 錯綜複雜，弄不明白的樣子，費解，繁雜	よって	(接續) 因此，所以
歪む ゆが	(自五) 歪斜，歪扭；（性格等）乖僻，扭曲	見知らぬ みし	(連體) 未見過的

練習

I [a～e]の中から適当な言葉を選んで、（　　）に入れなさい。

a. 様相 ようそう	b. 未知 みち	c. 理屈 りくつ	d. 要因 よういん	e. 点検 てんけん

❶ （　　　　　　　　）ではそうだが、何事も（　　　　　　　　）通りにはいかないものだ。

❷ セレブのパーティーは私にとって（　　　　　　　　）の世界だった。

❸ ガス設備の（　　　　　　　　）は４年に１回以上と決まっている。

❹ この失敗の（　　　　　　　　）は、見通しの甘さとそれに伴う準備の遅れだ。

II [a～e]の中から適当な言葉を選んで、（　　）に入れなさい。（必要なら形を変えなさい）

a. 追及する ついきゅう	b. 分散する ぶんさん	c. 適応する てきおう	d. 分別する ぶんべつ	e. 探検する たんけん

❶ 彼の死後、数少ない作品も全国に（　　　　　　　　）しまった。

❷ 業績悪化に関して、経営陣の責任を（　　　　　　　　）。

❸ これまで「燃やせるごみ」として処理していた「食用油」を、資源物として
（　　　　　　　　）ことになった。

❹ 地球上の生物は、環境の変化に（　　　　　　　　）進化を続けてきた。

◆ 知識 (2)　知識 (2)

ちしき

いちりつ **一律**	(名) 同様的音律；一様，一律，千篇一律
いろん **異論**	(名) 異議，不同意見
うそ **嘘つき**	(名) 說謊；說謊的人；吹牛的廣告
おおすじ **大筋**	(名) 內容提要，主要內容，要點，梗概
おぼ **覚え**	(名) 記憶，記憶力；體驗，經驗；自信，信心；信任，器重；記事
おもむき **趣**	(名) 旨趣，大意；風趣，雅趣；風格，韻味；景象；局面，情形
がいねん **概念**	(名)(哲)概念；概念的理解
かんてん **観点**	(名) 觀點，看法，見解
ぎのう **技能**	(名) 技能，本領
きゃっかん **客観**	(名) 客觀
けが **汚れ**	(名) 污垢
ごさ **誤差**	(名) 誤差；差錯
いちよう **一様**	(名·形動) 一様；平常；平等
い **異**	(名·形動) 差異，不同；奇異，奇怪；別的，別處的
かんけつ **簡潔**	(名·形動) 簡潔
きゅうきょく **究極**	(名·自サ) 畢竟，究竟，最終
がいせつ **概説**	(名·他サ) 概說，概述，概論
きょうくん **教訓**	(名·他サ) 教訓，規戒
がいりゃく **概略**	(名·副) 概略，梗概，概要；大致，大體
いちじる **著しい**	(形) 非常明顯；顯著地突出；顯然

おろ **愚か**	(形動) 智力或思考能力不足的樣子；不聰明；愚蠢，愚昧，糊塗
こうみょう **巧妙**	(形動) 巧妙
あん **案じる**	(他上一) 掛念，擔心；(文)思索
おも おも **重んじる・重んずる**	(他上一・他サ) 注重，重視；尊重，器重，敬重
いちがい **一概に**	(副) 一概，一律，沒有例外地(常和否定詞相應)
おの **自ずから**	(副) 自然而然地，自然就
おの **自ずと**	(副) 自然而然地
いた **至って**	(副·連語)(文)很，極，甚；(用「に至って」的形式)至，至於
し **いざ知らず**	(慣) 姑且不談；還情有可原

練習

Ⅰ [a～e]の中から適当な言葉を選んで、（　　）に入れなさい。（必要なら形を変えなさい）

a. 案じる	b. 重んじる	c. 概説する	d. 控える	e. 添付する

❶ 我が校は、他人を思いやる心と豊かな人間性を育み、責任を（　　　　　　　　）自律的な人格を育成することを目指しています。

❷ 次の時間は日本近代史について（　　　　　　　　）たいと思います。

❸ 田舎に住む親を（　　　　　　　　）ながら都会で働いている人は多い。

❹ 体調がよくないので、最近はお酒を（　　　　　　　）いる。

Ⅱ [a～e]の中から適当な言葉を選んで、（　　）に入れなさい。

a. 概略	b. 異	c. 教訓	d. 究極	e. 効率

❶ 本図は都市計画の（　　　　　　　　）を示すものです。

❷ こちらは最高級の牛肉を使った（　　　　　　　　）のスープです。

❸ そう落ち込むな。大事な（　　　　　　　　）を得たと思えばいい。

❹ 検査でも手術でも、医師の提案に（　　　　　　　　）を唱える人はそう多くありません。

Ⅲ [a～e]の中から適当な言葉を選んで、（　　）に入れなさい。（必要なら形を変えなさい）

a. 著しい	b. うっとうしい	c. 一様	d. 愚か	e. 簡潔

❶ これは、小さな欲に負けて一生を棒に振った、（　　　　　　　　）男の話だ。

❷ 医者の勧めで新薬を使ってみたが、（　　　　　　　　）効果は認められなかった。

❸ カメラの前の子どもたちは皆（　　　　　　　　）に、笑顔を作ってポーズを取った。

❹ 筆者の言いたいことは何か。（　　　　　　　　）に述べよ。

78 思考、言語 (8) 思考、語言 (8)

◆ 知識 (3)　知識 (3)

こつ	名 訣竅，技巧，要訣
根拠	名 根據
根底	名 根底，基礎
根本	名 根本，根源，基礎
最善	名 最善，最好；全力
錯誤	名 錯誤；（主觀認識與客觀實際的）不相符，謬誤
仕組み	名 結構，構造；（戲劇，小說等）結構，劇情；企畫，計畫
実質	名 實質，本質，實際的內容
実情	名 實情，真情；實際情況
実態	名 實際狀態，實情
視点	名（畫）（遠近法的）視點；視線集中點；觀點
視野	名 視野；（觀察事物的）見識，眼界，眼光
主観	名（哲）主觀
趣旨	名 宗旨，趣旨；（文章、說話的）主要內容，意思
主体	名（行為，作用的）主體；事物的主要部分，核心；有意識的人
仕様	名 方法，辦法，作法
真相	名（事件的）真相
真理	名 道理；合理；真理，正確的道理
成果	名 成果，結果，成績
正義	名 正義，道義；正確的意思

善悪	名 善惡，好壞，良否
正常	名・形動 正常
正当	名・形動 正當，合理，合法，公正
正解	名・他サ 正確的理解，正確答案
正当化	名・他サ 使正當化，使合法化
真実	名・形動・副 真實，事實，實在；實在地
実	名・漢造 實際，真實；忠實，誠意；實質，實體；實的；（讀作「み」時）籽
御尤も	形動 對，正確；肯定
殊に	副 特別，格外
ずばり	副 鋒利貌，喀嚓；（說話）一語道破，擊中要害，一針見血
しかしながら	接續（「しかし」的強調）可是，然而；完全

Ⅰ [a～e]の中から適当な言葉を選んで、(　　)に入れなさい。

a. 実（じっ）	b. 視点（してん）	c. 仕様（しよう）	d. 真理（しんり）	e. 最善（さいぜん）

❶ 両親（りょうしん）は娘（むすめ）に (　　　　　　) の治療（ちりょう）を施（ほどこ）すために、休（やす）まず働（はたら）いた。

❷ あの先生（せんせい）は一見（いっけん）怖（こわ）いけど、(　　　　　　) は生徒思（せいとおも）いのいい先生（せんせい）なんだ。

❸ 彼（かれ）は生涯（しょうがい）をかけて、科学（かがく）の (　　　　　　) を追究（ついきゅう）したといえる。

❹ こちらのジャケットは麻（あさ）を使（つか）った夏（なつ）(　　　　　　) となっております。

Ⅱ [a～e]の中から適当な言葉を選んで、(　　)に入れなさい。

a. 無闇（むやみ）	b. 成果（せいか）	c. 真相（しんそう）	d. 善悪（ぜんあく）	e. 主体（しゅたい）

❶ 犯人（はんにん）が自首（じしゅ）した。これで事件（じけん）の (　　　　　　) が明（あき）らかになるだろう。

❷ 勉強（べんきょう）も部活同様（ぶかつどうよう）に、望（のぞ）ましい (　　　　　　) を得（え）るには練習量（れんしゅうりょう）が大事（だいじ）なんです。

❸ 私（わたし）の上司（じょうし）は、黙（だま）って命令（めいれい）に従（したが）えと言（い）いつつ、もっと (　　　　　　) 性（せい）を持（も）てと言（い）う。

❹ (　　　　　　) の判（わか）らない若者（わかもの）が増（ふ）えているというが、本当（ほんとう）だろうか。

Ⅲ [a～e]の中から適当な言葉を選んで、(　　)に入れなさい。

a. 視野（しや）	b. 正義（せいぎ）	c. 実態（じったい）	d. 主観（しゅかん）	e. 正解（せいかい）

❶ この問題（もんだい）には (　　　　　　) が二（ふた）つある。

❷ 政治（せいじ）は一寸先（いっすんさき）は闇（やみ）、(　　　　　　) を貫（つらぬ）いてこそ国民（こくみん）も信頼（しんらい）する。

❸ 自分（じぶん）と違（ちが）う考（かんが）えは間違（まちが）っていると思（おも）い込（こ）んでいるとは、(　　　　　　) が狭（せま）いと言（い）わざるを得（え）ない。

❹ この絵（え）が美（うつく）しいというのはあくまでも私（わたし）の (　　　　　　) だ。

79 思考、言語(9)
しこう げんご

思考、語言(9)

◆ 知識(4)　知識(4)
ちしき

センス【sense】	(名)	感覺，官能，靈機；觀念；理性，理智；判斷力，見識，品味
前提 ぜんてい	(名)	前提，前提條件
知性 ちせい	(名)	智力，理智，才智，才能
通常 つうじょう	(名)	通常，平常，普通
手際 てぎわ	(名)	(處理事情的)手法，技巧；手腕，本領；做出的結果
特技 とくぎ	(名)	特別技能(技術)
にせ物 もの	(名)	假冒者，冒充者，假冒的東西
歪み ひず	(名)	歪斜，曲翹；(喻)不良影響；(理)形變
物議 ぶつぎ	(名)	群眾的批評
普遍 ふへん	(名)	普遍；(哲)共性
不明 ふめい	(名)	不詳，不清楚；見識少，無能；盲目，沒有眼光
偏見 へんけん	(名)	偏見，偏執
ポイント【point】	(名)	點，句點；小數點；重點；地點；(體)得分
巧み たく	(名・形動)	技巧，技術；取巧，矯揉造作；詭計，陰謀；巧妙，精巧
人並み ひとな	(名・形動)	普通，一般
悲観 ひかん	(名・自他サ)	悲觀
定義 ていぎ	(名・他サ)	定義
把握 はあく	(名・他サ)	掌握，充分理解，抓住
並・並み なみ な	(名・造語)	普通，一般，平常；排列；同樣；每

たやすい	(形)	不難，容易做到，輕而易舉
名高い なだか	(形)	有名，著名；出名
生々しい なまなま	(形)	生動的；鮮明的；非常新的
知的 ちてき	(形動)	智慧的；理性的
似通う にかよ	(自五)	類似，相似
ひずむ	(自五)	變形，歪斜
違える ちが	(他下一)	使不同，改變；弄錯，錯誤；扭到(筋骨)
踏まえる ふ	(他下一)	踏，踩；根據，依據
ばっちり	(副)	完美地，充分地
にもかかわらず	(連語・接續)	雖然…可是；儘管…還是；儘管…可是

練 習

Ⅰ [a〜e]の中から適当な言葉を選んで、(　　)に入れなさい。

a. 人並	b. センス	c. にせもの	d. 定義	e. 前提

❶ 自分が正しいという(　　　　　　　　)で話されても、納得できない。

❷ あの選手はまだまだ未熟だがキラリと光る(　　　　　　　)がある。

❸ セクハラにはきちんと(　　　　　　　)があって、法務省の HP に載っているそうだ。

❹ 私は学がないので息子たちには(　　　　　　　)の教育を受けさせたい。

Ⅱ [a〜e]の中から適当な言葉を選んで、(　　)に入れなさい。（必要なら形を変えなさい）

a. 把握する	b. ひずむ	c. 悲観する	d. 除く	e. 踏まえる

❶ そんなに(　　　　　　　)ないで。きっとうまくいくよ。

❷ 今回の事故を(　　　　　　　)、安全基準の見直しを検討したい。

❸ 裏庭の木戸が(　　　　　　　)、開け閉めに不自由している。

❹ 予定表にざっと目を通して、今日1日の流れを(　　　　　　)おく。

Ⅲ [a〜e]の中から適当な言葉を選んで、(　　)に入れなさい。

a. 物議	b. ポイント	c. 知性	d. 不明	e. 手際

❶ 兄は2年前に家を飛び出した切り、今も消息(　　　　　　　)だ。

❷ 今回の試験はかなり(　　　　　　　)よく問題を解かないと、時間が足りません。

❸ この件に関しては、さまざまな人がいろいろなことを発言し、今後も(　　　　　　　)の種になるでしょう。

❹ 以下に大切な(　　　　　　　)をつかむヒントを紹介します。

◆ 言語 語言
げんご

当て字 あてじ	名 借用字，假借字；別字	匿名 とくめい	名 匿名
一字違い いちじちがい	名 錯一個字	名札 なふだ	名（掛在門口的、行李上的）姓名牌，（掛在胸前的）名牌
画 かく	名（漢字的）筆劃	名称 めいしょう	名 名稱（一般指對事物的稱呼）
片言 かたこと	名（幼兒，外國人的）不完全的詞語，隻字片語，單字羅列；一面之詞	名付け親 なづけおや	名（給小孩）取名的人；（某名稱）第一個使用的人
漢語 かんご	名 中國話；音讀漢字	綴り つづり	名 裝訂成冊；拼字，拼音
文語 ぶんご	名 文言；文章語言，書寫語言	同上 どうじょう	名 同上，同上所述
略語 りゃくご	名 略語；簡語	前置き まえおき	名 前言，引言，序語，開場白
原文 げんぶん	名（未經刪文或翻譯的）原文	呼び捨て よびすて	名 光叫姓名（不加「様」、「さん」、「君」等敬稱）
和文 わぶん	名 日語文章，日文	慣用 かんよう	名・他サ 慣用，慣例
語彙 ごい	名 詞彙，單字	修飾 しゅうしょく	名・他サ 修飾，裝飾；（文法）修飾
語句 ごく	名 語句，詞句	代弁 だいべん	名・他サ 替人辯解，代言
語源 ごげん	名 語源，詞源	直訳 ちょくやく	名・他サ 直譯
字体 じたい	名 字體；字形	訂正 ていせい	名・他サ 訂正，改正，修訂
自動詞 じどうし	名（語法）自動詞	マーク【mark】	名・他サ（劃）記號，符號，標記；商標；標籤，標示，徽章
他動詞 たどうし	名 他動詞，及物動詞	朗読 ろうどく	名・他サ 朗讀，朗誦
助詞 じょし	名（語法）助詞	題する だい	他サ 題名，標題，命名；題字，題詞
助動詞 じょどうし	名（語法）助動詞	使いこなす つか	他五 運用自如，掌握純熟
数詞 すうし	名 數詞	慣らす な	他五 使習慣，使適應
接続詞 せつぞくし	名 接續詞，連接詞	名付ける なづ	他下一 命名；叫做，稱呼為
姓名 せいめい	名 姓名	並びに なら	接續（文）和，以及
本名 ほんみょう	名 本名，真名		

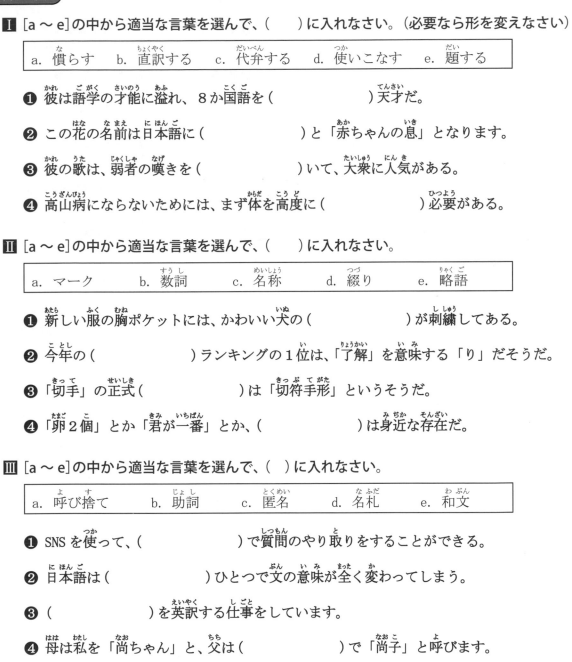

| と | 格助・並助 (接在助動詞「う、よう、まい」之後，表示逆接假定前題) 不管…也，即使…也；(表示幾個事物並列) 和 |

練習

Ⅰ [a～e]の中から適当な言葉を選んで、(　　)に入れなさい。(必要なら形を変えなさい)

| a. 慣らす　　b. 直訳する　　c. 代弁する　　d. 使いこなす　　e. 題する |

❶ 彼は語学の才能に溢れ、8か国語を(　　　　　　　)天才だ。

❷ この花の名前は日本語に(　　　　　　　)と「赤ちゃんの息」となります。

❸ 彼の歌は、弱者の嘆きを(　　　　　　　)いて、大衆に人気がある。

❹ 高山病にならないためには、まず体を高度に(　　　　　)必要がある。

Ⅱ [a～e]の中から適当な言葉を選んで、(　　)に入れなさい。

| a. マーク　　　　b. 数詞　　　　c. 名称　　　　d. 綴り　　　　e. 略語 |

❶ 新しい服の胸ポケットには、かわいい犬の(　　　　　　)が刺繍してある。

❷ 今年の(　　　　　　)ランキングの1位は、「了解」を意味する「り」だそうだ。

❸ 「切手」の正式(　　　　　　)は「切符手形」というそうだ。

❹ 「卵2個」とか「君が一番」とか、(　　　　　　)は身近な存在だ。

Ⅲ [a～e]の中から適当な言葉を選んで、(　)に入れなさい。

| a. 呼び捨て　　b. 助詞　　c. 匿名　　d. 名札　　e. 和文 |

❶ SNSを使って、(　　　　　　)で質問のやり取りをすることができる。

❷ 日本語は(　　　　　　)ひとつで文の意味が全く変わってしまう。

❸ (　　　　　　)を英訳する仕事をしています。

❹ 母は私を「尚ちゃん」と、父は(　　　　　　)で「尚子」と呼びます。

81 思考、言語 (11)
しこう げんご

思考、語言 (11)

◆ 表現 (1)　表達 (1)
ひょうげん

訴え うった	(名) 訴訟，控告；訴苦，申訴
お世辞 せじ	(名) 恭維（話），奉承（話），獻殷勤的（話）
言論 げんろん	(名) 言論
口頭 こうとう	(名) 口頭
円滑 えんかつ	(名・形動) 圓滑；順利
ありのまま	(名・形動・副) 據實；事實上，實事求是
言い訳 いわけ	(名・自サ) 辯解，分辯；道歉，賠不是；語言用法上的分別
会談 かいだん	(名・自サ) 面談，會談；（特指外交等）談判
記名 きめい	(名・自サ) 記名，簽名
共鳴 きょうめい	(名・自サ) （理）共鳴，共振；共鳴，同感，同情
抗議 こうぎ	(名・自サ) 抗議
エスカレート【escalate】	(名・自他サ) 逐步上升，逐步升級
オーケー【OK】	(名・自サ・感) 好，行，對，可以；同意
企画 きかく	(名・他サ) 規劃，計畫
記載 きさい	(名・他サ) 刊載，寫上，刊登
脚色 きゃくしょく	(名・他サ) （小說等）改編成電影或戲劇；添枝加葉，誇大其詞
告白 こくはく	(名・他サ) 坦白，自白；懺悔；坦白自己的感情
婉曲 えんきょく	(形動) 婉轉，委婉
おおげさ	(形動) 做得或說得比實際誇張的樣子；誇張，誇大

意気込む いきごむ	(自五) 振奮，幹勁十足，踴躍
ございます	(自・特殊型) 有；在；來；去
明かす あ	(他五) 說出來；揭露；過夜，通宵；證明
言い張る いは	(他五) 堅持主張，固執己見
促す うなが	(他五) 促使，促進
書き取る かきと	(他五) （把文章字句等）記下來，紀錄，抄錄
交わす かわ	(他五) 交，交換；交結，交叉，互相…
貶す けな	(他五) 譏笑，貶低，排斥
掲げる かか	(他下一) 懸，掛，升起，舉起，打著；挑，掀起，撩起；刊登，刊載；提出，揭出，指出
ぐちゃぐちゃ	(副) （因飽含水分）濕透；出聲咀嚼；抱怨，發牢騷的樣子
おおい	(感) （在遠方要叫住他人）喂，嗨（亦可用「おい」）

練習

Ⅰ [a〜e]の中から適当な言葉を選んで、（　　）に入れなさい。

a. お世辞	b. 抗議	c. ありのまま	d. 脚色	e. 訴え

❶ 市長の不正が公になり、市民からの（　　　　　　　　　）の電話が鳴り止まない。

❷ （　　　　　　　　　）とわかっていても、若いと言われると嬉しいものだ。

❸ 彼の（　　　　　　　　　）は、前例がないという理由で却下された。

❹ いい子になる必要はない。（　　　　　　　　　）の君でいいんだよ。

Ⅱ [a〜e]の中から適当な言葉を選んで、（　　）に入れなさい。（必要なら形を変えなさい）

a. 促す	b. エスカレートする	c. 貶す	d. 意気込む	e. 言い張る

❶ 最初は（　　　　　　　　　）一番前の席にいた学生が、今は一番後ろで寝ている。

❷ 私のことなら何と言おうと構わないが、彼女を（　　　　　　　　　）ことは許さない。

❸ うちの犬、甘やかしてたら（　　　　　　　　　）きて、最近は俺を噛むんだ。

❹ いつまでも席を立とうとしない彼を（　　　　　　　　　）、ようやく店を出た。

Ⅲ [a〜e]の中から適当な言葉を選んで、（　　）に入れなさい。

a. 告白	b. 言い訳	c. 会談	d. 記名	e. 企画

❶ （　　　　　　　　　）を提出されたい方は、下記電話番号にご連絡下さい。

❷ 君は謝りたいのか、それとも自分のしたことの（　　　　　　　　　）をしたいのか。

❸ 6年ぶりに、両国首脳によるトップ（　　　　　　　　　）が行われることとなった。

❹ 代表者の選出は、役員8名による（　　　　　　　　　）投票で行われた。

82 思考、言語 (12)
しこうげんご
思考、語言 (12)

◆ 表現 (2) 表達 (2)
ひょうげん

叫び さけ	(名) 喊叫，尖叫，呼喊
勧め すす	(名) 規勸，勸告，勸誡；鼓勵；推薦
世辞 せじ	(名) 奉承，恭維，巴結
詳細 しょうさい	(名・形動) 詳細
コメント 【comment】	(名・自サ) 評語，解說，註釋
雑談 ざつだん	(名・自サ) 閒談，說閒話，閒聊天
質疑 しつぎ	(名・自サ) 質疑，疑問，提問
助言 じょげん	(名・自サ) 建議，忠告；從旁教導，出主意
声明 せいめい	(名・自サ) 聲明
対談 たいだん	(名・自サ) 對談，交談，對話
対話 たいわ	(名・自サ) 談話，對話，會話
再現 さいげん	(名・自他サ) 再現，再次出現，重新出現
誇張 こちょう	(名・他サ) 誇張，誇大
賛美 さんび	(名・他サ) 讚美，讚揚，歌頌
指摘 してき	(名・他サ) 指出，指摘，揭示
証言 しょうげん	(名・他サ) 證言，證詞，作證
指令 しれい	(名・他サ) 指令，指示，通知，命令
推進 すいしん	(名・他サ) 推進，推動
説得 せっとく	(名・他サ) 說服，勸導
宣言 せんげん	(名・他サ) 宣言，宣布，宣告

体験 たいけん	(名・他サ) 體驗，體會，（親身）經驗
たとえ	(名・副) 比喻，譬喻；常言，寓言；（相似的）例子
滑る すべ	(自五) 滑行；滑溜，打滑；（俗）不及格，落榜；失去地位，讓位；說溜嘴，失言
黙り込む だまこ	(自五) 沉默，緘默
ごまかす	(他五) 欺騙，欺瞞，蒙混，愚弄；蒙蔽，掩蓋，搪塞，敷衍；作假，搗鬼，舞弊，侵吞（金錢等）
記す しる	(他五) 寫，書寫；記述，記載；記住，銘記
称する しょう	(他サ) 稱做…，名字叫…；假稱，偽稱；稱讚
すらすら	(副) 痛快的，流利的，流暢的，順利的
御覧なさい ごらん	(敬) 看，觀賞
さ	(終助) 向對方強調自己的主張，說法較隨便；（接疑問詞後）表示抗議、追問的語氣；（插在句中）表示輕微的叮嚀

練 習

I [a～e]の中から適当な言葉を選んで、（　）に入れなさい。

a. 勧め	b. 指令	c. 賛美	d. コメント	e. 証言

❶ 工場の人員整理を進めるよう、本社から（　　　　　　　）を受けた。

❷ 医者の（　　　　　　　）で、週末はプールに通っている。

❸ 目撃者の（　　　　　　　）によって、彼の無罪が証明された。

❹ ネットはA氏を中傷する（　　　　　　　）で溢れた。

II [a～e]の中から適当な言葉を選んで、（　）に入れなさい。（必要なら形を変えなさい）

a. 指摘される	b. 誇張される	c. 称する	d. ごまかす	e. 滑る

❶ ミスを（　　　　　　　）彼女は不機嫌になって黙り込んだ。

❷ お前、釣銭を（　　　　　　　）だろう。おい、笑ってごまかすな。

❸ 彼の描く似顔絵は、特徴が（　　　　　　　）いて面白い。

❹ 息子が受験生なので、落ちるとか（　　　　　　　）という言葉は禁句だ。

III [a～e]の中から適当な言葉を選んで、（　）に入れなさい。

a. 宣言	b. 体験	c. 詳細	d. 助言	e. 質疑

❶ この商品の（　　　　　　　）は売り場の係員までお尋ねください。

❷ あなたの（　　　　　　　）のおかげで、より自信がつきました。

❸ 私はプレゼンの最後には、必ず（　　　　　　　）応答の時間を設けるようにしている。

❹ 初めての方は、1時間2000円の（　　　　　　　）コースをご利用ください。

83 思考、言語 (13)

しこう　げんご

思考、語言 (13)

◆ 表現 (3)　表達 (3)

ひょうげん

ていさい	
体裁	(名) 外表，樣式，外貌；體面，體統；（應有的）形式，局面

ニュアンス【(法) nuance】	(名) 神韻，語氣；色調，音調；（意義、感情等）微妙差別，（表達上的）細膩

ちゅうじつ	
忠実	(名・形動) 忠實，忠誠；如實，照原樣

ナンセンス【nonsense】	(名・形動) 無意義的，荒謬的，愚蠢的

ちゅうこく	
忠告	(名・自サ) 忠告，勸告

ちんもく	
沈黙	(名・自サ) 沈默，默不作聲，沈寂

とうろん	
討論	(名・自サ) 討論

はつげん	
発言	(名・自サ) 發言

ばくろ	
暴露	(名・自他サ) 曝曬，風吹日曬；暴露，揭露，洩漏

つげぐち	
告げ口	(名・他サ) 嚼舌根，告密，搬弄是非

ていきょう	
提供	(名・他サ) 提供，供給

ていじ	
提示	(名・他サ) 提示，出示

でんたつ	
伝達	(名・他サ) 傳達，轉達

はくじょう	
白状	(名・他サ) 坦白，招供，招認，認罪

なにげ	
何気ない	(形) 沒什麼明確目的或意圖而行動的樣子；漫不經心的；無意的

ばれる	(自下一) （俗）暴露，散露；破裂

つづる	
綴る	(他五) 縫上，連綴；裝訂成冊；（文）寫，寫作；拼字，拼音

とう	
問う	(他五) 問，打聽；問候；徵詢；做為問題（多用否定形）；追究；問罪

と	
説く	(他五) 說明；說服，勸；宣導，提倡

ねだる	(他五) 賴著要求；勒索，纏著，強求

となえる	
唱える	(他下一) 唸，頌；高喊；提倡；提出，聲明；喊價，報價

てんで	(副) （後接否定或消極語）絲毫，完全，根本；（俗）非常，很

どうやら	(副) 好歹，好不容易才…；彷彿，大概

とりいそぎ	
取り急ぎ	(副) （書信用語）急速，立即，趕緊

なに	
何とぞ	(副) （文）請；設法，想辦法

はなは	
甚だ	(副) 很，甚，非常

ひいては	(副) 進而

なに	
何より	(連語・副) 沒有比這更…；最好

なんなり（と）	(連語・副) 無論什麼，不管什麼

どころか	(接續・接助) 然而，可是，不過；（用「…たところが的形式」）一…，剛要…

練 習

Ⅰ [a～e]の中から適当な言葉を選んで、（　　）に入れなさい。

a. ひいては	b. ともかく	c. 何とぞ	d. どうやら	e. 何より

❶ 営業時間は午前10時から午後8時までとなります。（　　　　　　　）ご了承ください。

❷ 人に親切にすることが、（　　　　　　　）自分のためになる。

❸ 高速で事故に巻き込まれたが、家族全員無事で（　　　　　　　）だ。

❹ あいつ、最近付き合いが悪いと思ったら、（　　　　　　　）彼女ができたようだな。

Ⅱ [a～e]の中から適当な言葉を選んで、（　　）に入れなさい。

a. 沈黙	b. 忠告	c. 提示	d. 提供	e. 暴露

❶ 先月の強盗殺人事件に関して、警察は情報（　　　　　　　）を呼び掛けている。

❷ 誰かを庇っているのか、彼女は（　　　　　　　）を貫いている。

❸ 医師の（　　　　　　　）に背いて三日後に自己退院しました。

❹ 入館の際には身分証の（　　　　　　　）が義務付けられている。

Ⅲ [a～e]の中から適当な言葉を選んで、（　　）に入れなさい。（必要なら形を変えなさい）

a. 唱える	b. 告げ口する	c. 白状する	d. 黙り込む	e. ねだる

❶ これ、お母さんにやってもらったでしょ。正直に（　　　　　　　）なさい。

❷ （　　　　　　　）と言われることを恐れて、先生に相談できない子も多い。

❸ 魔法の言葉を（　　　　　　　）れば何でも解決！なんて羨ましいな。

❹ 鈴木君は親に（　　　　　　　）買ってもらった車で通学している。

84 思考、言語 (14) 思考、語言 (14)

◆ 表現 (4)　表達 (4)

不評	㊅ 聲譽不佳，名譽壞，評價低	へりくだる	㊈ 謙虛，謙遜，謙卑
プレゼン【presentation 之略】	㊅ 簡報；（對音樂等的）詮釋	ぼやく	㊈他五 發牢騷
無言	㊅ 無言，不說話，沈默	見せびらかす	㊉他五 炫耀，賣弄，顯示
申し込み	㊅ 提議，提出要求；申請，應徵，報名；預約	漏らす	㊉他五 （液體、氣體、光等）漏，漏出；（秘密等）洩漏，遺漏；發洩；尿褲子
申し出	㊅ 建議，提出，聲明，要求；（法）申訴	冷やかす	㊉他五 冰鎮，冷卻，使變涼；嘲笑，開玩笑；只問價錢不買
用件	㊅ （應辦的）事情；要緊的事情；事情的內容	申し入れる	㊉他下一 提議，（正式）提出
世論・世論	㊅ 輿論	申し出る	㊉他下一 提出，申述，申請
リップサービス【lip service】	㊅ 口惠，口頭上說好聽的話	呼び止める	㊉他下一 叫住
弁論	㊅・自サ 辯論；（法）辯護	読み上げる	㊉他下一 朗讀；讀完
ぺこぺこ	㊅・自サ・形動副 癟，不鼓；空腹；諂媚	ひょっと	㊐ 突然，偶然
弁解	㊅・自他サ 辯解，分辯，辯明	誠に	㊐ 真，誠然，實在
非難	㊅・他サ 責備，譴責，責難	無論	㊐ 當然，不用說
布告	㊅・他サ 佈告，公告；宣告，宣布	よっぽど	㊐（俗）很，頗，大量；在很大程度上；（以「よっぽど…ようと思った」形式）很想…，差一點就…
返答	㊅・他サ 回答，回信，回話		
了承	㊅・他サ 知道，曉得，諒解，體察	ひょっとして	㊘連語・副 該不會是，萬一，一旦，如果
論議	㊅・他サ 議論，討論，辯論，爭論	ひょっとすると	㊘連語・副 也許，或許，有可能
紛らわしい	㊕ 因為相像而容易混淆；以假亂真的	悪いけど	㊙ 不好意思，但…，抱歉，但是…
ユニーク【unique】	㊖ 獨特而與其他東西無雷同之處；獨到的，獨自的		

練習

Ⅰ [a～e]の中から適当な言葉を選んで、（　　）に入れなさい。（必要なら形を変えなさい）

a. 見せびらかす　b. 漏らす　c. ぺこぺこする　d. 非難される　e. 申し入れる

❶ 裕子は新しい筆箱を（　　　　　　　　　）ように机の上に置いた。

❷ 友人を裏切ったのだから、（　　　　　　　　）当然だ。

❸ 学校へ来て怒鳴り散らす親に先生が（　　　　　　　）いる。

❹ 体調が戻ったため、トレーニングの再開を（　　　　　　　）ようと思う。

Ⅱ [a～e]の中から適当な言葉を選んで、（　　）に入れなさい。

a. 布告　　　b. 論議　　　c. 無言　　　d. 申し出　　　e. 了承

❶ 彼女はコーヒー代をテーブルに置くと、（　　　　　　　）で席を立った。

❷ 店内の写真を撮るなら、お店の人に（　　　　　　）を得てからにしよう。

❸ 国会での総理の発言が、国民の間に大きな（　　　　　）を呼んだ。

❹ 彼の提案は、部長への宣戦（　　　　　　）とも言えるものだった。

Ⅲ [a～e]の中から適当な言葉を選んで、（　　）に入れなさい。

a. 用件　　　b. 弁論　　　c. 解約　　　d. 世論　　　e. 申し込み

❶ 定期購入のお（　　　　　　　）は、当社 HP より受け付けています。

❷ 留学生による（　　　　　　）大会で優勝した。

❸ 部長はただ今外出しておりますので、ご（　　　　　　）をお伺いします。

❹ 彼は SNS を使って自分の考えを広く（　　　　　　　）に訴えた。

85 思考、言語 (15)
しこう げんご

思考、語言 (15)

◆ 文書、出版物　文章文書、出版物
ぶんしょ しゅっぱんぶつ

写し うつ	名 拍照，攝影；抄本，摹本，複製品	纏め まと	名 總結，歸納；匯集；解決，有結果；達成協議；調解（動詞為「纏める」）
英字 えいじ	名 英語文字（羅馬字）；英國文學	ミスプリント 【misprint】	名 印刷錯誤，印錯的字
箇条書き かじょうが	名 逐條地寫，引舉，列舉	名簿 めいぼ	名 名簿，名冊
季刊 きかん	名 季刊	目録 もくろく	名（書籍目錄的）目次；（圖書、財產、商品的）目錄；（禮品的）清單
敬具 けいぐ	名（文）敬啟，謹具	上書き うわが	名・自サ 寫在（信件等）上（的文字）；（電腦用語）數據覆蓋
原書 げんしょ	名 原書，原版本；（外語的）原文書	応募 おうぼ	名・自サ 報名參加；認購（公債、股票等），認捐；投稿應徵
原典 げんてん	名（被引證，翻譯的）原著，原典，原來的文獻	閲覧 えつらん	名・他サ 閱覽；查閱
主題 しゅだい	名（文章、作品、樂曲的）主題，中心思想	刊行 かんこう	名・他サ 刊行；出版，發行
初版 しょはん	名（印刷物，書籍的）初版，第一版	掲載 けいさい	名・他サ 刊登，登載
書評 しょひょう	名 書評（特指對新刊的評論）	講読 こうどく	名・他サ 講解（文章）
絶版 ぜっぱん	名 絕版	購読 こうどく	名・他サ 訂閱，購閱
駄作 ださく	名 拙劣的作品，無價值的作品	参照 さんしょう	名・他サ 參照，參看，參閱
長編 ちょうへん	名 長篇；長篇小說	創刊 そうかん	名・他サ 創刊
著書 ちょしょ	名 著書，著作	付録 ふろく	名・他サ 附錄；臨時增刊
伝記 でんき	名 傳記	書 しょ	名・漢造 書，書籍；書法；書信；書寫；字述；五經之一
年鑑 ねんかん	名 年鑑	著 ちょ	名・漢造 著作，寫作；顯著
拝啓 はいけい	名（寫在書信開頭的）敬啟者	版・版 はん ばん	名・漢造 版；版本，出版；版圖
文書 ぶんしょ	名 文書，公文，文件，公函	綴じる と	他上一 訂起來，訂綴；（把衣的裡和面）縫在一起
ベストセラー 【bestseller】	名（某一時期的）暢銷書		
本文 ほんぶん	名 本文，正文		

練習

Ⅰ [a～e]の中から適当な言葉を選んで、（　　）に入れなさい。

a. 講読	b. 拝啓	c. 参照	d. 付録	e. 名簿

❶ （　　　　　　　　）目当てで雑誌を買う人も少なくないらしい。

❷ 参加するチームは申込書に参加者の（　　　　　　　　）を添付すること。

❸ 文中の※については巻末にある注を（　　　　　　　）のこと。

❹ 毎週火曜日、ゼミの仲間と原書の（　　　　　　　）会を開いている。

Ⅱ [a～e]の中から適当な言葉を選んで、（　　）に入れなさい。

a. 絶版	b. 敬具	c. 主題	d. 書評	e. 閲覧

❶ この小説の（　　　　　　　）は、都会に暮らす現代人の孤独だ。

❷ あの先生の（　　　　　　　）は概ね辛口だが、良いものはきちんと褒めてある。

❸ （　　　　　　　）になった本を探して、古本屋街を巡った。

❹ ブログの（　　　　　　　）数を増やすにはどうしたらいいですか。

Ⅲ [a～e]の中から適当な言葉を選んで、（　）に入れなさい。

a. 初版	b. 応募	c. ミスプリント	d. 文書	e. ベストセラー

❶ 試験問題に（　　　　　　　）があり、その問題は丸々無効となった。

❷ このドラマのDVDをプレゼント。（　　　　　　　）方法はホームページから。

❸ 鬼滅の刃は勢い止まらず！第22巻は（　　　　　　　）発行部数がついに370万部を突破した。

❹ 本社から送信されてきた（　　　　　　　）を各部署に転送する。

第 1 回

I ① b ② e ③ a ④ c

II ① d ② a ③ c ④ e

第 2 回

I ① d ② c ③ a ④ b

II ① b ② a ③ d ④ e

第 3 回

I ① e- 軋んで ② c- 移住する ③ b- こもり ④ a- 構える

II ① c ② b ③ e ④ a

第 4 回

I ① a ② b ③ d ④ c

II ① b- 加味して ② c- 噛み切って ③ a- なめた ④ e- 膨れる

III ① b ② d ③ a ④ c

第 5 回

I ① c ② b ③ e ④ d

II ① b- 煙って ② e- 炒めて ③ c- 剥いで ④ a- 浸して

第 6 回

I ① d ② a ③ c ④ e

II ① b- 映える ② a- 剥げて ③ c- 着飾って ④ e- ねじれて

III ① b- 湿気て ② e- 緩めた ③ d- 裂けた ④ c- 引っ掛けて

第 7 回

I ① d- くぐった ② a- 出っ張った ③ c- 漬かって ④ b- 鍛えて

II ① b- 脱出し ② d- 潤って ③ a- 震わせて ④ e- 触れ合う

III ① c ② e ③ a ④ b

第 8 回

I ① c- 俯いた ② e- 逸らして ③ d- ぼやけて ④ a- 仰いだ

II ① b- つぶって ② e- 呟いて ③ a- 反らし ④ c- 傾けて

第 9 回

I ① a- 束ねる ② d- 歩んで ③ b- 摘んで
④ e- 指差した

II ① c- 踏み込む ② b- 引っ掻かれた ③ e-
はたいた ④ a- 押し込む

III ① a- 所持して ② e- 破裂し ③ c- ジャン
プした ④ b- 指す

第 10 回

I ① d ② c ③ e ④ b

II ① a- 絶える ② e- 老いて ③ c- 朽ち
④ d- 生かす

III ① a- 惚けて ② c- 縮まって ③ b- 途絶え
て ④ e- 繁殖した

第 11 回

I ① d ② e ③ c ④ a

II ① b- かぶれて ② a- 保つ ③ d- 休める
④ c- むせて

第 12 回

I ① e ② c ③ d ④ a

II ① b- さすって ② c- がんがんして ③ a-
和らげて ④ d- 害する

第 13 回

I ① d ② c ③ e ④ a

II ① e ② b ③ d ④ c

第 14 回

I ① a ② c ③ e ④ d

II ① e ② d ③ b ④ a

第 15 回

I ① d ② c ③ a ④ e

II ① b ② c ③ d ④ e

第 16 回

I ① b ② a ③ e ④ c

II ① c ② a ③ b ④ d

第 17 回

Ⅰ ① e- いやらしい ② a- 厳か ③ c- おっちょこちょい ④ b- 潔く

Ⅱ ① b- 陰気な ② e- 粋 ③ c- 大まか ④ a- 寛容な

Ⅲ ① c- 浅ましい ② e- 勝手 ③ a- 頑固な ④ d- 気さくな

第 18 回

Ⅰ ① b- 気長 ② c- 雑 ③ a- 勤勉 ④ e- しとやかな

Ⅱ ① c- 几帳面な ② e- 賢明な ③ d- 気紛れ ④ b- しぶとい

Ⅲ ① d ② b ③ c ④ e

第 19 回

Ⅰ ① b- 誠実な ② e- 無邪気な ③ c- ちっぽけな ④ a- ぞんざいな

Ⅱ ① a- 和んだ ② d- 拗ねて ③ e- 見下す ④ b- 慎み

第 20 回

Ⅰ ① d ② a ③ c ④ e

Ⅱ ① e- 拗れて ② b- 親しむ ③ c- 中傷する ④ a- もてなす

第 21 回

Ⅰ ① a ② b ③ e ④ c

Ⅱ ① d- ハイハイする ② e- 寄り添う ③ c- 扶養する ④ b- 揺らいで

Ⅲ ① b- 似通って ② d- 寝かせて ③ e- 養われる ④ a- おんぶされた

第 22 回

Ⅰ ① a ② c ③ e ④ b

Ⅱ ① c- なついて ② b- さえずる ③ a- 馴らして ④ d- ぴんぴんして

Ⅲ ① a- 全滅した ② d- 出くわして ③ c- 保護して ④ e- 群がって

第 23 回

Ⅰ ① c ② d ③ b ④ a

Ⅱ ① b ② a ③ e ④ d

Ⅲ ① c- 涸れて ② b- 発芽する ③ a- 萎びた ④ d- 化けて

第 24 回

Ⅰ ① e ② b ③ c ④ a

Ⅱ ① d ② e ③ b ④ c

Ⅲ ① a- 垂れて ② d- 沸騰した ③ b- 中和されて ④ c- 張って

第 25 回

Ⅰ ①c ②a ③e ④d

Ⅱ ①a-放出されて ②d-反射した ③e-燃焼させた ④c-廃棄して

Ⅲ ①a-採掘されて ②c-盛った ③b-回収して ④d-点火して

第 26 回

Ⅰ ①b ②a ③d ④c

Ⅱ ①c-上昇して ②b-ともり ③a-自転し ④d-照り返して

Ⅲ ①d-漏る ②b-よけた ③a-霞んで ④c-解除された

第 27 回

Ⅰ ①a-遭難した ②d-発生した ③b-噴出した ④c-局限されて

Ⅱ ①c ②e ③a ④b

Ⅲ ①b-治まる ②d-相次いで ③e-襲われた ④a-漂う

第 28 回

Ⅰ ①b ②a ③c ④e

Ⅱ ①a-辿り ②d-そびえて ③b-帰京する ④c-連なって

Ⅲ ①d ②c ③b ④a

第 29 回

Ⅰ ①c ②b ③e ④d

Ⅱ ①e ②d ③c ④a

第 30 回

Ⅰ ①b ②d ③a ④e

Ⅱ ①e-転回した ②c-出向いて ③a-沿った ④d-反って

第 31 回

Ⅰ ①a ②c ③d ④b

Ⅱ ①c-交わる ②b-Uターンした ③a-並行して ④e-到達する

Ⅲ ①b-振り返る ②d-転じて ③a-取り巻いて ④c-面した

第 32 回

Ⅰ ①a ②e ③d ④c

Ⅱ ①c-設置される ②d-運営する ③a-奨励されて ④e-提携して

Ⅲ ①b-継ぐ ②e-廃れて ③a-抜け出して ④c-設立した

第 33 回

Ⅰ ①c ②e ③a ④d

Ⅱ ①a- 矯正すれ ②d- 手掛ける ③e- 賑わって ④c- 陳列されて

Ⅲ ①d ②e ③a ④b

第 34 回

Ⅰ ①a ②d ③e ④c

Ⅱ ①b ②d ③c ④a

第 35 回

Ⅰ ①c ②a ③b ④e

Ⅱ ①b- 公開された ②c- 告知する ③e- 勧告する ④a- 回覧する

第 36 回

Ⅰ ①c- 導く ②a- 跨がった ③d- 見失って ④e- 追放される

Ⅱ ①a ②d ③e ④c

第 37 回

Ⅰ ①e- 仕掛けて ②b- ゴールインした ③c- 進呈する ④a- 逆転して

Ⅱ ①a- 静止して ②b- 奮闘して ③e- 棄権せ ④d- やっつけ

Ⅲ ①b ②a ③d ④e

第 38 回

Ⅰ ①e ②a ③b ④c

Ⅱ ①d- 訪れた ②b- いじって ③e- 引き取って ④a- 賭けて

Ⅲ ①c ②e ③b ④a

第 39 回

Ⅰ ①c ②b ③e ④a

Ⅱ ①b- 展示されて ②a- 生ける ③e- 仕上げ ④c- 描写されて

Ⅲ ①c ②a ③b ④e

第 40 回

Ⅰ ①d ②a ③e ④b

Ⅱ ①a ②e ③c ④d

Ⅲ ①c- 漏れて ②a- 演じる ③b- 上演される ④d- 主演した

第41回
Ⅰ ①b ②c ③e ④a

Ⅱ ①d ②a ③e ④b

Ⅲ ①e- ダウンして ②a- 欠いた ③b- 合わせる ④d- 突破した

第42回
Ⅰ ①b ②c ③a ④e

Ⅱ ①c ②b ③d ④a

Ⅲ ①c ②e ③a ④d

第43回
Ⅰ ①a ②d ③e ④c

Ⅱ ①b- 褪せた ②d- 染まって ③c- 連ねて ④e- 上回る

Ⅲ ①b ②e ③c ④a

第44回
Ⅰ ①c ②b ③d ④e

Ⅱ ①e- 志望した ②d- 免除する ③a- 登校する ④b- 閉鎖される

Ⅲ ①c ②a ③b ④e

第45回
Ⅰ ①b ②c ③a ④e

Ⅱ ①a- 整列して ②d- 専修する ③e- 転校して ④c- 没収されて

Ⅲ ①b- 減点された ②e- サボった ③c- 受かる ④d- 修了して

第46回
Ⅰ ①d ②c ③a ④e

Ⅱ ①b- 来る ②e- 再婚した ③a- 開催される ④d- 破棄して

Ⅲ ①a ②e ③c ④b

第47回
Ⅰ ①c ②b ③e ④d

Ⅱ ①e ②a ③c ④b

第48回
Ⅰ ①c ②d ③b ④a

Ⅱ ①b ②d ③a ④e

第 49 回

Ⅰ ① a- 手分けして ② e- 負う ③ d- 幹旋
して ④ c- 伴って

Ⅱ ① c ② b ③ d ④ a

第 50 回

Ⅰ ① b ② a ③ e ④ d

Ⅱ ① d- 出世する ② b- 引いた ③ a- 担う
④ c- ブラブラして

第 51 回

Ⅰ ① b ② a ③ d ④ e

Ⅱ ① a- 受け継ぐ ② c- 進展する ③ d- 辞任
す／する ④ e- 脱退して

第 52 回

Ⅰ ① e ② c ③ b ④ d

Ⅱ ① e- 補強し ② b- 栽培して ③ c- 導入
して ④ a- 値する

第 53 回

Ⅰ ① b ② d ③ c ④ a

Ⅱ ① c- 仕入れた ② b- 脱する ③ e- 営んで
④ d- 上向いて

第 54 回

Ⅰ ① d ② e ③ c ④ a

Ⅱ ① d- 委託して ② c- 富んだ ③ a- 打ち切
られた ④ e- 送金して

第 55 回

Ⅰ ① c ② a ③ b ④ e

Ⅱ ① d- 一括して ② c- 滞納して ③ b- 手
当てして ④ a- 倹約して

Ⅲ ① a ② d ③ c ④ e

第 56 回

Ⅰ ① b ② e ③ c ④ d

Ⅱ ① a- 還元す／する ② c- 値引きして
③ d- 紛失して ④ e- 有する

第 57 回

Ⅰ ① b ② a ③ e ④ c

Ⅱ ① a ② d ③ c ④ e

第 58 回

Ⅰ ① c- 介入する ② a- 申告し ③ b- 採択さ
れた ④ e- 栄えた

Ⅱ ① b ② a ③ e ④ d

第 59 回

Ⅰ ①e ②a ③c ④b

Ⅱ ①c- 強行した ②b- 襲撃される ③d- 占領して ④e- 動員された

Ⅲ ①a ②d ③c ④e

第 60 回

Ⅰ ①d ②e ③b ④a

Ⅱ ①c- 改まる ②d- 犯した ③e- 定まった ④a- 強制される

Ⅲ ①e ②d ③b ④a

第 61 回

Ⅰ ①c ②b ③e ④d

Ⅱ ①e ②a ③b ④d

Ⅲ ①c- 制定された ②d- 取り締まって ③a- 保障されて ④e- 禁じられて

第 62 回

Ⅰ ①c ②e ③d ④b

Ⅱ ①e- 手配して ②a- 関与して ③b- 模倣して ④d- 追跡して

第 63 回

Ⅰ ①b- 気兼ねせ ②e- 浮気し ③c- 焦った ④a- 一新し

Ⅱ ①d ②b ③a ④c

Ⅲ ①d- えぐる ②a- 暗示する ③c- 労る ④e- おだてられて

第 64 回

Ⅰ ①d ②e ③b ④a

Ⅱ ①c- 心がけて ②b- 添って ③d- 緩んで ④a- 障る

第 65 回

Ⅰ ①a- 反応して ②d- まごついて ③e- 転換した ④b- 痛感して

Ⅱ ①a- 無難な ②e- 平然 ③d- のどかな ④c- 尊い

第 66 回

Ⅰ ①c- 凌いで ②b- 思い切って ③d- 強いる ④e- 叶える

Ⅱ ①d ②b ③c ④a

Ⅲ ①e- 挑む ②b- 意図して ③a- 固めて ④c- 寄与した

第 67 回

Ⅰ ① e- もたらして ② d- 貫いた ③ c- 励んで ④ a- 耐えて

Ⅱ ① c- 反する ② b- 直面した ③ e- 着目した ④ d- 尽くされて

Ⅲ ① b ② e ③ a ④ d

第 68 回

Ⅰ ① c- つつかれて ② b- はまって ③ e- むかつく ④ a- 慕われる

Ⅱ ① d- 軽蔑す／する ② a- 汚す ③ b- 嫉妬した ④ e- 甘えて

第 69 回

Ⅰ ① c- 惜しむ ② a- 嘆いて ③ b- 恵まれた ④ d- 悩まして

Ⅱ ① e ② a ③ b ④ c

第 70 回

Ⅰ ① d- 罵り ② a- 懲り ③ b- 欺く ④ c- 脅されて

Ⅱ ① e- とぼける ② a- ハラハラして ③ d- 閉口する ④ c- 抑圧され

Ⅲ ① a- 怠慢な ② b- 馬鹿馬鹿しい ③ e- 煩わしい ④ c- 目覚ましい

第 71 回

Ⅰ ① c ② a ③ d ④ b

Ⅱ ① c- 冴えない ② e- 省み ③ d- ありふれた ④ a- 依存して

Ⅲ ① e- 凝らして ② b- 顧み ③ a- 危ぶまれて ④ d- 食い違って

第 72 回

Ⅰ ① c ② d ③ e ④ a

Ⅱ ① d ② c ③ b ④ e

Ⅲ ① c- 察する ② e- 拒否する ③ d- 覆して ④ a- 確信する

第 73 回

Ⅰ ① d- 束縛される ② e- 断言した ③ b- 阻止する ④ a- 制して

Ⅱ ① c ② b ③ a ④ e

Ⅲ ① e- 下調べして ② d- 咎める ③ a- 始末して ④ b- 推理し

第 74 回

Ⅰ ① b- 目論む ② e- 類推する ③ c- 見なす ④ d- 阻む

Ⅱ ① d- 紛れて ② c- 抑制する ③ e- 要する ④ a- 放棄した

Ⅲ ① e ② c ③ d ④ a

第 75 回

Ⅰ ①b ②c ③e ④d

Ⅱ ①d- 吟味する ②a- 該当する ③e- 試みた ④b- 悟った

Ⅲ ①b- 照合す ②c- 打開す／する ③a- 解明する ④e- 備わって

第 76 回

Ⅰ ①c ②b ③e ④d

Ⅱ ①b- 分散して ②a- 追及する ③d- 分別する ④c- 適応して

第 77 回

Ⅰ ①b- 重んじる ②c- 概説し ③a- 案じ ④d- 控えて

Ⅱ ①a ②d ③c ④b

Ⅲ ①d- 愚かな ②a- 著しい ③c- 一様 ④e- 簡潔

第 78 回

Ⅰ ①e ②a ③d ④c

Ⅱ ①c ②b ③e ④d

Ⅲ ①e ②b ③a ④d

第 79 回

Ⅰ ①e ②b ③d ④a

Ⅱ ①c- 悲観し ②e- 踏まえて ③b- ひずんで ④a- 把握して

Ⅲ ①d ②e ③a ④b

第 80 回

Ⅰ ①d- 使いこなす ②b- 直訳する ③c- 代弁して ④a- 慣らす

Ⅱ ①a ②e ③c ④b

Ⅲ ①c ②b ③e ④a

第 81 回

Ⅰ ①b ②a ③e ④c

Ⅱ ①d- 意気込んで ②c- 貶す ③b- エスカレートして ④a- 促して

Ⅲ ①e ②b ③c ④d

第 82 回

Ⅰ ①b ②a ③e ④d

Ⅱ ①a- 指摘された ②d- ごまかした ③b- 誇張されて ④e- 滑る

Ⅲ ①c ②d ③e ④b

第 83 回

Ⅰ ①c ②a ③e ④d

Ⅱ ①d ②a ③b ④c

Ⅲ ①c- 白状し ②b- 告げ口した ③a- 唱え
④e- ねだって

- -

第 84 回

Ⅰ ①a- 見せびらかす ②d- 非難されて
③c- ぺこぺこして ④e- 申し入れ

Ⅱ ①c ②e ③b ④a

Ⅲ ①e ②b ③a ④d

- -

第 85 回

Ⅰ ①d ②e ③c ④a

Ⅱ ①c ②d ③a ④e

Ⅲ ①c ②b ③a ④d

MEMO

へ

ほ

ま

日檢滿點
05

絕對合格！
日檢分類單字 **N1**
測驗問題集
（16K+MP3）

發行人	林德勝

著者　吉松由美・田中陽子・西村惠子・千田晴夫・
山田社日檢題庫小組

出版發行　山田社文化事業有限公司
地址　臺北市大安區安和路一段112巷17號7樓
電話　02-2755-7622　02-2755-7628
傳真　02-2700-1887

郵政劃撥　19867160號　大原文化事業有限公司

總經銷　聯合發行股份有限公司
地址　新北市新店區寶橋路235巷6弄6號2樓
電話　02-2917-8022
傳真　02-2915-6275

印刷　上鎰數位科技印刷有限公司

法律顧問　林長振法律事務所　林長振律師

定價+MP3　新台幣380元

初版　2021年4月

ISBN : 978-986-246-605-6
© 2021, Shan Tian She Culture Co. , Ltd.

STS

STS

STS